锦瑟流年

凌仕江 著

四川文艺出版社

图书在版编目（CIP）数据

锦瑟流年 / 凌仕江著. — 2版. — 成都：四川文艺
出版社, 2019.3
ISBN 978-7-5411-5265-8

Ⅰ. ①锦… Ⅱ. ①凌… Ⅲ. ①散文集—中国—当代
Ⅳ. ①I267

中国版本图书馆CIP数据核字（2019）第027036号

JINSELIUNIAN

锦瑟流年

凌仕江　著

责任编辑　朱　兰　蔡　曦
封面设计　刘　亮
内文设计　史小燕
责任校对　王　冉

出版发行　四川文艺出版社（成都市槐树街2号）
网　　址　www.scwys.com
电　　话　028-86259287（发行部）　028-86259303（编辑部）
传　　真　028-86259306

邮购地址　成都市槐树街2号四川文艺出版社邮购部　610031
排　　版　四川最近文化传播有限公司
印　　刷　三河市华东印刷有限公司
成品尺寸　145mm×210mm　　　　开　　本　32开
印　　张　11.25　　　　　　　　字　　数　250千
版　　次　2019年3月第二版　　　印　　次　2021年4月第三次印刷
书　　号　ISBN 978-7-5411-5265-8
定　　价　48.00元

这是一个异乡人从西藏迁徙尘世的日常生活，结实、馨香、不虚度。时光在他那里，往事落地，草在拱土，花在盛开，树在生长，情在流转。

目录

少年行

等，是一种病

孤独的范本

与草木说情话

在普威集市

自序：捡到篮里便是菜

　　很长一段时间，我在教学工作中遇到一些读者，每每分享阅读一篇文章后，总有人最先关心的问题是，这究竟是小说？还是散文？当我肯定地告诉他们后，随之而来的问题更多，诸如散文可以虚构吗？散文内容可真？可假？

　　我想，有必要在这本小书里答复读友们的小困惑。

　　在大散文观复潮趋势严重影响当下散文写作秩序的今天，散文这种文体历经不断盲目革新或伪创意，许多人都盯住所谓陌生题材、重点视野而忽略了散文书写与日常个体情怀的重要关系，有的在尝试突围几经折腾无路的窘境下，最终又回到了传统的观念里。如此追求为散文而散文的文本刷新，让散文在不断丧失甲骨与青铜原有的光芒和身份，散文曾有的简朴、唯美、隽永气质哪里去了？难怪读者会遇到阅读障碍，相形之下，时下层出不穷的异质世界，未免做作，但在实施这些行为的人看来，却被隐喻为跨文体、新经验、创新者、玩概念、实验性、文本模糊、陌生化，或是干脆贴上一个堂皇的"新散文"标签，使原本简洁明快的散文时空、语言、视角、思考方式、事物细节被绕得比诗歌语境更极致，比小说更复杂；实在有些莫名其妙，似乎语言越云里雾里，他人越读不懂，其写作水平就越高，这仿佛是同一个装裱师装裱出来的，丢进洗衣机漂洗，全成了糨糊，如此文字写多了，自己也难免糊涂，这让接受者又情何以堪？

不但是读者的障碍，同样问题，也是近年许多编辑之间交流最多的同等现象。

于是"读不懂"使一些读者远离或放弃散文的阅读，与此同时，也可证明如此尝试散文写作的失败，因为它未能完成与读者相互的沟通，更没有实现个人对现实生活的关怀与介入，他们缺失了传递心灵的真情实感，只是将虚拟或"借来"的生活胡乱地涂在了纸上，时间久了，或许自己也未必能懂自己，因为纸上的生活与情感与书写者脱离了胎记关系。于是乎，有人说，他的文字是写给未来世界的，因为他自己也看不懂！

散文究竟应该怎么写？上面提出的一些现象，并不是一味地抹杀散文的开创性，若一个作家总是要对题材挑三拣四，那么最终他笔下呈现的世界与他个人实体的生活会有多少关联？回到日常生活经验与发现，换言之，写什么却是最能反映一个散文作家之于生活的真诚态度。

除了抒情叙事的基础，生活永远是散文的主角，如同大地是古典文学的主角一样。生活在哪里，散文就在哪里。过去，读友们知道我一直生活在西藏，所以看到我笔下的主角多是西藏，不同地域自有殊异的表达与属性，当西藏已然成为一个书写者转身的背影，面对红尘俗世，在各种思潮争论影响下，我一直秉持这样的日常情怀，因为写作是我发自内心真实的喜好，我的写作首先愉悦的是自己，虽然日常里发现的都不是什么惊世骇俗的素材，也谈不上多么宏大的叙事，但有一点可以肯定的是，如此文字的呈现可以反映出写作者对生活的热爱程度！

因此，《锦瑟流年》这个集子里的每篇文章，不是写给评委看的，也不是写给那些所谓专业写散文的人看的，我只是想还原现实的一种，让可以识字者，都能够从中去获取轻松、愉悦、自信的阅读，从而理解并接纳这人间的本真与冷暖！

在我看来，散文没有大小之分，也没有新旧之说，它最能透射出个人的涵养，也最能找到个人的情趣；它是一个人信仰的操守，也最能表达个人的发现；它是一个人表里如一的体现，也是一个人与自然万物最好的合作方式。

之于生活，散文不是旁观者复杂的搅局，而是生活参与者大可信手拈来的情怀，就像我们每个人习惯的日子所需，捡到篮里便是菜。

回到日常，重在回到常人生活的情怀，让写作成为没有选择的发自灵魂深处的体悟，它是一种自觉行为，是纯生活气息的弥漫，是写作者与阅读者对等生活的同一个场……

2016岁末成都朵藏

你的天堂在何处

　　城池里的水太浊，我们或许已经不再是过去那两条透明的鱼了。故乡的那一汪清泉被思念涸了以后，像我们这样的鱼，只能在各自的远方，相忘于江湖。

送我一生慰藉

  清晨，雪花在窗外随风飞舞着，隔壁有人在为雪花的飘零尖叫，米粒儿般大小的雪花，在空中打着旋，轻轻落在蜡梅枝上，勾起了我对一个男子和男孩的回忆。

  1996年，也是在这样一个季节，我第一次从很远的地方来到成都这座城市学习，环境特别陌生。刚放下行李，收拾好铺位，编辑部的人对我一番交代，便给了我一辆自行车，让我上街买些办公用品。我顶着小小的雪花，谨慎地穿过了一条又一条冷冷的街，也许是第一次到这么大的城市，有点儿过于兴奋，停停走走，这看那看的，不知不觉就走了很远。当买好日用品转身准备走时，路上早已铺满厚厚的积雪，纵横交错的马路，挤满了停滞不前的车辆，回去的路早已没有了方向，抬头已见华灯初上。

  路上行人也越来越稀少，我焦急地跑到电话亭给编辑部打电话，可无人接。该想到的办法，我都想尽了。雪越下越大，风不时地将雪水吹进脖子里，就在我蹲下身一筹莫展的时候，一个踩三轮的中年男子停在我身旁。我对他讲了我要回去的地方。他让我上车避避，等雪停了他送我。都快晚上10点了，雪仍在不停地飘，只是没有几个小时以前那么猛烈，飘在空中的雪花落在地上眨眼化成了水，树梢上挂着形状各异的冰棱，空气很冷。那个男子拉着我艰难走过了几条街，拐到一个商店时，突然停了下来："我儿子在叫我呢！"我拉开结了冰碴子的帘子，诧异地望着他："不会吧，我怎么没听到呀？"他把三轮停稳后，我从上面跳下来，透过纷纷扬扬的雪花，果然看到一个男孩气喘不停地冲了过来。"解放军叔叔，你的自行车，给你。"他把我扔在原地的自行车送来了。"你等等……"我惊讶地望着匆匆离去的男孩，还没等我把话说完，他已经淹没在夜幕中。我依偎着那辆自行车，怔怔地看着眼前的男子，冰凉的雪花落得他满身都是。他说："前面几步就是你要去学习的单位了……"

此刻，我凝视着窗外，那些落在蜡梅朵朵上的雪，无法融化我的念想，从前的冬天和雪中的人，在我眼前时隐时现。站起身，打开CD机，插上那张钟爱的老唱片，清新又淡雅的《雪绒花》飘满了楼，如今他们在何方？那些灰旧的小街早已变成了宽敞明亮的大道，那个一次又一次翻新改造的广场已成为地铁的中转站，那么多曾经的田野变成一眼望不到尽头的楼群，倘若有一天能在成都的某条古街上发现他们该有多好。我换上黑色风衣，戴了黑白方格子围巾，走下楼去。我边走边想，那样一对温和寡言的父子一定不记得我了，但我却一直记着他们，记着这样一件只要想起就让人内心倍感温暖的事儿来。那个推着自行车朝我匆匆撵来的男孩应该长大成人参加工作了吧？他父亲的三轮车早已解甲归田，可能老人家正开着小轿车行驶在郊外旅行的路上……

天空缓慢放晴了，雪花天使渐渐回到了天空，堆积在成都上空的雪绒花，送我一生慰藉，让我思绪融化，被带回了一个丝绒般纯洁绵柔的世界。多年不见的雪中人，假设我们能在雪中重逢，能不能相对应答？再坐下来喝一壶悠悠岁月酒，谈一谈多年前那一场比今天更狂热的雪。

内裤里的钱袋子

他曾在云南麻栗坡当兵，上过老山前线，住过猫耳洞。

看样子，他身材蛮高的，若穿上军装，除了威武，也可以用一个字形容——帅。这个帅不是当下人们麻木又泛滥且爱闭着眼浮夸的帅，因为他还有一口溢满光泽的黑妹长期护理出来的好牙，说话速度慢悠悠的，像蜀山部落里传出的歌谣，听过的人都说好听，而且听过的人总有些忍不住回味模仿他的声音。对此，他并没有任何不高兴的反应，而是嘿嘿地笑笑，脸上总是长时间挂着轻风拂面的容颜。

接触过他的大领导都说这个娃憨，连长指导员给他的评价是：思想纯洁。上上下下的领导都喜欢他的憨，并且推荐他当班长。因为他的慢腔调和爱笑的模样，班上的战友都觉得他可爱。他们做什么事情，总是形影不离，笑声不断，劲往一处使，年年都争得先进班集体。

尤其是班上来自昆明的城市兵小伟对好脾气班长更是到了有些依赖的地步。其实，那也算不上真正的依赖，当过兵的人都有体会，有时战友战友，不仅仅是亲如兄弟，之于年纪和生活阅历相差太大的人，他们有时简直亲如父子。

有一年，作为班长的他准备启程回川相亲。大家恋恋不舍，夜不能寐。凌晨时分，小伟眨着大眼睛，咬着牙，数着天花板上乱窜的蚊子，小伟其实正琢磨班长回川的事呢。他翻转身子，看班长已经熟睡，于是又翻转回去。见班长睡觉时打着呼噜的熊样，差点笑出声来。班长当兵五年第一次回川，要去昆明辗转火车。这是小伟很不放心的地方。小伟家就在昆明火车站附近，他曾目睹火车站常有人上当受骗的混乱与不堪。

翻来覆去，小伟依然不能入睡。于是，他起床悄悄脱掉班长的内裤，从床头柜找来针线包和碎布条，在内裤里缝了一个小口袋，悄悄地把自己的一千多块钱装入袋子里，一针一线密密缝上袋口，然后把内裤又轻轻地穿在班长身上。

第二天，班长带着战友们的祝福出发了。小伟送了班长一程，并不断提醒班长，路上多加小心。

昆明火车站到了，人山人海，很快便有一个人拍班长的肩膀：老兵，回哪里哟？

"我回峨眉。你呢？"

"哦，我也是回峨眉，一起走，一起走？"

"好呀，好呀，一起走吧。"

"现在时间还早，不如，我请老兵吃碗米线去。"

"走，反正我也没吃午饭。"

哪知，一碗米线后，班长就像醉鬼一样，扑在桌子上人事不省了，他只知道，不顾一切地把身上的钱掏出来，把手腕上的表取下，交给对方。

火车走了，班长醒来了，想着刚才的事情，越想越不对劲，衣袋里两千多块钱，没了；手表，没了，于是他这才想到报警。

女警官赶到现场，边听他的遭遇，边做记录，最后不冷不热地丢出一句话：什么都给人家，你当兵当傻了！

班长昆明被骗的消息很快传回连队，小伟通过电话告诉班长，他内裤里还有钱！

班长将手伸进内裤，哭了。

我们满桌子的人听了老班长讲述他1998年的这段经历，都笑出了眼泪。

不住酒店

　　去年冬天，扎西从若尔盖草原风雪兼程赶来参加战友年度聚会。扎西一米八几的个儿，看上去非常彪悍，曾经是班长十分赏识的兵。班长和扎西相继从云南退伍后，各自回到家乡成家创业打拼，即使生活再忙碌，战友之间也不忘偶尔通个电话，互诉各自的变化与未来计划，其中的勉励和感动之言，不难让人体味与想象。

　　酒店里来了很多战友。

　　当年的领导们如今多已退休，而许多熟悉或陌生的战友都已在社会上拥有了自己的一方天地，其中当然会有一批总经理或董事长之类的所谓成功人士，他们有选择坐在一桌。扎西如今也是若尔盖草原的企业家，不仅在家乡开有大型的旅社，还担任了镇上的领导。但他没有与那些总经理或董事长坐在一起，他主动跑来挨着班长坐。

　　班长现在是县医院的工作人员。十多年过去了，如今的他，不仅学会给病人看病处方，还懂得不少人体的保健与杂症的知识。现在，班长每天早晚仍坚持跑步，像一个不言放弃的体育健将，他有句乐观又向上的名言: 不懂就学, 只要肯学, 人生就不晚!

饭桌上, 扎西频频举杯敬班长, 他们痛快畅饮, 笑声仿佛如同昨天。一场聚会, 从中午喝到下午, 从下午喝到天黑。扎西喝得太多, 脸上夸张的笑容证明他已经有了醉意。

到了晚上, 各自都已散场。

只有讲这个故事的嫂子还守在他们两个男人身旁。

嫂子拍拍扎西的肩膀, 然后耳语了几句: "扎西, 今晚不回若尔盖了, 我们在酒店已为你订好房间。"

"嫂子, 我不住酒店。"扎西语气很果断。

"扎西, 你将就一下吧, 我们这小县城不能和成都比, 不过这酒店也是县里最好的酒店了。"

"嫂子, 我真不住酒店。"

听到此, 我们从嫂子的讲述中都产生了一点思想警觉, 心想不住酒店, 他要干啥?

嫂子顿了顿, 不受我们影响地继续她的讲述。她望着班长, 低着头, 表情有些失望地看着扎西。她生怕有哪里得罪扎西的地方, 又疑惑扎西的民族生活习性出门在外是不是有啥犯忌? 怎么酒店也不愿住呢?

"扎西, 这么晚了, 你不可能回若尔盖了, 再说, 现在交警抓得严, 你更不能酒后驾车!"

"嫂子, 嫂子, 我不住酒店, 我有个要求不知可不可以给你说?"

"扎西, 你说, 你说。"

"嫂子, 我不住酒店, 我想住你们家里。"

"噢, 家里, 家里倒可以, 只是家里没酒店方便吧。"

"嫂子，我想和班长睡在一起，还是像以前，我们睡在一个班那样。我很想为班长盖一次被子，过去都是班长为我们盖被子，其实，班长自己也会在深夜里掀被子，只是大家睡得太香，没有发现。"

　　"是吗？我掀过被子吗？那时的我真是这样？"班长笑了。

　　"是呀，有时你查岗回来累了，倒头就睡，被子经常掉在地上。"扎西记忆犹新。

　　嫂子愣在那儿，久久地，她为两条汉子的深深情谊感动得语无伦次。

　　"你们真好，你们俩太好了，那么久的事也记得呀，好，今晚，你们俩兄弟睡一起。"

　　在场的人都笑了，气氛有点儿沸腾。只有我笑不出来，真的想笑，可我眼里为什么储满了泪水。

遇见读书人

报箱是从邮局租来的，旁边有一家报刊零售店。每次打开报箱收取邮件后，我会顺便拐角到零售店逗留一会儿。说不清究竟什么原因，只顾胡乱地翻书却不愿买一本。曾经我个人很厌恶这类人，现在明白什么叫浮躁了。老板每次热情的招呼与表情，像是熟知的故人。于此，我从没想过老板的感受，有时在翻动书页时，我会停下来认真问一句：这些文学杂志有人买吗？

"有是有，但少之又少，买的人中女性多一点。"老板盯着电脑上的账目，头也懒得抬，自顾自地答道。我对他说："不错呀，看来你对文学杂志的现状，还蛮知情。"

"当然，毕竟做了十多年的了。像你手上拿的那本杂志，至今一本也没卖掉。"我怔了一下，心想这本杂志可是中国文学界的最高殿堂，居然落得如此不堪命运？但我没能对他说出口，只是悄然将它放回报架，接着问他："卖不掉，怎么办？"

"还能怎么办？退货呀，反正是代销。"老板一脸无所谓的态度，忽然站起身，换了一个角度对我说，"也不是这回事，读书大概也得分地域，比如，我们这里的文学杂志不好卖，并不代表所有地方都这样，如果放在天津、上海，或北方的其他城市，相信又是另一种情况。文化差异，谁说得清楚，有时来此买书的人，你看不出他的身份，但读书多的人，谈吐自然不一样！"

"除了文学杂志不好卖，最好卖的是哪类杂志呢？"

"当然是《读者》了，每期我至少卖掉八十本，还不够，有时还得想法到其他摊子借一些回来救急，可以说，至今市场上任何杂志，也卖不过《读者》。"老板说到此，脸上泛起了笑容。

此时店里正好进来一个顾客："老板，我订的《读书》呢，给我留好了吧？"

老板微笑着从案下递给顾客连续几期的《读书》，并向我小声介绍道：这是一个软件开发商，每期的《读书》杂志他必买。我直言不讳地对那位个子不高的顾客说，能读这本杂志的人不简单呀，很高端。顾客满面笑容地打量我，不停地重复一句话：挺难，真的挺难，我只是还在坚持读这本杂志而已。话还未讲完，老板便急着把我介绍给顾客。老板一边介绍我，一边递上发表我作品的杂志：看看吧，这里有他写的文章。

"遇上你，真难得。当下生活，太过浮躁，能坚持纯文学写作的人，太难得了，我认识一些网络写手，他们几乎不怎么读书，只喜欢胡编乱造！"顾客将眼睛从书页间抬起头，无奈又惊诧地看着我。

"这时代，真正搞文学创作的少，能坚持读书的人更少。"话完，我顺手取下一本杂志，递给他，告诉他上面介绍有不少好书。他立即买下，声称相信我的推荐。同时，他还告诉我，大学时候，《当代》《十月》之类的文学杂志，他喜欢看。

就是这样一个人，简单交谈中，我发现他如今长期只买《读书》杂志看，其读书心得的确让我这个从事文学创作的人有些意外。他一句"科技发展离不开人文支撑"，让我兴奋了好久。

似乎也可以这样推测，好的读书人，并不是写作者，也不是出版人，而是高手在民间。他的出现，仿若让我眼里看见了一粒闪光的珍珠，突然点亮了一路疲倦的风景与蒙尘太久的岁月。他所选择的读物看似与其专业格格不入，但却做到了工作与生活的互补、丰富、提升，正是他独特的读书经验校正了我长期以来所谓对路写作却单调的阅读习惯。

说不出的也是爱

忽然看到电视上一个女孩在哭。

原本女孩是来参加歌唱比赛的，主持人说，唱歌除了有天赋，还有就是遗传。你的爸爸妈妈一定很会唱歌吧。女孩说，爸爸五音不全。那你妈妈呢？女孩摇头说，不知道。在她一岁多时，妈妈就离开了这个家。奶奶怕她再受委曲，就一直带着她在身边生活。

当岁月把一切都变成生活，女孩坚强地长大，奶奶却一天天老了。奶奶经常给女孩讲妈妈的故事。奶奶从没说过妈妈的半点不好。女孩从奶奶那里听到的妈妈，是世界上最好的妈妈。可女孩不明白，妈妈既然那么好，为何要离开这个家？

奶奶告诉女孩，妈妈离开家时，没有任何征兆，还给家庭里的几位重要成员买了肉。

女孩每次在爸爸面前问起妈妈，爸爸都说，妈妈这个人挺好的。可是话还没展开，就哽咽得再也说不下去了。

婶婶和姑姑多次要求把奶奶接过去。可是奶奶为了女孩，一直坚持独立生活。直到女孩考上大学，去北京找到了妈妈。

女孩见过妈妈两次后，就不再去找妈妈了。因为妈妈又组建了新的家庭，她顾虑重重，担心影响妈妈生活。电视上，女孩反复讲起自己与奶奶相依为命的点点滴滴，泣不成声。奶奶为她付出太多太多！

镜头里，不时出现女孩的奶奶和爸爸。

观众席上，爸爸看上去特别年轻，帅气。奶奶满头银发，老态龙钟。

令女孩想不到的是，节目组为了让她明白当初妈妈离家的真实原因，特地从幕后请出了妈妈。

妈妈不再年轻，甚至已经发福，且显苍老。可就是这样一位妈妈，首先当着观众的面，给奶奶磕了三个响头。然后走上台，拥着伤心的女儿，镇定地讲述她当年的处境，赢得掌声阵阵。

起初，许多观众，包括电视机前的我，也担心这位妈妈年轻时，是不是有什么过错？怎能长时间不关心自己的女儿？

哪知妈妈离家原因太尴尬、太伤悲、太委屈。

二十多年前，她与他的结合，遭到奶奶及多数家庭成员反对，家里成天因为她，闹得鸡犬不宁。

矛盾焦点唯有一个——她比他大十岁。

为了成全一个家，她默默地选择了带着爱离开。但她没有能力带走女儿。那么多年过去了，虽然她也有了自己的家庭和孩子，可对曾经的那个家，以及家庭里的所有成员，无时不牵挂。但她时刻牢记，不能再去破坏他们美好的生活，她不联系女儿，不愿与女儿见面表现太过亲密，她克制了身为女人身为母亲应有的对女儿的爱，完全是为了不伤害女儿继母的感情。

她所做的一切，都是为了那个家好。为了离开后，家里的每个人都好。

　　但她还是说了，当着他和那么多人的面，她说，她至今还爱着他。为了女儿，她和他曾商量过，彼此都不要说出这个秘密。可是面对泪流满面的女儿，她在这种情况下，终于忍不住说了。最后，在主持人的鼓励下，她为女儿唱了当初离开家时，心里反复为她唱了千遍万遍的《星星知我心》……

　　女孩的爸爸自始至终没有说一句话。我想，或许，他没有说出来的，也是爱。

六岁的西藏

课时用去一半时，才冒出一个主意。我停下正常课时，忽然将话题峰回路转道：我们能不能改变一下课堂气氛，让我来当一回你们的听众，分享你们的故事？

同学们先是嘻嘻哈哈地相互打望，继而表情开始紧张，生怕自己成为第一个发言的人。

这些有心情来上文学欣赏课的同学，多是社会各界退休的老头老太，还有个别海归。可以说，他们的儿女有些都比我大。当然这里面，也有少数渴望与文学结缘的年轻人。面对我的要求，大家都在矜持与对视，想极力逃避发言。

"既然你们能够坐在这里，足以证明你们是与文学有缘的人。文学欣赏，目的重在更好表达自己的发现，分享你对生活的感受。其实，你们最不缺的就是人生经历，谁先来发言呢？哪怕只是内心的一个小切片，我希望你们第一步先要学会说出来！"

"老师，我读过你和西藏的许多故事。其实，我与西藏结缘比老师更早。"在我反复鼓励下，终于有人肯举手发言了。

这位同学有些脸红，大概是因为第一个，加之第一次发言吧。那眼神充满了迟疑与慌张，生怕自己表达不够好。

下面就是她讲的西藏故事。

我爸爸妈妈都在西藏工作。是个冬天，很冷，舅舅开车搭我去西藏找爸爸妈妈。川藏线有个地方叫二郎山，车开到那里，就被冰雪挡住了。我蜷缩在车里，浑身发抖。停了大半天，舅舅终于又将车发动。后来才知，与舅舅一同驾车出发的一个叔叔的车，掉下了万丈深渊。

车到林芝通麦时，路没有了，河面上只有一座藤编桥，像蜘蛛网一样横跨在空中。我们必须从藤编桥上钻过去，才能见到从拉萨赶来接我的爸爸妈妈。大人看着那桥脚就打闪闪，更别说我一个小孩了。舅舅将我一次次从车上抱下来，放到桥口，又一次次将我放回到车里，反反复复。

当我醒来时，已经独自一人睡在兵站了。

外面的天，漆黑一片，烛光下出现了三个人。他们身上穿着厚厚的羊皮袄，腰间挎着藏刀。那脸上的红和眼中的红，像炉火里烧灼的炭，像河流里浮动的斜阳；他们说的话，我一句也听不懂，只瞪着惊恐万状的眼睛，一步一步退缩到墙角……

就在这时，我赶忙打断了这位同学的叙述："你舅舅呢？"

后来才知，舅舅当时跑到很远地方，找人联系我爸妈。当我再次醒来，已经在拉萨了。后来，后来总有人问我是怎么到西藏的？我说是从猪笼子里钻过来的。他们听了都笑。

此时，此刻，课堂上笑声如海鸥拍翅的海浪，起落不停。唯有我镇定自若："当时你才几岁呀？"

她抬头对视我，又低头盘算，末了大声道："三十多年前的事了，那时我应该只有六岁。"

"噢，你六岁就进西藏了，比十八军女战士还勇敢呀，真是了不起。"

她接着我的话，猛然打开了话匣子，表情像装满了水的特堤斯古海，抑制不住激动、兴奋，甚至心跳嚣张。为了不让珍贵的海水轻易漫延成灾，我不得不果断制止她决堤。

"很好，你讲得非常好，虽然你可能还没完全明白什么是作品，可这就是你口述给我们的作品。在座的同学都一样，不会写不要紧，只要讲得出来，别人照样能够领略你不一样的人生。你们的生活能源储备，都比老师阅历丰富，在此请大家为这位同学响起热烈掌声。"

顿时，一张张比玫瑰芬芳的笑脸在眼前摇曳，他们说话声渐渐超过了蜜蜂的分贝。

"静一静，大家能不能先静静？"我抬腕看了看手表，"还剩不到一分钟时间，最后我们来给这位同学口述的作品，取一个标题吧。"

同学们又陷入了不安的对视中。有同学张张嘴，慢动作地一个呵欠，浪费了很大表情，终究照样恢复沉默状，空气里陡然有了一种凝固的味道。

直到下课，大家也未能发声。我站起身，腋下夹起书本，认真地扫视了每位同学一眼，刚跨出教室第一步，心里忍不住大声地喊了五个字——

"六岁的西藏。"

遗　憾

　　这事儿怎么讲好呢？想了半天，无论从哪个角度讲，似乎都不算有一个美好结局。有点无奈，更让人感觉不美好的是，故事的开端居然找不到一个愉快的切入点。后来，总算想明白了，任何社会总有些故事注定是不被人喜欢的，因为它的情节处处让人丧气，处处令人猝不及防！

　　事情的变异得从她重男轻女说起。要不是这种偏见思想作祟，她的家庭发展完全不至于如此。四十年前，已经生下三个女儿的她，仍不满足，每日每夜，盼天求地，终于又得到一个宝贝儿子。喜忧参半的生活负担再次加重，四个孩子，大的要上学，小的要吃奶，怎么办？

　　她和男人商量，决定把女儿老三抱养给邻村其他人家。

　　有一天，老三回到家。作为母亲的她给老三两个鸡蛋，让老三拿到离家不远的学校门口卖了，顺便买点针线回来，给姐弟缝补衣裳。哪知老三一去不复返。很快村子里就有人传出老三被拐的消息。为了寻找老三，一家人急得像热锅上的蚂蚁，连续十多天，倾巢出动。遗憾的是，老二在寻找老三的过程中，不幸滑下悬壁掉进堰塘死了。

这只是第一个遗憾。

第二个遗憾来得更陡，失去两个女儿的她立即疯掉了。披头散发的她每天拿着锅盖，在村子里漫山遍野疯跑、敲打。她呆望着天空，声嘶力竭地呼喊老三和老二的名字。男人看着她的样子，从此一病不起。

这成了第三个遗憾。

老大就此辍学了。睁眼、咬牙、伤心、落泪，面对轰然塌下来的天，老大擦干眼泪，强忍住悲伤，进入家政服务公司，挣钱贴补家用。老大不仅要照顾多病的父亲，还要守着疯子母亲。更为艰难的是，最小的弟弟身体发育不全，吃饭得靠一勺一勺地喂。全家人的重担，压得不满十六岁的老大喘不过气来。即便如此，老大从没放弃寻找老三。老大没日没夜地拼命是想在父亲弥留之际，见到老三。除了工作，老大所有时间都用来寻找老三。

遗憾的是，老大没有找到老三。这成了老大心上的遗憾，也成了父亲最后的遗憾，老大继承父亲托付给她的遗憾：一定要帮你母亲找到老三！说完，父亲就闭上了眼睛。

老大带着整个家庭的遗憾，找了老三近三十年，找遍中国大江南北，找遍三十多个城市，直至带着神志不清的母亲找进中央电视台。主持人倪萍面对这位人生充满太多遗憾的女人，流着泪为她一次次鼓掌，因为在寻找老三的过程中，在家庭变故不断为她日子添加伤口的同时，她扛住了一次次雪上加霜的炮轰袭击，从一名普通家政服务员，到手下拥有几十名员工的家政管理者。她不仅努力管好公司，还要管好母亲，不让母亲离开她半步。舞台上，她紧紧呵护着已经失去两个女儿和丈夫的母亲。嘉宾席上的赵忠祥、郁钧剑在悄悄抹泪，台下观众百感交集，她来到节目的最大愿望是想让老三尽快见到母亲。

她的母亲支支吾吾，说不出一句完整的话，零乱花白的头发下，瘦削的面孔尽显风烛残年。

为爱寻找，希望就在大门里面。老三能否从眼前走出来？想必电视机前的观众把心都拧成了一股绳。

现场齐刷刷的目光带着沉重的期待守候着奇迹。倪萍侧着身子朝门里望了又望，结果，门被彻底开启后，遗憾再次降临……

或许，生活中遗憾事还有很多很多，可是这么多遗憾，所有的遗憾石头般堆积于一个家庭，压迫着他们的生命情感灵魂，让人不堪重负。尽管遗憾，聆听故事的人还是愿意等待生活出现奇迹。因为这不是一个人的遗憾，也不是主持人倪萍摇头叹息落泪就能够挽回的遗憾，它是整个世界的遗憾。

两条鱼的江湖

  善玉是个比我还孤独的孩子。但他从不承认自己的孤独，他说孤独的人只可能去读张恨水，这是他读《似水流年》时，无意中表现出的对张恨水的崇拜。

  那年，他十三岁。

  我曾怀疑他是否明白自己的身世。起初，我以为他在这个世界根本就不知道自己的父亲到底是谁。其实，后来，我知道，我知道的一切都是假的。但我还是在一次放学路上悄声地告诉了他：张善玉，你不是你爸爸亲生的。

  他一声不吭地看着我，久久地，最终张牙舞爪地给了我重磅一拳。为此事，后来的后来，我一直后悔不已。

  但这并没有妨碍我们继续做好朋友。我们从小学一直同伴到了中学。那些萤火虫儿到处乱飞的夏天夜晚，善玉常常发动一些探秘活动。在星光下，我们一阵风似的从这座山刮到那座山，然后，背靠背，像两个江湖英雄，伫立山顶上，感觉是站在了梦幻与星空之间。山下成片成林的玉米秆在轻风中摇曳，我们一起欢呼，一起吹着自在的口哨，还齐声高唱"攀登高峰望故乡，黄沙万里长"，兴奋得仿佛成了武侠片中的主角。

善玉中学二年级那年，因班主任对他作文的评语不公，一气之下从学校背回了所有的书本再也没有返校。原本成绩平平的他在作文方面一直坚持语不惊人死不休的自我表达与发现，可班主任批阅之后总会用红笔送他两把带血的大刀，旁批上分明写着：不知你从哪里抄来的？真是古今中外混淆是非，可你本事再大也无法生活在古代。

善玉第一眼看了心痛；第二眼看了心碎；第三眼看了决定离开学校。

现在想起这事来，我仍不敢总结那是班主任的错，还是善玉的才情太过出众。总之，善玉每次看了班主任给他作文的批语就很不是滋味，最严重的一次是班主任布置写一篇游记。善玉写的是我们家乡附近的一座水库，而且他还别出心裁地创作了一首打油诗作为游记题记，行云流水般的想象仿若可以把人带入仙境。班主任阅过之后，摘下眼镜，提笔一挥：不就是一座小水库吗？哪里有这么美？善玉看过之后，哗的一声把作文本撕了个粉碎，然后望着班主任，咬牙切齿道：我不相信你这样的老师也教得出才华横溢的学生……班主任看着善玉发怒的样子，顿时气不打一处来：我更不相信你这样自认为有才的学生还能成为第二个张恨水。（当时电视里正在播放《啼笑因缘》。）

善玉辍学之后，每天就待在家帮妈妈干农活。闲不住时，他便在墙上写诗作画，把张恨水著作里的人物名字安放在他画的那些人儿头上。更多时候，他独自躺在山坡上与羊一起聆听收音机里讲述的耶稣故事。善玉的家与我的家挨着不远，他住在山嘴上，我住山嘴下。自他离开校园，我们就很少碰面，遇上周末，两个人有什么事就在自家门口把大拇指与食指放进嘴里，吹口哨，直到风吹满山谷，荡出我们交织的哨音。

善玉是个缺少父爱的孩子，他的人生缺少大人精心的设计。这是母亲对我讲的。母亲说的"大人"其实是指善玉的亲生父亲，传说是一个县官。不过，善玉并不在乎这些，很小的时候，善玉就跟着妈妈来到了他现在的这个家。年少无知的我时常为他内心的失落与孤立而惆怅，但也只能惆怅，帮不上任何忙。那时，同学们常拿他人生的"缺口"攻击他的自尊，因此少不了打架斗殴，善玉常被高年级的同学抓破脸，撕裂衣裳。这时的他更害怕前来劝架的我被人打倒在地，双手死缠着对手的衣襟……

我能够说的只有两个男孩之间洒落在青春路上的星星点点的欢乐和忧伤，我说不出来的是长大后的分离岁月为何一转眼就到了今天。而那种别离的忧伤一直是隐形的，且持续不断，它潜伏在故乡的丘陵地带。

作为儿时的伙伴，我是在善玉十六岁那年去西藏当兵的。记得当时，他从几十公里外的建筑工地赶到火车站送我，弹一个响指潇洒地对我说：哥们儿，希望你早日衣锦还乡。此后，我不断收到善玉的来信。那阵子，军训的疲劳常被他笔下的"故乡一切依旧，勿太牵挂"等优美的句子冲得烟消云散。然而，许多真相证明我被善玉蒙蔽了。

第二年，雪山杜鹃红似火的季节，同村的阿兵一纸苍凉地告诉我，善玉瞒着他妈妈独自去了深圳。我想，青春年少，绚烂理想，精彩世界，善玉一定是寻他的梦去了，就像我千里当兵走西藏一样。好在深圳的四川老乡特别照顾他，替他找到一家公司当保安，及时解决了吃饭问题，而且每月还可以拿到八百来块钱报酬。但好景不长，善玉在公司站了不到半年的门岗就下落不明了。听了阿兵的诉说，我写信急忙安慰善玉的妈妈，便一而再地给那家公司去信打听他的去向，然而时间证明我的做法是幼稚的，多余的。茫茫人海，人海茫茫，有谁来管这些鸡毛蒜皮的小事。不谙世事的我，当兵在外，面对现实，无可奈何，百感交集中我仍坚信这世上一定还有好人，怕只怕人口密集的城市，好心的人会不会在生存竞争中力不从心，或者越来越少？

远离故乡，我在异乡不断扪心自问：善玉，是不是因为我的离乡带来了你的孤寂，造成今天友情的风云变幻。

……

在我即将启程回乡探亲的那天，渴盼犹如半个世纪的忧虑，终于在善玉久违的一纸便条上消逝了。那个世纪的初年，我第一次坐在飘着雪花的西藏上空的波音飞机上捧读善玉来自桂林的讯息——依然是过去那种抒情的语言，象鼻山、漓江、游船，观光的人群在我想象里即刻成了一幅美丽的画卷，那不是桂林的山水吗？在善玉的文字陪衬下，身处壮观的绝世山水何以宛在水中央？

婉约桂林，我如何面对？

往事并不如烟，春梦了无痕。在一个非常寂静的夜晚，我倚着西藏夜空的点点星辰，重读善玉的旧信，虽有点滴漂泊的寒意，但却多了一分踏实。善玉在信里说，这些年来，他为了寻梦，分别轮换了十多个不同的岗位。除去计算机操作培训费外，平时积攒下五万多元准备回家盖楼房。善玉还说，城市里有些老板简直不是人，完工后就变成了野兽，任凭你如何寻找，一眨眼就不见踪影……

于是，我披星戴月写信鼓励他，生活永远是进行时态，记忆可以磨灭旧事，但新的生活自然又生长出来了，挡也挡不住，什么时候厌倦了外面的世界，你就带着梦想早点回家吧。眼下数年又飞逝，善玉回家了吗？反正我是多年未回最初出发的那个地方了。模糊中算来，我们有十二三年没见面了吧。

我在漫天风雪里听说他从遥远的南方回到阔别的故乡同一位如意的女子结了婚——女子的前夫落水淹死了。他俩不期而遇地结合让身在西藏的我多少为之有些兴奋。不知为何，我总感觉他俩似曾相识，但我却找不到从何说起的理由。若张恨水先生愿意，我很想托他替善玉重新安排一场轰轰烈烈的爱情。毕竟善玉的女人遇到伤心的事就喜欢面对高山上的那面湖水，把创作《金粉世家》的那位先生的名字挂在嘴边大喊大叫，恨水、恨水、恨水。那一刻，其实善玉比他的女人更难过。他背对着她，也背对着湖水。要不是因为她恨水，也很可能没有他们后来的故事了。

但她并不知道他崇拜张恨水，更不知道张恨水究竟是谁？

当他们的孩子一个又一个来到这个世界，他们就一次又一次向着驶向远方的列车轰隆隆地奔去，在他人的城市里寻找自己的脚印。我知道，这并不是一件容易的事。远方欠年轻的梦想太多太多，可城市欠我们的，或我们欠城市的太少太少。

事实上，自从我们离开故乡，就意味着我们欠故乡太多太多。尽管故乡不会埋怨我们，但历史终将用代价去偿还……

一去不还的善玉，此时你究竟在何方行吟？故乡的草垛一定又开满金灿灿的野花了。不知为何我一直得不到他的只言片语。即使我们已经进入通信时代，即使我们彼此都有了对方的电话号码，可两个人依然可以长时间习以为常，无音无信。直到有一天，当我再无兴趣喝下一杯不加糖的咖啡时，突然发现男人之间最伟大的友谊早已被城市拥挤的步履碾得不堪一击，支离破碎。即使有人可以请来雕塑大师罗丹，我也断定罗丹早已无力修复人世间太多被岁月破损的友谊。

善玉，我说的这些，你一定比我更懂。你曾说我们小小年纪怎能想太多未来事情，想得太多就过得太累。我说不是我愿意想太多太深远的问题，这从来就是上帝的旨意。

善玉，此刻，我想你是否会在异乡风雨的街头想起我用燃烧的柳枝在你家的土篱笆墙上画的那幅画。还记得吗？画中有人拴马，垂柳边的水里有两条透明的鱼。风风雨雨之后，是不是一切都无所谓见证？曾经，你这个偏爱解读张恨水名字的家伙总喜欢用手搭着我的肩走在故乡那些少有人走过的比人还高的芭茅掩映的青石板路上，看着水中的倒影突然抬起头笑逐颜开地问一句：那厮为何与水过不去呢？

我只是笑而不答地伸过手来抚摩你快要爆炸的头发。

可现在，我很想知道，善玉，你真的与水合作了吗？曾经爱水的是你，恨水的也是你，水决定了鱼儿的情感与命运。城池里的水太浊，我们或许已经不再是过去那两条透明的鱼了。故乡的那一汪清泉被思念涸了以后，像我们这样的鱼，只能在各自的远方，相忘于江湖。

这难道不是张恨水留给我们的现实悲剧呈现吗？

你的天堂在何处

地铁上，我忽然看见了一个特殊装扮的人。

他从哪里来？要到哪里去？我看了他几眼，低下头，忍不住又抬眼看他。泥色的皮帽子，黑色的靴子，脸上有野草般的络腮胡子，藏青T恤上绣有银灰色的牦牛在低头啃草，肩上的背包鼓鼓囊囊的，旁边插着一瓶矿泉水。

人群中，他留给我一个侧影。

我真不知道目不转睛地盯着一个陌生人不厌其烦地看，将意味着怎样的后果？而在地铁上，这已经成为我无路可逃的功课。眼睛里的人，各自都没有闲着，有的玩手机，有的看电子小说，或听耳机音乐，甚至有的手上捏着报纸，人却在打瞌睡。所有人都很疲惫。而那个人却特别精神，偶尔发现他的眼睛也在四处搜寻。不难发现，打量他的人不止我一个。

他是要远离这座城市吗？

我换了一个角度，但并没有选择与他正面对视。我担心他粗暴的目光容易与我发生意想不到的冲突。直到他走出站台，我提前随他走出了地铁。原本我的目的地还有几个站。跟在一个陌生人身后，矛盾在心头。他是年轻？还是苍老？我心里没有底。论装扮，他更应该属于旷野的风景，但此刻他是我眼前现实与非现实的潮流达人，他是这城市的特质与另类，但这一切似乎都不重要。

我只想知道，他来自哪里？要到何处去？

我们神速地来到地面上。他几步走到一个站牌下，那是一条高速路的专线站牌，上面的箭头指左，写有"川藏线"。一辆双层大巴缓缓停下，眼看，他就要上车了。我停在不远处想我该说话了，再不说，一切都来不及了。在我欲言又止，思绪纷乱的时候，奇怪的事发生了。他回头看了我一眼，车上那些像他一样装扮的人都随他的目光朝我看过来。我停在那儿，如同一株压伤的芦苇，脑海里飘摇着一张模糊的脸——那是我每天上下班在地铁上可以随处看见的疲惫又空虚的脸。那么多的脸，此刻幻化成一张脸。似乎这完全又是一张与众不同的脸，上面刻有一道太阳灼伤的疤痕。

这是我曾经十分熟悉的疤痕。它让我不由得想起一个人来，尽管我不敢肯定他就是那个人，或许他们只是长得太像罢了。

徘徊在空荡荡的地铁站，上上下下的人都成了蚂蚁，取而代之成为画面主角的是我曾经驻守喜马拉雅山下的军营，那儿一年四季雪在燃烧，白天里的日光如同五百瓦的灯泡照在人身上，浩大的世界里根本没有一棵树，训练间歇，流动的迷彩风景只能轮流躲到对方的阴影里纳凉，而眼前走过的这个藏客，恰似当时我们一群新兵娃娃躲到他阴影里纳凉的人——他是我们兵营附近帐篷里的牧马人乔。

乔是我们兵营里八百多名兵仔仰视的康巴汉子。在风沙弥漫的训练场，乔如同一棵高高的梧桐树，被兵们诗意地称之为太阳伞。在那个黑不溜秋的男人世界里，乔拥有最健康最完美的肤色，看上去犹如一块黑得发亮的煤。乔脸上的那道疤痕据说是同雪山上的野牦牛搏斗时烙下的印记，他高傲得不准任何人抚摩他的疤痕。除了放牧，乔经常背一把破木吉跑到连队来。他的身后总少不了一群摇头晃脑的小跟班。

据年长一点的戍边人讲，原来乔也是兵营中的一员，多年前退伍后，很快就赶着爷爷留给他的五百只牦牛从藏北浩浩荡荡地迁徙到了兵营附近。乔言语不多，遇到毫无乐感手指笨拙的兵，他就闭上眼快速地扫弦代替自己的愤怒，天边的云朵是他放牧的音符。

我望着乔的方向，问：他真是来自喜马拉雅的乔吗？乔在雪山下的牧场是否把山外的红尘想象成天堂？过去我从不懂得问乔这样的问题。而今深处都市，我常常意外地念想天堂，却又不知天堂究竟在哪里？这个世界最让人迷茫的是没有人确定地为你指向天堂的位置？现在我想问乔，你是来外面寻找天堂的吗？世界各地的人们不是一直习惯把你的故乡认作遥远的天堂吗？

在他转身上车的那一瞬间，我发现我已身处一座空城。

抬头仰望天空的时候，蒙尘的太阳，给了我几粒沙粒，成都吝啬的太阳真够意思，它不想让我活得太明朗，所以不愿我把生活看得太清，它长期躲藏在雾茫茫的天宇里，任随满嘴里飘散着花椒与辣椒的人，满城仰望找寻。

身边熟悉的、陌生的、行色匆匆的人都在出走，他们为了寻找阳光而出走，在拥挤不堪的尘世里，谁不渴望像信徒一样自由？

实际上，我们生活中大多数人都有一颗出走的心，但从未走出一座城市的距离，甚至每天都过着比一只背包沉重的生活。在这个欲望横生的天地里，总有一些看不见的捆绑像雾霾一样难以挣脱，总有一些来路不明的信息包围我们无所适从的选择，总有一些突如其来的变化让我们束手无策，总有一些蒙尘的心灵就这样被眼睁睁地锈蚀。

　　我总想多看他几眼，期望他就是乔。可那么多重复的背影是乔吗？乔的雪山、乔的草原、乔的帐篷、乔的牛羊、乔脸上那一道太阳光融化不了的疤痕，是否可以构成我对天堂的想象？

　　在表情不断扩张的都市里，我们像水中的鱼游弋在浑浊的天地里，渐渐萎缩了太多美好的东西，很多时候我们再也抬不起高贵的头，甚至也萎缩了自己的想象。

　　我想即使在蓝色天边陪伴牛羊流浪的乔也忍不住孤单、迷惑，但庆幸的是他并没有迷失自己，因为牧羊人懂得人生原路返回的意义。

　　自从离开乔的故乡，我并没有回到自己的故乡，而是将自己搁浅在了别人的城市。在因虚无应酬过多而无法刷新心灵的程式里，我常常捏着返璞归真的信条，在来来往往的地铁上，低着头，想了又想，乔，你的天堂在何处？

清明过了春自去

单位庭院长廊的花开了，粉的、白的、黄的、紫的、红的。花朵的心事繁多，令人猜不透。我知道一种花的盛开，就意味着一个季节与一个节气的重叠交汇。但我不喜欢那种表情带着凉意的花朵，也不愿意去打听这种花的芳名，只发现她盛大的白色在屋顶上"替天行道"，抢夺了其他花色的芬芳。花匠自然喜欢她的芬芳和美好，而那只躺在地上怀孕的猫，只喜欢透过花朵缝隙的阳光。

尽管猫浑身也是白色的，但在这个春天的节骨眼上，它深知阳光的安全，重于花朵的危险。

小时候，我以为胸前戴花是一种美丽，于是采光了风中院门的花朵，兴致勃勃地分发给小伙伴，戴在胸前，哪知老师看我们的脸十分悲伤。但她什么也不说，只把飘散的长发咬在嘴里，代替了一切。长大后才知道，其实花儿是不能随便乱戴的，尤其是白色的花朵，老师的悲伤，代表了一个旧人与一个时代的悲伤。

暮春时节，花洒了一地思念。

我试图努力避开花朵探寻的目光，可我怎么也避不开思念。

春泥沉默了。

光阴如纸一页翻过一页，人每天失去的便是思念。太多太多的亲情，渐行渐远，太多太多的情感，终将被现实抛弃，太多太多的文艺犯，被春夏之交的分水岭清明所谋杀。

遇见那个穿公主裙的小女孩时，一片白色的花瓣正滴落在那只白猫的睫毛上。小女孩伸手拾起那片花瓣，不动声色地给了白猫一个微笑。一窗之隔，我惊异于这个世界的很多事情，只需要一个不动声色的微笑。

我记住了小女孩安静的微笑，从而也记住白猫不为风雨打花所碎的安静。尽管此时我已经把挂历中最寒冷的日子撕掉，但我仍然相信，明年此时仍有风雨降临。年年清明此时，年年不过如此，季节分娩平衡的是时间，只是不同时间的人迎接风雨的态度不同罢了。

古人的态度则喜欢把风雨写进清明的诗词歌赋或锦绣文章，他们在诗行中抒发或铭记个人情怀，留下了时间隽永的经典或回忆，现代生活里的大多数人，除了沉默的极少数者，多把对风物琐事的感叹发泄于手机的脸上，留下一堆划痕、碎片、垃圾。微信，则成全了他们隐私春天的希望与未来。

不少人选择结伴同行踏青去。

其实，清明适于出门在外的人回家，而真正有家可回的人，其实都过着出门在外的生活。回不去的人，只能在黄品源的歌中随声附和或继续浅唱低吟：对你的思念，是一天又一天，孤单的我还是没有改变。歌中的"你"，在我看来，更适宜指代故乡，那一方浅浅的池塘还在吗？那一棵刻着我名字的树还好吗？那些青色的石板，野草疯长的小路，蜘蛛网织满岁月的老屋……那一切是否还因为你而存在？至于回不去的故乡，唯恐它们已经不存在，存在的只是乡愁，而乡愁早已住进你的身体，故乡不再是天堂，而是一片荒凉。

记忆中的清明，故乡竹林的坟坝头或旷野里的石堆上，总会响起阵阵鞭炮声，还会遇到不远千里的陌生人出现，他们将彩纸剪成的坟签，插满一座座万古不语的老坟，然后将坟地里祖人吃不完的糖果，分散给牛背上的牧童。

……不存在了，如此回忆早被旧年的清明仪式阻断了，故乡不再是那个有仪式感的故乡了，故乡早已成为麦芒思念的遗址。如今，一日千里的城市化生活，早把无数的人打扮成了无乡可归的旅人。故乡一片寂寥，多年以后，即使有人还能重返故乡，很可能那时他们会打着灯笼或火把，迷失在故乡的阴雨里。

所幸，清明过了春自去，后一句则是，几见狂蜂恋落花。这是仓央嘉措的诗叹。在拉萨的许多春天里，我曾用情歌的方式诠释仓央嘉措的诗叹，可时间绵延千年，清明依旧，春天依旧，行吟诗人却不知所踪。岂止是仓央嘉措在清明对理塘的春天产生遥不可及的念想，同样是在世界屋脊之上的拉萨，多年前诗人荒流，也带着"青藏高原，我的心脏没有冻僵，酒杯覆盖着冰雪的荒凉，我的希望始终让我怀想"的诗句在清明时分悄然离去，只是他留下遗言，让友人我不必为他难过。

他找好友海子、昌耀喝酒去了。

善良的磁场

那天，我在单位的附近碰到一件事情。

准确地说，是我看到两个陌生男人的肢体在荒野的舞台上表演。那是两个不怕苍蝇与蚊虫的男人，一个四十多岁，矮个儿，长着一张有点险恶的脸；一个近三十，是个胖子，高个儿，看似一脸阳光，板寸头却添了许多白丝。因为什么都不怕，所以他们就在苍蝇与蚊虫乱飞的垃圾场里，聚精会神地寻找他们认为有价值的东西。

他们的目光时而幻化成虫儿在尘埃里神速地交织、乱飞、穿越。

矿泉水瓶子、易拉罐、泡沫塑料、纸壳壳、包装袋等贵重物品都被他们各自码放成堆。有车子鸣笛的声音经过，不远处有挖掘机作业的轰鸣声，还有走出地铁急步赶路的人们，但这丝毫不影响他们的专心致志。因为垃圾堆里有取之不尽的好东西，他们的手和眼一直在努力找寻！

很突然，好像是那个矮男人发现了一个什么好东西，而高男子也在同时一个箭步冲了上来，他们的手同时接触到目标。两个男人共同撕扯着一个塑料饭盒打了起来。这时候，矮男人往往不是高个男子的对手。只见高男子粗暴地大吼一声，双手扭住矮男人的手，一用力便将塑料饭盒夺了过去，然后顺手一把将矮男人推倒在几步之外。

矮男人顾不及疼痛，奋不顾身地朝着塑料饭盒又扑了过去。他没有扑到塑料饭盒，而是直接扑到了高男子的大脚。

高男子双手抱胸，纹丝不动地盯着矮男人的眼直冒烟、冒火。心想，我量你有一百个胆子也不敢和我抢！此时，过路的人谁也没有停下来多看他们一眼。但我停下来了。高男子忽然侧身抬脚，跳了一小步，矮男人便从他脚下滚出几圈。矮男人停在潮湿的垃圾堆里背对高男子，哭了。哪知，就在这时，高男子扛着自己的大包垃圾，主动走到矮男人面前。他蹲下身，从自己的垃圾包里取出两样东西：一个塑料瓶子，一听红牛拉罐，放到矮男人面前。矮男人看都不看高男子一眼，继续抹泪。高男子一声叹息，有点不舍地把手又伸进自己的垃圾包里，他犹豫一阵后，最后还是掏出了那只塑料饭盒，放在矮男人面前。矮男人放下抹泪的手，看着地上的几件物品，仿佛眼睛一下子被点亮，他站起身，笑了，满脸都是阳光。

矮男人弯下腰，把那个塑料饭盒掖进自己的衣襟，然后，他一一拾起那两件物品高高地举到高男子跟前，让他收回去。高男子替矮男人拍打身上的尘土，嘴角一歪，微笑就露出来了，满脸僵硬的波浪在他脸上慢慢融化！

我没有笑。一直站在阳光下，任风吹过头顶。

这几个细微的动作，不过是都市里平常生活的一种景致罢了，但它就这样不动声色地感动了我，使我起初悲观的判断发生了微妙变化。一个长期游离在都市边缘的微弱群体，居然有着令普通人不可相信甚至产生更多怀疑的举动，当他们在战争中以强大的磁场彰显善良本色时，那些以强大者自居的都市人往往不在场，他们漠视了生活里太多的动容片断。因为战争成了他们投机的温床！

许多时候，见证一个社会的进步，往往离善良的表情或表现近一点，再近一点，就可以看见一种文明的延伸。新年伊始，万物由冬回春，你离善良究竟近了还是远了？

呵护寂寞

　　"哎，今天太寂寞了，跑麻将馆里待了一天，完全一幅哥打的不是麻将是寂寞的样子。"这是我经常从那些打手机的路人那儿听来的话。显然，说这话的人是不甘寂寞的。

　　当我终于承认自己不再年轻，但我并不羡慕那些比我年轻的人，我只羡慕比我更寂寞的年轻人。

　　每天上班，我会发现公交车上有一群刚步入社会的年轻人，他们或悠闲地歪着身子啃面包，或低头饮牛奶，或坐在座位上精神抖擞地打电话，或独自戴着耳机听音乐，总之，他们没有安静下来的意思。尤其是在我下班回家必须转车经过著名的春熙路时，那里的年轻人更是一种知足者常乐的样子了，女生总提着大包小包的购物袋，穿着高跟鞋走得潇潇洒洒、从从容容，似乎她们一天到晚地忙碌都是为了购不完的衣物，而那些穿戴花哨的男生，走起路来那种悠闲味儿，完全符合成都古老、悠然、时尚的世界现代田园气质……让我恍然觉得他们的日子天天都是周末，或者说，他们是与寂寞无关的。

　　有一个二十出头的花样男子，隔上三五个月来一次我的办公室。他的穿戴比起春熙路上那些耳朵上打孔铆钉的男生来讲，多了几分沉静，而且他的服饰在人群中绝对称得上雅致，是十足的风景。他是一位职业的自由编导，他的头发看上去总是干净利落，从来不搞怪。在人群中，他是独来独往的一缕风。

每次他来找我，谈的都是与他职业相关的话题。有时他谈白先勇青春版《牡丹亭》里的某个细节，有时他谈阿来《尘埃落定》里的某个人物，有时谈得正欢时，他立马峰回路转讲他正在给一群学生编排的舞蹈《宫》，眨眼之间，他不顾及别人感受抓起我桌上的剧本杂志走起台步，双手把书页当折扇在面前不断幻化出神秘的舞姿。我问他为什么要编排这样的动作？他说，这是他从多部宫廷戏里总结出来的。他是这样专注于个人喜好的人，他渴望从我这里借一点文学的营养去滋长他的舞蹈，他是懂得寂寞的，我羡慕。

我经常提醒自己要呵护寂寞。呵护的理由与我的工作有关。从事文学写作的人，有的人很受关注地"冒"了一阵子，就无音信了，或者是读者觉得他越写越糟糕了，也有人猜想是他的才华丧失了。其实究其原因，最根本的是他走上领奖台受到喧哗的表扬后，就骚动不止了，更直接原因是他不再像过去那样呵护自己的寂寞了。

不懂得呵护寂寞的人，自然容易轻信掌声与鲜花的诱导，去为那些掌声说太多的话，为那些鲜花做太多的事，从而再也听不见自己内心那个真正的声音，由此他缺乏对这个世界设问的能力，沉湎于虚荣的泡沫里。写作跟其他工作不一样，其他工作可以靠专业知识周而复始地运转，写作不能，从古至今写作有一个不能忽视的重要气场就是耐得住寂寞。没有寂寞，或者不懂真正的寂寞，就难以消解日常生活中的卑琐、脆弱，难以真正理解生命的尊严与伟大，这就是为什么优秀的作家，坚守文学立场，最后他们至少都有几篇叫得响的代表作，主要原因是他们呵护了一辈子的寂寞。

别怪我自作多情

那时，我刚从西藏归来，无所事事，就住在郊外。每天除了读书写作，哪里也不去。偶尔闷了，就去窗外的田野走走。有时，我会因观察一个种土豆的农民而停下脚步，看上半天。更多的时候，我选择了涉足那些不久就将被建筑物替代的土沙丘，看上面野花一片枯荣，鸟类在农作物里乱窜。

每次趁着阳光追赶雾霭和黄昏，我便往回走。这时，他又在那个只有两棵树的公交站出现了。每次碰面，他都会看上我几眼。而我，同样也要多正视他几回——那是一个在冬天里衣着单薄的少年，他有着一双清澈的眸子，身上瘦削的书包是去城里上学的吧？

记得第一回遇见他是乘坐黄色的双层巴士进城。后来，便多次在这个城乡接合部的公交站遇到他。我想，他每次看着我是有话要对我讲吗？或者，他希望我能对他说点什么？终于，这一次他开口了。

好久没看见你进城了？

嗯，没事不想走太远。

你就住在这里吗？他指指公交站牌后面的那排小别墅。

我点点头，没事可以来找我玩呀！

就这样，他开始了与我的往来。仿佛我的样子总是有缘成为一些少男少女的邻家哥哥。有时，我正要开始写作，他的电话突然来了，说带了他的伙伴们来找我一起玩。我抓起风衣跑出去，见三个同样瘦弱的少年在那个站牌下等我。他要我陪他们去打台球。可这不是我喜欢的球类，我只好看着他们玩。完了，他们几个手持球杆，倚在球桌旁，呆呆地望着我。

还是他先开口，哥，你再拿点钱给老板，我们还想再打几局。

我当然满足了他满脸渴望的要求。每每此时，我总会想起自己的少年时光，似乎那时我也渴望得到哥哥们的帮助。

可是，少年是不是很难满足？末了，他们又拉着我去吃烧烤。这回，他在他的伙伴们面前应该很有面子了。以后，他便常来找我了。甚至，有时，我进城办事，他也要跟着去。每次去餐厅吃饭，总是他最开心的事情。许多时候是我望着他一个人吃，我在想他是不是在家很少吃肉？怎么一个少年的饭量会大得出奇。我从不问他家境，他不说自有他的难处。他每次只说他的家离我住的地方不太远。他在说的同时，就转身用手指指那冒烟儿的高烟囱，那儿是工厂区。

依然偶尔接到他的电话。

他说他没有上学了，去城里的网吧找了份工作。

大概是一个深夜吧，我处在写作兴奋的佳期，他的电话响了：哥，我朋友出了点事，借你一千五百块钱。这回，我没那么好的兴致奉陪他了。倒不是因为钱的事儿。主要是我反感写作时被人打断思路，索性挂了他电话，一句话也没对他说。

从此，一个天大的裂痕张开了翅膀。

他从我生活中彻底飞走了。他音信全无。

后来，我从郊外搬进城里。日子一晃五年过去了。一天，我正在运筹公司里的事务，突然想起他，想他一定长大成人了，于是便抱试试的想法让助手替我在网上找找此人，我想现在可以为他谋一份体面的工作了。

一个下午过去了，助手从网上传来回音。听得出，助手在电话里的声音比我更激动。助手告诉我，找到此人了，只是那人的留言回复，让人很失望：五年了，已经过去五年了，请你告诉作家，我们不是一个世界的人，以后永不再见。

我纳闷，此话怎讲？

助手也在网上纳闷地继续追问他。直到晚上，他总算回复了消息：当初是我朋友要堕胎，我才开口向他借钱的。

我一声叹息，少年的世界，原来如此，故事总算找到结尾的源头了。原本，生活中的这类平常小事构不成我作文的冲动，但仔细想来，文学是生活的倒影，写作也是为了更好地认识生活。记下它，愿至今为没有借到钱而记恨他人的少年，总有明白真相的一天。

此事，同时加深了我对自己的反省。难道真应了那句多情总被无情伤？助手劝了我几句，总之，让我不要为此难过，世界不是太单纯，但也不是太复杂。助手说《甄嬛传》里有句话说得很好，别人帮你是情分，不帮你是本分，没有谁是必须有责任和义务要帮助你的。

释然了，那就别怪我自作多情。

本味杨先生

许多人喜欢汪曾祺，究其原因，他们最终喜欢的还是人间烟火下的生活本源之味。可本源之味何处来呢？除了命运赋予的生活，汪曾祺是有师承的，一为沈从文、二为废名。这两个民国时期响当当的人物，他们的文字里总带着一股泥土散发的清香，自然、纯洁、纯粹，把人引领到持久耐读的世界。这很不容易，相当于一个人的本来面目，经住历史长河的淘洗与冲刷之后，仍保持自己不为风吹草动的品性。尤其之于移情别恋的读者，可以说，这是作家的传奇，被文字涅槃的传奇。

中国大西南一角的军中诗人杨泽明先生也有本味，可他的本味没有师承，他只有西藏夜空中闪光的星座，有走不到尽头的边防线，有脸上布满了汗珠子与紫外线的哨所战士，有雪域系着哈达的唐柳与飘满酥油的芬芳藏地，有牦牛也有背水的阿妈，这些深深烙着"奉献"时代标签的审美视野，深深地筹筑并影响了一代诗人特定的心灵人生。

相对于杨先生在遥远的西藏边防仰望星空，我抵达的西藏边防整整晚了三十余年，但这并不影响我们一纸之上的缘分。幸运的是，我在边地八一镇的山谷里仰望星空的同时，手上还捏着杨先生的诗集。而那时的杨先生，除了星空，唯恐只有给出生地重庆大足写一封寄不出去的信。那些想家的信，后来也成了他灵感发酵的诗。似乎诗人最初的举动都有可遇不可求的境遇，但这绝不是效仿。至于大多数因选择从军而把驻地当故乡的人，都有过同样想家的情绪与写不完的家书。不同的是，有的人拥有智慧把一封封家书变成一首首诗。最初，我也写过类似那样的家书。我鼓足勇气，把那些自以为代表了自己心境的句子串成诗笺，寄给早已走出喜马拉雅的杨先生。那时杨先生在西南军事重地一家文学刊物，发起一场制造新星的运动。他把我的第一首像信一样的诗，发在新星灿烂的田园里，从此，兵之初的脚印里有了诗的痕迹。

比起杨先生，我是幸运的。曾在拉萨听说过一则关于杨先生的投稿轶闻。据说在他身上曾有"百篇精神"称号。这个称号影响的不是他一个人，而是一个战区的文化与理想追求，讲的是他当年锲而不舍的写作投稿精神，直到投出第一百篇时，编辑终于被其文打动将其变为铅字，从此让他一发不可收。很难想象，在信息工程高速发展的今天，有些小青年投几篇小稿没有被发表就责怪编辑有眼无珠而放弃写作，是何等的没有耐心呀。更何况那时的杨先生少小离家，在千里边防线上，既要克服站岗执勤之苦，还一心怀揣诗人的理想，这需要多么大的勇气与力量？

一个偶然的机会，我来到杨先生制造新星的杂志，遇见一位甘肃的青年农民作者。这是得到杨先生扶持的作者，杨先生为他安排食宿，还为他的稿件促膝谈心，提出修改意见，直到送他上车还千嘱咐万叮咛。这件事于我印象很深，只是不知当年的那位农民作者是否还在继续文字的旅程？这样的事例应该比较多，即使多年以后，杨先生离开杂志社，还有心在流浪的作者因信任文学，信任杨先生而记得他，便几经辗转到成都找到了他。如此文学人事，听起来有些天方夜谭，但面对那位迷茫作者凄惨又漫长的经历，杨先生安顿了他几天的生活也只好无奈地劝其回家。

尽管如此，杨先生的热心从未因时代颜色的变化而改变。

不穿军衣的杨先生，比穿军衣的杨先生更洒脱。这时他已把心投放到一座城池的文脉建设上，他为一本地方刊物的创办，经常骑着脚踏车，穿城而过，设计、校对、组稿、拍片，刚开始几乎成了他一个人跳舞，甚至常常倒贴腰包。在他身边聚集了不少文学朋友。他为他们的出场写序，他用自己的人格汇聚更多热爱文学的心。遇到一些行为不端混进文学圈的家伙，他会选择什么也不说，然后扬长而去。

在二十年后的一次同行采风中，我们在大巴山腹地的青山街，聊到的事情尽是西藏人事，令杨先生最为佩服的是小说名篇《央金》的作者刘克。曾经在文坛中冷热相遇宠辱不惊的刘克，不光是创作上的成就，其为人的品行对杨先生或许也有所影响。

我想这也是本味的一种内涵与延伸。

透明的泡菜

她身穿浅绿色旗袍，头发绾在脑后，手上拎着小包，静静地来到三楼高干病房。在她轻轻推开病房的第一眼，看见的不是病床上的父亲。

半关着的玻璃窗，有一道立体的光，射在床边的小桌板上。那是午后三点的阳光，有些慵懒，夹杂着秋冬温度交接的秩序。窗外，袖珍扇形状的银杏叶，统统被蜡染成极致的黄，在空中芬芳、轻舞——它们成了那束光的背影。而病房里的一切都是那束光的背景。光的落脚点，正是她目光所及之物：一个装了糖果被改装泡菜的塑料瓶子。

那是一些青菜秆被盐水浸泡得已经泛黄的泡菜。间或有几粒红色的辣椒和青涩的野山椒点缀，让人充满食欲。

"哟，高哥，还有泡菜下饭吃呀，安逸！"

高哥是她从三环路外的城乡接合部请来照看父亲的护工。她因为忙工作，已经好几天没到病房来了。

高哥不经意看她一眼，没吭声，但他从喉管里输送至脸上的尽是满腔笑意。

"这个季节，你还可以泡一些白萝卜皮，或者去菜市场买红萝卜心，泡三天三夜，脆得很，香得人至少吃三碗米饭，味道相当巴适哟！"

"嘿！"高哥仍是用这个字重复地笑，像是回答了她。

她一本正经地问他："你会泡吗？高哥。"

"嘿……"高哥这次在这个字的笑声后面，加了一句，"这是我老婆泡的。"

她放下手中的包，缓慢地"哦"了一声，两个人的对话就此打住。但她心里由此想得多了起来：高哥的老婆是一个怎样的人？高哥都六十多了，比病床上的父亲年轻不了几岁，他在病房里替她照顾父亲，虽然每天可得150元工钱，但他也到了需要被人照顾的年纪呀。

"高哥，泡菜也不要当饭吃，要营养得当，多吃新鲜蔬菜。这样吧，我每天再给你补助些生活费，你可以在病房外的馆子里去，吃好点。"

"嘿，你不要给我加钱，我吃完了，我老婆会给我送来的。"高哥说话的笑容，方正的脸，十分饱满。

她记住了高哥。

直到她父亲出院很久了，她还在人前人后说这个高哥。

看得出，她在说高哥的时候，脸上洋溢的笑容已被高哥的生活态度感染。有听者说，高哥质朴，如同那一瓶泡菜。也有听者言，高哥卑微，但他身上的光并不卑微，他可以把尘世的苍白照亮。还有人感慨，高哥是个自带三分阳光的人！她形容高哥最多的是方脸上有饱满的笑容，那种饱满，作为听者的我看来，何尝不是人生的知足与生活保障的拥有？

当然，现实生活中，我并不认识高哥，但这并不妨碍我对那些在平凡的世界里言少却又拥有几分贵气的人产生好感，相对而言，我想到更多的是那个为高哥泡泡菜的女人，她的心比红萝卜透明！

目击者

这是我第二次在天桥下的拐角遇见他。

作为目击者，停在离他不到一米的地方，静静地注视他。我把手机安静地放回口袋里，几次欲再将手机掏出，可还是忍了，又忍。他一定不知道我视野里锁定了他。只有路过身边的少许人，通过我的目光牵引，才又将自己的目光对准他。但很快他们就并不当回事地恢复了前进的脚步。也有过路者经过我身旁后，突然发现了什么回过头，顺着我的视线，挤着皱巴巴的脸，偏着脑袋，一眼一眼地瞅他，终究还是放松表情，大步流星地过去了。

只有我困在原地，停滞不前。

当发现他正要看向我的时候，我便若无其事地将眼光移到别处。实际上，他并不会有意识地看我。他早已习惯了目中无人，我行我素。只是我对他全神贯注做事的行为，兴趣太过浓烈。

他衣衫褴褛地坐在一个餐馆的屋檐台阶下，浑身散发着陈年的馊臭味，油渍渍的皮肤和骨头像是被煤炭涂抹过的。他面前摆放着一个大的蛇皮口袋和几个小塑料袋子。看样子，他不是卖狗皮膏药的人。他佝偻着身子，将小塑料袋子里的骨头和肉整理成捆，再放进大的蛇皮袋子里。那些骨头和肉都是餐馆里的客人吃了剩下的。他的专心与认真像是在完成一项伟大工程。他将大小不等的骨头分类之后，再分袋子装好，一袋重叠一袋，整齐划一，如同一丝不苟的拾荒匠。

路上行人匆匆过，他从未停止手上的活路。直到夜里，一直黑下去，黑进他疲软的身躯和装满期望的瞳孔。夜色很深，他的瞳孔更深。当他把夜色尽收眼底，餐馆便打烊了。远处的灯光渐次熄灭，唯有立在前面的路灯照着他的世界。我蹲下身，以背影对着他，点燃一支烟，吸了一口，有点甜，有点涩。可就在眨眼工夫，他身边魔法般地出现了一只狗。那是一只夜色般黑的狗，它潦草的毛发、迷茫的眼神，在渐弱的路灯下，委屈地面对着他。他忽然站起身，拉着长长的影子，像变了一个人，将头钻进蛇皮袋子里。他的手在快速地挑拣骨头架子——那是一根残留着丰富肉质的骨头，他满面笑意地将骨头送进狗的嘴巴里。

"嘿，吃慢点，没有人跟你抢！嘿嘿。"

他在笑，精神百倍地笑。狗也在笑，在他的笑声里，那么多狗和猫正从餐馆背后的巷子和屋顶上，赶来。

一出好戏就将上演了。

夜太黑，尽管这看似有些危险。但我知道，一个人的夜晚才刚刚开始。它们按高低顺序，坐成排排，静候他的点名。他左手拿着一根粗大的骨头，右手在点数。他用眼神默念着，把它们一个一个地指了一遍。一根根骨头和一块块肉，在它们头顶飞。它们仰望着，像血液燃烧的舞者在大地与天空之间升腾，但他不是主角。他在旋转，速度很快，伴着笑声，不亦乐乎，前呼后拥，他笑得腰也伸不直了。在他眼里，他觉得自己永远只是它们的配角。

这个夜晚，我拒绝使用手机做无休止的拍客，夏天的孤独让目击者毫无羞愧地抵达了一个人的精彩和一个族群的狂欢。

少年行

　　我站起身，向他招手。他看见了我，表情依然生涩，抿了抿嘴，终于露出带酒窝的笑意。但他没有像熟人一样坐到我身边。

没有照片的童年

至于童年，我没有太多的独家记忆，因为童年的照片一张也没有。

说得绝对一点，没有照片的童年，就好比记忆毁灭了返回童年的路径。对于漫长的人生而言，这简直就是一个无法修补的残缺。每每看到那些明星翻晒自己小时候的照片，我心里都很难过。尽管那些明星童年的表现，不尽人意。有的说，恨不得把那时的摄影师狠狠揍一顿。要是他们知道，这世界还有很多与他们同时代的人根本就没有童年的照片，他们对摄影师的愤怒会不会减少一点？

隐约记得自己拍第一张照片是小学五年级。当时我们那里只能拍黑白影相。一个戴草帽的摄影师不知来自何方，他跑到我们学堂来晃了一趟，同学们无人问津。直至中午放学路上，碰见表情并不乐观的他。很突然，他竟主动靠近我——来，我给你拍一张照片。可惜我没有钱呀。摄影师说，你向你的同学借吧。当时同学们都急着赶回家吃午饭，无心理睬照不照相的事。只有我处于万分兴奋状态，我不知影像中自己的第一次表情会是什么样儿？心里想象着摄影师的镜头里会不会像万花筒一样迷人？当时我身着一件青蓝色的小西服，坐在离学堂不远的土坝上，下半身却是黑色的喇叭裤，更滑稽的是我脚上没穿鞋。摄影师在镜头里一直观察我，有一点儿紧张，也有一些空洞，总感觉手上少了点什么，于是左右调整姿势都不对劲，当灵机一动接过摄影师的草帽，轻轻地放在膝盖上，总算找到感觉，可以踏实地望着摄影师笑了。

就这样，草率地完成了人生的第一张照片。

过了几天，摄影师就把照片送到学堂里来了。照片上的我，一半腼腆，一半阳光，在这里可以独创一句偏文艺的语言——挥之不去的青涩。照片背景的天空一半阴郁，一半晴朗。我踮着脚尖，很想拥有这张照片。可惜没有钱，怎么办？摄影师拿着照片，不停地给前来看热闹的同学们传着看。大家都夸摄影师拍得好，这样的夸赞不自觉地提升了我的自信。于是陆续有同学让摄影师给拍照。我心里十分着急，拿什么取照片呢？我很想找老师借钱，可自尊心又让我开不了口。跑到姐姐的教室窗口，表情着急地招呼她出来，可惜姐姐掏遍口袋，一分钱也没有。姐姐一边摸她的口袋，一边责怪我。姐姐说，你看学校那么多人，有谁照相呢，就你一个。你照相之前也不想想，我们是照得起相的家庭吗？要是大人知道了，你不被骂才怪呢！要是老师晓得了，你有钱照相，怎么不早点交学费呢？姐姐在说这些的时候，我的泪水已经掉下来了。

后来，还是高年级的表姐借来了两块多钱。实际上，表姐与我们的关系并不好，因为她家是地主，我们是贫农。就这样，这张照片一直伴随着我成长，但在行军路上，不幸弄丢了。如今，我连童年的一抹影子也找不到，一路上曲折蜿蜒的怀念，都成了空白。有时，我很想看看那时我的样子，再对比现在我的模样，有时，我总是对自己不太满意，想找一个修正自己的机会，可是人生往往不会给你足够转身的机会，有的只是一次又一次的抱憾，甚至让你一点记忆的划痕也找不到，哪怕是发丝里的一点头屑也不你给提供，显然童年已难回。

　　数年前，在圣城拉萨的一个饭局上，听一位来自中央的援藏干部提到过他人生第一张照片的故事。在照相馆，面对摄像师，他与哥哥坐在一位终身未娶的叔叔身上，只听咔嚓一声，便结束了童年。同样是一张黑白照片，但比起我童年的照片，他便多了一个"老"字，那时进入照片的他比我进入照片的年龄要小得多，他拥有童年照片的时代比我整整早出十五年。我羡慕他拥有那么一张有着不一般童年意义的照片，他是被长辈宠爱的，因为他的童年回忆有着凭据可依的细节，它将清晰地跟着他一辈子，好比北方的面皮子，越嚼越有滋味。我毫不掩饰地表达对他那张照片的妒忌，也毫不隐藏地对他讲了我没有照片的童年，最后，我们在烛光下碰杯的一刹那，两个异乡人，流下了比红烛更烫人的泪花。窗外，冰天雪地，雨夹着雪花在玻璃上乱窜，我看见他的泪在眼眶周围无比晶莹。三杯之后，他哽咽着说，他一直以为我很阳光，以为我的全部属于富有；而我则以为他生于京城，无论如何单调的童年经历都比我幸运，哪知他的那张照片背后却有隐情，因为那位单身的叔叔喜欢他，当时一直想收养他为儿。可是他的母亲并不同意此事。母亲只愿意将哥哥抱给叔叔，可叔叔偏偏只喜欢他。不同的境遇，一样贫穷的童年，让两个忘记了年龄的男人增强了理解的力量。

如今的孩子，与世界会面的第一个瞬间便被不断曝光，发达的通信设备成了他们推陈出新又泛滥的表情机器。但很多时候，人们无聊地对着手机屏幕自拍，那仅仅只是矫情，与真正的人生故事或经历无关。有时，想着这一切，悲伤难免，因为没有一张照片可以把我带回童年！

剪些兵将打群架

那些年，小人书是我们疯狂的玩具。

遗憾的是偏远乡村要拥有一本小人书却是难事，可想而知童年如此多么乏味。邻家的海哥在乡上读中学，他的书包里常装有色彩斑斓的小人书。他看小人书的眼睛总是处于低飞翔状态，无论上下学路上，都容易看见他手指在纸页间流连忘返，好比现在很多人在路上捧着手机低头不语的模样，有时就连呼吸声都被翻动的纸页吞噬，一遍下来他就可以讲述小人书中的故事。

这是海哥令人羡慕的本事。

他手上捧着的小人书永远是最新的。即使课堂上，他也从不耽误精彩的片断，桌面上立着打开的语文书，下面却是用袖子半遮半掩的小人书。看到动情处，他恨不得成为小人书中的主角，咬牙切齿发出咔咔咔的声响，手把拳头捏成随时可能爆炸的哑雷！他的洋相，惹得老师手上的教鞭也是毫不留情、啪啪作响。

有一天，学校突然发起搜小人书大行动。书包里、衣服荷包、教室课桌、学习教科书等角落，一个也不放过，同学们掏空衣袋，举起手来，呼啦啦一阵，操场边的垃圾场堆满了小人书，里面有《少林寺》《武当》《八仙过海》《岳飞》《封神榜》《都江堰》《樊梨花》等。它们有的是像海哥一样有钱的同学在城里书店买的，有的是同学去别的学校里用看过的小人书换来的，还有的是他们去离学校不远的店子里租来的，因此，看小人书的时间之于他们比学习重要得多，若超出了规定的还书时间，要被扣钱。

海哥眼睁睁看着那些堆满山头的小人书在火花中化为灰烬，接踵而至的灾难是家长被请到学校谈话。更为严重打击的是海哥因学习成绩严重跟不上，被迫降级。

初中时光，海哥究竟读了多少本小人书，恐怕数学老师也无法替他算清楚。更要命的是，当他逃脱了看小人书的"瘾"，却又被小人书的"影"吹了回去。暗地里，他们偷偷找来曾经看过的小人书，将里面身怀绝技的武林高手沿工笔线条剪下来，那一个个赫赫有名的人物多是手持兵器，有序出场，它们被双方排兵布阵之后，摆在平静的战场上，然后彼此扑下身子，用嘴贴近它们，朝着同一个方向吹，当然也可以向另一个方向躲闪，吹来吹去，来来回回，几个或十多个格斗回合，围观者被他们吹得心跳紧张，嘘唏不已，幸好，终有一方的将受伤倒下……他们热恋的这个游戏叫"吹将"，谁将剪影手中的武器挨到对方剪影的马屁股就算赢了。输家须给赢家奉上几个被剪好的兵或将影，它们被夹在厚厚的书页间，等待下一场战役的开始。

海哥最终输掉的不仅是几百个兵与将，还有一双明亮大眼睛仰望的一个时代。

而整个夏天跟在他屁股后面的我们就惨了，尽管须帮他剥完一箩筐玉米颗粒才能借到他一本小人书，但我们仍争先恐后，乐此不疲。有时，借不到他的小人书，听他讲小人书里的故事也相当满足。但毕竟海哥成了我们的典型反面人物。

海哥的命运使我们与小人书难再续缘。

家长说什么也不让我们接触海哥，只要发现我们书包里有小人书，统统没收，一概不还，若一犯再犯，还将被吊起来打。海哥在班上各科成绩第一名，迷上小人书后，就像被里面的人偷走了心，任凭他在公社里当公安员的父亲喊破嗓子也喊不回来。

时光荏苒，岁月匆匆。如果可以穿越时空，谁不愿意回到过去，看看自己的玩伴，重温年少时一起做过的铭心之事？只是曾经生命里出现过的人都渐渐远去，如今，那些曾被老师和家长毒品一样憎恶的小人书，却成了这个时代最值得珍藏的怀旧读物，至少它们能够纪念我们比水中刀子更清亮的青春。当时偷偷剪下来的人物，随历史的风尘，吹老了我们的容颜，却丰盈了我们的人生。那些年，我们一起疯狂玩过的小人书玩具，让人回忆起所有曾经热爱却几乎遗忘得遥远的细节，猛然间，依稀能够激活我们蒙尘的心灵，打开锈迹斑斑的闸门，小巷深处，绿草丛生；树荫下，旧影凌乱，隐约还能见证属于我们的成长轨迹。

恨别鸟惊心

你为一只鸟哭泣过吗？

我想很多人是有过的，这样的经历多发生在童年。鸟与童年的关系最为密切，尤其那一辈穿长衫的文人，其笔下多有鸟飞过生命的痕迹。似乎人一旦长大就没心思理鸟了，而鸟自然也就头也不回地飞出人的心灵世界。人与自然营生的童话，很多时候是因人与故乡分离而被彻底粉碎。

现在想来，那时我也正如那只鸟的可怜样子吧，越是渴望飞得更高，却怎么也飞不高——那是一只会打鱼的鸟。它有着翡翠般华丽的羽毛，背上部分羽毛蓝得近于诗歌的精彩和冰蓝的透明，腹部如扎眼的黄漆，脚却有着血色般的红，浑身充满了一种惊艳之美。

多少次上学路上，我忍不住停下来，躲在不易被它发现的柴垛里观察它——它往往是立在一根青竹竿上专心致志地注视水面之下的动静，偶尔用长长的嘴角啄一啄自己的腹部。它是饥饿了吗？有一次，就在我眨眼的瞬间，它蜻蜓点水般地叼起一只瘦长的鱼便向竹林深处飞去。我从柴垛里钻出来，像一个心里有数的探秘者，沿着它的方向奔去。它坐在崖壁洞口，正津津有味享受着美食。也许是发现了我，它灵机转身，洞口只露出了它黑色的尾巴。我后悔被它发现了踪影。

很快，我将这个秘密告诉了哥哥！我说，我好想把它立在青竹竿上的宁静倒影画下来。

是一个星月相伴的夜晚，哥哥打着火把，同我在村子背后的竹林崖壁洞下守候着，直到深夜，这只鸟被哥哥生拉活扯地从洞里抓了出来。它的尖叫声让栖居在竹林里的其他鸟儿驱散了一个夜晚的梦。

我找来母亲缝补衣服的彩线，拴着鸟的脚。在屋里，我学着鸟飞翔的样子，伸开手臂上下盘旋，煤油灯将我与鸟的影子拉得摇摆不定，鸟在慌乱地寻找出口，而我全然不顾它的急切与焦灼。它一定想着鸟爸爸找不到它会如何急切，它的焦灼停在高高的土墙木格窗上。我望着它，想象多少次它从我头顶划过的美丽影子，一点不懂它内心的惶恐与不安。我只知道狠狠地将长长的线收回，把它放入掌心端详，它躲避着我的眼神。谁知，扑通一声，它用尽全力，从木窗格子间挤了出去，跃入屋檐之上，长长的线乱绕在一起，鸟的嘶叫扯破晨雾，由于即将出门上学，只好嘱咐哥哥帮鸟解决困境。

放学归来，首要之事便是欣赏鸟；端水、送米、找竹叶虫喂它，为鸟，千遍万遍。

有一天，我拿着画板，急切地来到屋子，看见一根轻飘飘的断线与几片彩色的羽毛。书，咣当一声掉落在地。

"我的鸟？哥——哥！"

哥哥正在外面挑篱笆修理厨房的围墙，听见我的声音，忙跑过来，你找的线太细了，鸟的挣扎惊动了猫，你知道咱家那只猫是见不得谁比它飞得更高的，所以你的鸟去了哪里，也就不要逼我了！

哇的一声，我哭了。

不要，我不要，为什么结局总是残忍地留给我。哥哥把我推出屋门，他说，不害羞呀，这么大的人了，还哭？我不停地流着泪问：哥，怎么你不阻止那只恶猫？要是我在场一定会把猫一脚端天上。哥哥睁大眼睛，一脸惊恐万状，他喋喋不休道——哪敢有这样的举动呀，当时我们的屋顶上站满了鸟，它们把猫围得水泄不通，猫险些丢命呀，鸟从竹林里还在不断飞来，如同一群一群的救兵，那么多鸟在猫的身上啄个不停，猫无法动弹，那场面简直就是一场厮杀。好在，我跑回厨房，在灶烘里，燃起柴，炊烟从屋顶的烟冲里弥漫出来，鸟群才从烟雾中散去。

我无语，只抽泣，像过去做错了事被父亲用竹片抽打那样哭得人惊心，毕竟那只鸟死在了猫的腹中。

就是这如鸟般惊心的哭泣，让我提前结束了曾经以为人生漫长的童年……

草爱情

乡间长大的孩子，对草并不陌生。那时，猪吃的几乎全是草，不像现在依赖饲料催肥。因此，他们对草的情感，尤为特殊。

两个女孩与一个男孩，从小就在一起割猪草。男孩个子很矮小，是家中十多个孩子的尾巴，比两个女孩的家境都差。

男孩数学成绩优秀，经常给两个女孩讲数学题。渐渐地，房前屋后的草，都被他们割得干干净净。新草还没长出来，他们只好越走越远。

一天傍晚，趁另一个女孩没来，男孩在水库边的草地上，对身边的女孩说：干脆我们耍朋友（谈恋爱）吧！反正我们两家的条件都不好。女孩沉默着，装没听见。

男孩凑近几步，说，我准备了一个礼物，收下吧。女孩说什么也不肯收。暮归时，男孩硬是将一个软皮文具盒，藏进了女孩装满青草的背篓里。总算完成了一件人生大事，男孩背着草，美滋滋地回家了。

女孩到家后，将背篓里的文具盒捂进怀里，生怕家人看见。她在屋里到处寻找隐藏的角落，终于将它藏进墙壁的窟窿里，然后用报纸盖上。

三个人依然在放学后相约去割草。有时，男孩会多割一背篓草给女孩家送去。为的是多看几眼女孩，和女孩多说几句话。

后来，另一个女孩去南方打工。她留在家乡与男孩继续割草。很快，开始谈婚论嫁了。女孩的父亲极力反对：他能拿什么娶你？

一天，男孩家突然来了个远房亲戚。她对男孩母亲说：我家孩子被车碾死了。你家孩子多，将最小的那个给我吧。我家不仅修了楼房，还有存款。

母亲听了喜忧参半。隐瞒几天后，母亲还是希望男孩去富裕人家，这样就可以迎娶那女孩。可男孩说什么也不愿意去。两个母亲围着男孩哭。男孩心如刀割地在富裕人家里安顿下自己。女孩在父亲的反对声中，执意嫁给了男孩。

婚礼现场，富裕人家替男孩端出了一枚钻戒。可是女孩说：他该送我的，小时候已经送了。

女孩家人替她拿来了个文具盒。男孩伸手打开文具盒，眼睛顿时潮湿又发亮，一枚草戒指躺在里面。那是他当初用心编织好的，他不知道她一直珍藏至今！

他们的爱，像草一样青幽绵长！

一条路

路的那头通向庄稼地，路的另一头连着村庄。

可自从那片庄稼失去了主人，剩下的便是野蛮与空荡。外来的鸟儿，想在那片庄稼地干什么，谁也不会再干涉，就像那些长得像蛇一样的草儿，想往那个方向窜，风也管不住。反正，荒地就是任野草横行霸道的地方。

这一切，被一条路看在眼里。

一条路，看着，也只是看着。它找不到人诉说，因为曾经过路的人，多数已下落不明。而那些曾打路上往返的狗和牛，早已不见踪影。路，越来越寂寞，连一只蚂蚁也不肯出现，更别提蝴蝶或蜻蜓了，直到草把它彻底隐没。从此，路在隐形的世界里，抱着往事取暖，一年又一年。

春耕，有人扛着锄头打一条路走过。他身后，跟着一条狗。很快，狗便被风吹到了人的前面。

那是一个雨天，挑粪的人，在路上踩滑了脚，粪便流得一路臭气熏天，最终挨骂、挨打的只是路，不是人。

秋天，担着豆子的人，喘着气从路上往村庄红着脸赶去，成熟的豆儿，挤爆了豆角，从空中跌落路边，如一个个早产的婴孩，风雨之后，豆儿们哭喊着，破土而出，转世来到一个崭新世界。

冬去春来，一条路，又将被庄稼人打回原形。先让牛把路边的草啃得寸草不留，再用镰刀将路上剩下的草桩桩剃得干干净净。路有时就是庄稼人的脸面，容不得一点多余的东西。路就是路，那些野性的生命，除了被庄稼人一本正经地铲除，更多的是被过路的脚印重重覆盖，原本路的功能就是用来生产脚印的，可一旦路上少了脚印，野草们就将卷土重来。

当一条路随着脚印的停产，一座村庄也宣告破碎，而路那头的庄稼地，就更是无人问津了。

如今，好的庄稼地，都留给飞鸟与风做爱去了。

一条失去了生产力的路，正如工厂里锈死的一根钢管。

从兴盛走向衰败，然后被人遗忘，一条路与一个下落不明的村庄人没有啥区别，在风的记忆里，任随大地上的万物视而不见。当所有庄稼都遗忘了村庄的故事，唯有一条路，顺着一粒粒种子来时的方向，把故事里的村庄，看得真真切切，听得清清楚楚，搞得明明白白。

有一天，我忽然站在了一条路上，两手空茫。像一位迷路的英国绅士，蹲下身，系了系鞋带，然后站起来，在路上一站就是半天。

在我前面，还有一个人，他身着一袭长衫，胸前披散着稠密的胡须，立在路的中央，像一棵树。我听见他在问路——

"何处是吾故乡？"

山无言，水无语，狗不理，鸟不惊。

一条路，走过你，走过我，走过父亲的丘陵母亲的田野，走过一排排玉米的前世今生。

姥姥的电视世界

电视里的人，有的喝不了二两酒，却要强装逞能，倒半斤八两在胸脯上，至少有三两用于拂袖了。姥姥看了总生气，指着他们生气地骂道：你家姥姥的，浪费的不是你的呀！

电视里的人，听到风生水起的消息，脸色突变，手中不管金杯，或银碗，甚至是一块美玉，都必须自由落地，碎得满地惊艳。姥姥总会跺着脚说：哎呀呀，真是不花钱买的吗？

电视里的人，在给人送药或送信时，命好的可以骑马，或坐黄包车，命不好的只能靠步行，脚步踩得比风声还快。可快要送到的关键时刻就跌倒在地，口吐白沫，猛翻白眼，当场晕死。姥姥总会睁大眼睛，一声长叹：这下完蛋了！

电视里的人，穿着体面的衣裳在细雨中呼喊，在泥泞里奔跑，在望眼欲穿的地方寻短见，可偏偏就是没有人搭理解救。一眨眼，雨水就不顾一切地将人淋了个落汤鸡。姥姥这时一边低头纳鞋，一边抬头哈欠一声：咋这感冒说来……就来了哟！

电视里的人，背对背说话，刀锋对刀锋，眼睛在一条直线上来来回回地拉远拉近，彼此的脚步都在打闪闪。姥姥端着茶碗的手忽然颤抖起来，然后扯开略带山气的声音喊：不好了，不好了，大事不好了！

电视里的人，常常被人从高楼上一脚踢飞出去，空中的玻璃马上四分五裂，却看不到碎碴硬生生地把人的皮肤划破出血。姥姥嚼着绵软的饭菜，不忘"啧啧啧"地吼一句：凶，现在的社会，人一个比一个凶！

电视里的人，想接吻就接吻，似乎不分场合，有时就连门窗也懒得关，好像敞开只是为了让人看得更明白。姥姥正在择豆角的眼总会撇到一边去，忽然站起身，装着什么也没看见地来一句：嘿，我又差点忘记吃感冒药了！

电视里的人，二十郎当弹钢琴，表情有时眉飞色舞，有时把腰弯得高深莫测，主持人一而再地称他大师。姥姥摘掉老花镜，面对电视带焦虑地说：小小年纪，称大师早得离谱！

电视里的人，甲方正要一枪毙了乙方的时候，乙方的男朋友或女朋友，多数是铁哥们儿会立马赶到，然后一个标准的十环提前干掉甲方。姥姥总会拍手叫道：呀，你这及时雨，来得正是时候！

电视里的人，说打就打，说干就干；恰似我们隔壁一家子三打两吵的生活。有一天，姥姥指着打打杀杀的电视自言自语地讲：你们能不能停一停，不要打了行不行？然后，她一本正经地把头探进我书房：你说是电视里的人好，还是电视外的人坏？

我想说什么，忽然警觉姥姥的问题实在太多太难。在姥姥看来，电视里的人，是不是看上去都有点不正常？在我眼里，其实电视上的人个个都不傻，傻的只是姥姥，而聪明的永远是电视。一直为电视里的人提心吊胆的姥姥今年九十有五了，看电视却从不缺席，她永远劝阻不了电视里的人打打杀杀，吵吵闹闹。白发萦绕的她根本不知道，电视里的那班人刚刚走出摄像师的镜头，就一切恢复正常了。并且，要多潇洒有多潇洒。

　　电视呀电视，求求你手下留情，别再让幸福的姥姥，带着一颗苦难者的心在平凡的世界里折腾！有时，她年迈的咳嗽声轻轻就能送走世界所有的白天和夜晚。我的姥姥，人生那么多苦难早已被您手中的针线来回穿越，所以我从不打断您处处替人缝合伤悲的语重心长，我知道这陌生化的影像和语境与您的时代是多么格格不入，但我不愿就此看见您悲天悯人的宿命。世界的伤口越来越大，谁能一针见血封喉？电视，你这个什么事都干得出来的家伙，就算你暂时借我一个处方，或一纸不太潦草的灵丹妙药，我只想留住一位世纪老人的芬芳与美丽，还有那一个朴实的眼神！

男孩与藏獒

　　人生路上，我们常常对着美丽风景仰望而忽略了低头一瞬的人间真相，实际上，生活处处永远比想象精彩。

　　或许对于这样的场景，去过西藏的人还没忘记。但作为一直相信世上应该还有更多美好东西的我，经过这样的人事，却久久不能随风而去，只因它为我心存的美好西藏划了一道小小的浅痕。

　　那是羊八井通往纳木错的一个停车加油站。

　　一个头发像山草的男孩与一只戴着红色围脖的藏獒，蹲坐在肮脏的地上。阳光太过耀眼，他时而用蓝色羽绒服帽子盖着头，一言不发。但我仍看清了他古铜色的皮肤，清澈明亮的双眸。站立在他面前的藏獒似乎比他更有精神，它抖擞的大眼睛随时都在人群中搜索与观望那些用手机对准它的人！

　　路人聚在他身边议论纷纷，说他的人很少，说藏獒的人多。路过他身边的牧羊姑娘对此视而不见，套马的男子看都不愿看他一眼。太阳的光线，把零乱的人影，拉得很灰，很暗，很长。他在人群中心事重重。

只有头对着他的藏獒懂得他的心。

当车子加好油，乘客们准备上车时，想不到的事情发生了。男孩腾地站起身，伸开双臂，鹰一般锐利的眼睛盯着大家，他孤傲地大声吼道：你们一个也别想跑。人们似乎还没缓过神来，不知男孩举动何为？小卖部的老板赶紧跑过来翻译了几句，我们才知麻烦惹大了。男孩认定那些拿着手机的人，偷拍了他的藏獒，强扭着不放，必须收取一定的出演费，否则不让人上车。纠缠之余，一位头发花白的先生送给他5元钱，放到他手上。男孩看着那钱，吐出舌头，哼了一声，钱便随风而走。他依然缠着大家不给上车。这时，一位腰围班典的阿佳（藏族大姐）从羊群中走近他，拉了拉男孩的衣襟，对他很有意见。我听懂了阿佳讲的藏语：罗布次仁，你太不知足了，人家给了你钱，你该放手了。

男孩依然沉默不言，看都不看阿佳一眼。他脸上写满的全是愤怒！

忽然，议论声像太阳的温度陡然增加了不少。有人说，肯定他嫌这点钱少了吧！又有人说，少，积少可以成多嘛。还有人说，小心为妙，谁知他肚子里卖的什么药呀？

经过激烈地思想斗争，我终于准备给他钱了。因为我承认自己拍了他的藏獒。不管别人怎么议论，至少我不希望他成为人们说的那种人。我甚至有些傻得不靠谱的愿望：雪山环绕的草原，如此男孩干净清澈的眼神，已越来越少，如果他的眼能够继续坚持清澈下去，该不是坏事吧。正在这时，一个长发女孩朝人群奔来，她趁我正掏钱包时，抢先于我做出决定，将一块金色的部队压缩饼干狠狠塞进他衣袋，便招呼所有人赶紧上车。这女孩是我们的导游。

此时的男孩，耷拉着脑袋，依然没任何反应。那位对他有意见的阿佳着急了，厉声吼道：罗布次仁，求求你懂事一点吧，你这样不仅会伤害我们的蓝天和草原，菩萨在雪山上看着你也不高兴呀。阿佳急红了脸，她双手合十，不停地发出"啧啧啧"的叹息。接着，她一手拉过男孩的手：你想一想，你这样做，以后人家凭什么还到我们西藏来呀？

　　男孩终于摘下帽子，转身扬长而去。只有那条藏獒拖着长长的影子紧随其后。

　　顿时，我长吁了一口气。车上，导游开始训话了：刚才我们的游客朋友犯了一个严重错误，一路上，我早提醒过大家，让你们千万不要给这种男孩拿钱，否则他们尝到甜头，会继续流浪在学校之外不学无术，长年不回家。你们给他钱，并没有帮上他，反倒助长了他内心生活的误区。恍然如梦初醒，我扭转头，面对男孩渐行渐远的背影，无心再看那山那寺那湖那经幡。只想男孩，扬长而去的男孩，你内心真实的风景让替你解难的乡亲情何以堪？

马湖边的少年

听说马湖很远。

最远的是，在一个人的引擎搜索里，找不到马湖的蛛丝马迹。而此时的想象，任何一个参照，都无法抵达真实的马湖。一路上，我的想象没有离开马。白马、黑马、灰马、野马、棕色马，它们停在轻风拂过水面的湖边，站着睡觉，偶尔睁眼看见自己立在水中的表情，安静、唯美、但不孤独。在阳光投射到湖面的瞬间，马儿们打着响鼻，甩动尾巴，挪动悠闲的步子，吃草。

作为行将抵达马湖的人，我只想呼唤一匹马的名字，做一回真正的骑手。

车过乐山、转道犍为，进入沐川地界，沿着金沙江边走，在九道拐的山道上不断攀升。天色已经被雾霭涂脂抹粉，山下的金沙江成了谷底几块绿汪汪的钻石。此时，车窗外出现了羊群。不远的山垛上，一个披着擦尔瓦（彝人服饰）的牧羊人，正蹲在一棵花椒树旁抽烟、望天。因为能见度过低，看不清牧羊人的脸。而之前那幅关于马的生动画面，一直伴我亲临马湖。

一匹马都没有的马湖，彻底模糊了一个人清晰的想象。当想象力被绝望扼杀，剩下的只有别无所求地接受。

零星的人家，稀落的商铺与酒店，在冬日的马湖边尽显萧瑟。不少骑摩托的彝人，在路上穿梭，有的载着一家四口，满面笑意，像是赶集归来，这让马湖维持了几分原野的序趣。山上的炊烟若隐若现，山际边沿有一些瘦弱的树子，山坳下隐藏着村子，不难想象曾经这里有过的林荫沧海。几道绿得人舒心的菜园，像是经过裁缝之手残留于此的布条，在湖边以一种自然清新姿态，缓解了我们久居尘世的焦渴与期待。

我是第二天渡船去湖心的海龙寺遇见少年的。他与爷爷、弟弟，穿着民族的盛装，伫立码头，的确称得上一道炫目的风景。他们仨，服装色彩各异，尤其是少年身上一袭棉麻编织的擦尔瓦，看上去十分俊美、华丽。布匹下垂的边沿有长长的穗须，像树干上吊着的麻丝。而裹在擦尔瓦里面的却是色彩夺眼的小坎肩——粉红、翠绿、白、黑、黄、蓝交织在一起，这强烈的色彩对比，让人想到的是舞台和舞者。

人们争着与这道风景合影留念。背景是高山上的湖水，可以看见湖底野草生长的湖水，不是我想象中的蓝和绿，而是墨色被经年过滤之后的清澈之水。一片花瓣飘落于水草之上，让如此湖水更加透镜。我顺手将少年拉到身边，悄悄地问：你今年多大了？

十六。

羞怯的少年，低着锅盖头，除了那两个字，一句多余的话也没有。他们挥着手，跳上船，要渡到湖的对岸去。

下午，怎么也没想到，在一场彝人的盛会上，忽然又见到了那个彝家少年。他怀抱月琴，头戴椎结高竖的头帕（一种带天线的帽子），在一群披着擦尔瓦的高大舞者中间，显得有点渺小。即将登场了，他那张俊朗的脸，始终没有笑容，面对人山人海的观众，他时而低头看一眼月琴，手指不自觉地拨弄琴弦，表现有点儿拘泥。当音乐响起，少年很快被淹没在舞者中。那么多舞者铺满狂欢的舞台，其中有一些男舞者脸上涂了几团黑灰，女的化上了漂亮装束，男女老少，裙舞飞扬，色彩斑斓，显尽彝人之美，让观者眼花缭乱，目眩神迷。

湖水是静止的天幕，船只是等待的码头。

距离偏远，我没有看清少年的表演，他在庞大的彝人表演队伍中，没有显山露水的位置与角色，这难得的一次机遇，他只是一种融入，也是一个点缀。但十六岁，人生夺目的花季只绽放一次，他却被人潮淹没了。如果马湖可以做证，也许明天，当跃然于群体之外的机遇来临，少年也可以独自芬芳。

可此时，少年像是习惯了被雾气与山野笼罩。而陪伴少年生活的马湖，早已声名远扬，在夏季它将吸纳多少颗在湖面上狂奔又潮湿的心呀。

马湖边的少年，仿若躺在地球表面的一滴眼泪。

舞台周围时而传来的笑声，如微风波动的湖水，舞者灿烂的笑脸，像山野正艳的索玛花。山上看表演的人，点燃了枯荣的野禾，香草化着一缕烟灰，被风引升到空中，弥撒。不经意抬头，少年已站在离我不远的观众席上。

我站起身，向他招手。他看见了我，表情依然生涩，抿了抿嘴，终于露出带酒窝的笑意。但他没有像熟人一样坐到我身边。

回忆雪中的姐姐

——雪是冬天的葬礼。

——雪是春天的指环。

——雪是夏天的短信。

——雪是秋天的温泉。

录自旧作《拉萨：夏飘雪》

她曾在青藏高原生活了18年。但她从没看见过夏飘雪。她坐在电脑前，一边阅读，一边叹息：哎，真是上辈子没修得那个福。她的回忆在一节一节的黑白胶片上停停走走，雪花宛如幸福从头顶砸下来。

小时候，父母在青藏高原工作。她与弟弟自然便成了青藏人。毫无疑问，青藏是雪的故乡。每到飘雪的时节，异常的心情仿佛如同过节般喜悦。当大朵大朵的雪花自空中打着旋飘落人间时，两双红彤彤的小手便伸出木窗外去迎接，然后姐弟俩便争先恐后地数那雪花上的角。数着，数着，便吵来了土坯房里的一群小伙伴。有的说雪花是4个角，有的说雪花有6个角，最终吵了个脸红脖子粗，也没得唯一答案。

　　于是，她提议：找大人评理去。

　　就这样，一个穿着红毛衣的少女领着一群小伙伴在雪中狂奔。在银白色的世界里，她像一只耀眼的火凤凰。他们一边急速奔跑，一边伸出冻僵了的小手去捉那飘在空中的洁白花朵，等气喘吁吁跑到炊烟升起的地方时，手中紧握的小精灵早已飞出掌心。他们歪着脑袋瓜子，流着鼻涕，望着大人们的脸，不知所措，许久才低下头来，像一个个婴孩弄掉了心爱的玩具，看着空空的泛红的小手，心中很是懊恼，却不知如何向大人们解释。

　　手中分明紧握着的雪，怎么突然就消失一空了？是谁偷走了雪？那么坚硬、冰凉的雪！

　　火凤凰咬了咬嘴唇，看了看大家，然后，蹬蹬脚，一言不发地转身离去。雪光打在她脸上，有点紫，有点亮，有点暗，有点红，那是她极其忧伤的样子。因为她早已看清雪花的形状与角的个数，只是想和小伙伴们争一下谁是慧眼。那时，她的梦想是想成为青藏小镇上的一名孩子王，成天领着孩子们在雪中堆雪人、打雪仗、诵读诗文，采摘雪莲。可是调皮的小伙伴从来不听她的命令，相反，总在她的声音里，动作嚣张，四处乱跑，还奔走相告给她取绰号"白毛女"。为此，她使出了不少怪招来"修理"他们。比如，在雪中排一组长队，后者拉着前者的衣服，大声高呼"老鹰来了"，谁先摔倒，谁就将出列当蒙着眼睛的鹰，然后抓小鸡。被捉住的小鸡心里十分着急，巴不得立即摆脱当鹰的罪名，于是想尽千方百计偷袭队伍里的小鸡，恨不能让欢呼雀跃的小鸡们一不留神摔个倒挂金钩，而面临最大危险甚至随时可能牺牲的则是排在前面那只老母鸡，此角色的任务就是与老鹰殊死搏斗，保护身后的小鸡。当纷纷扬扬的雪花覆盖原野时，小伙伴们几乎都扮演了一回鹰和老母鸡的身份，尝尽了世间的哀与愁，积累了微薄的艰辛与快乐，他们飞累了就倒在银装素裹的大地上，那才是他们幸福的开始。

渐渐地，小伙伴们开始听她话了。

姐姐，姐姐我们换一种玩法好吗？

好呀，来，我们在雪被上制造拖拉机碾过的轮胎印迹吧。于是，她教小伙伴们在完整无缺的雪被上生产先进的轮胎产品。她首先两只脚排成八字形，向着厚厚的雪被纵身跃上，下一个脚印踩上一个脚印，如此反复，一路不停地踩下去。后面的孩子站成一排，跃跃欲试。他们还没有想明白这到底是怎么回事，拖拉机开过的印迹就密密麻麻碾过了他们幼小的心灵。伙伴们走在那样的印迹上，东倒西歪的影子，像是走在一条惊心动魄的空中钢轨上。她猛然回过头去，笑得前仰后合。一个游戏还没玩彻底，她又开始玩另一种心跳的把戏，小伙伴们抑制不住兴奋，对她佩服得五体投地。这回，她教小伙伴们玩的是如何在雪地上创作"羊脚印"。其方法就是用食指和中指放在雪地上，身子处于半跪姿势，一左一右，渐次在雪地上摁下去，一条羊肠小道就显现了，从此，她仿佛成了拥有鞭子的牧人把羊群带入了童话，她身体里持有的特技、神秘、变数，让伙伴们疯狂得常常忘记了回家……这时，隐隐约约的炊烟已经缓慢落下，山坡上，有人在喊：二娃回家吃饭了，土坯房里，有人在吼，把鞋子打湿了，你回来少不了一顿毒打。

他们笑着，闹着，哭着，像散场的羊群。

后来，她如愿以偿考上幼师，去了青海。可毕业不久，她并没有回到青藏，而是跟随一个穿条纹衣服的男孩，去了川南一座小城。

转身，20年过去。这期间，她当过幼儿园老师，也当过舞蹈演员，后来进了县文化馆，成了一名职业编剧，这里那里的奖，都拿过了。可小城琐碎的生活似乎让她忽略了飘雪的声音，磕碰不断的婚姻更不可能让她闻到雪的芬芳，那个曾经喜欢穿条纹衣服的男孩也不再爱她了，谁也没有想到，仅仅一篇描写夏飘雪的文章会在这时激活她出乎所有人意料的一次抉择，她终于通过一纸协议踢掉了那个限制她自由的男人，周围的亲朋好友都为她的解脱拍手叫好，她要带着已上大学的儿子重临青藏。尽管她怀疑那片高原上再也没有一个可能认识她的人了，然而，她坚信，只要回到那片雪地，她就可以开心地告诉儿子：你看，原本妈妈也有一个"吱吱"作响的童年。

母子俩在雪中奔跑、嬉戏、踢雪球，雪越下越大，狂乱的雪，一直落进她心里，犹如一粒粒尖锐的药片，灭绝了处方上恐怖的谣言，吞没了伤口上旧年的血迹，杀死了游离在黑暗角落的带菌细胞。

说出来，真有些情非得已，大家一定感到可疑，其实，她就是我们那群孩子中的大姐姐。几十年不曾重逢的人，在我记忆里却可以用一生去唤她——姐姐。她教我认识了真正的雪，她才是雪中最美的天使，雪和她成了我快乐的启蒙对象，我是当年那群小伙伴中个子最小胆子最大，敢给姐姐取绰号"白毛女"的人。

夏飘雪之文章，是我旧日记于午后拉萨的！

但姐姐不知道。有诗言，雪，是春天的先知，可这一切，雪，看似并不知道！雪——我的姐姐，无论你的过去多么不如意，无论现实对我们何等的不依不饶，我们面对雪的心情永远不会被时间中的阳光洗白，只是雪化之后的软弱与隐痛，谁也无法提前预知或体会。

姐姐，青藏又飘雪了。你看见了吗？

我在雪翩翩起舞的高原，等着你回来！

你可知我在玉树想你

一位歌手说，世界上最近的距离不是眼前或瞬间，而是无论漂流到哪里的你和我的心。

如果那天不是家人答应我，由他们在你的生日之际去你的栖息地祭奠，我也许不会申请去玉树救灾。我想我会像去年那样义无反顾地回到汶川，回到你的身边。若有可能，我真想一刻也不离开你。当指导员看我的申请报告时，我明显感到了他眼中的疑惑。他问，真的要去？以你的条件是可以留下来的。我摇摇头说，去，我一定要去！在浩浩荡荡奔赴灾区的火车上，我不敢再想你，怕自己会因此控制不住泪雨。

我们认识的时间并不短，可在一起的时间并不长。我还记得见到你的那天，那是我第一次回家探亲。天空飘着雨，你带着一本红红的大学毕业证书，回到山上的羌寨，说再也不离开家乡了，你选择了为家乡人民服务。而我却先你几年离开家乡，去了他乡的军营。如果不是部队的任务需要，我想我一定会回到家乡陪你过这个生日。去年今日也是我陪在你身边过的生日，你是否还记得我给你编织了一个美丽的花环，给你一首接一首地唱生日快乐歌，中文的和英文的版本都唱给你听，但是现在，我所有的思念都已无所安放。一如你的倩影，那明眸眼波，那乌黑秀发，在看不见的地方浮现。

火车无法直接到达玉树，转汽车，再步行，就像当年红军长征的情形，经过一天一夜地跋涉，部队到达指定集结地点，没有休息便立即展开了紧张的救援工作。从四周看去，满目残垣断壁，我的心里被另一种揪心之痛所占据、挟裹。来不及思索，来不及回顾，来不及想你。指导员安排我和几个年轻的战友一组，负责搜救一片居民区。战友们齐心协力，一鼓作气成功救出被埋在废墟里的十几位藏族群众。降低了生命的损失，但是我们却怎么也高兴不起来，这个居民区居住了50多户人家，估计被困的群众仍有百余人之多。在一位喇嘛的帮助下，我们很快又确定了一些被困群众的位置。手套磨破了，衣服撕裂了，手心手背被石块刮得满是血迹，背上不知道什么时候蹭下一块皮。如果不是战友发现我衣服上的斑斑血迹，我似乎也没察觉身体已经伤痕累累。但那一刻，肉体之伤怎能抵过心头之痛？

眼看，24小时又过去了，我们已经筋疲力尽。许多战友不同程度地出现了高原反应，每一个动作似乎都要耗尽我们全部的力气。欣慰的是，大部分群众被救出、然后迅速转移。正当大家准备休息的时候，人群里突然有个沙哑的声音喊了一声：央金呢？央金……央金还在里面呢！

很快，我们了解到：一位名叫央金的女孩还被困在杂物间。她的妈妈说是因为和男朋友吵架了，跑到杂物间找东西，结果地震就来了。情况显得有点儿危急，耽误一秒，也许就意味着一个生命的消亡。杂物间在楼层的最底层，由于营救过程中很多支撑物被移走，随时有被掩埋的危险，于是我们决定不再挖掘，由一人进去将央金救出。没等大家商量，捡起地上的一条绳子扔给近旁的战友，我让他帮我把绳子绑在腰上，转身就钻进了废墟。手电的微光阻挡不了黑暗和危险给我带来的巨大压迫感。空气弥漫着呛人的粉尘，窒息的气流顺着血管流淌。每一秒，每一次艰难地呼吸，我都能感觉到心跳的加速，身体的疲劳让整个人虚浮不堪。在与黑暗对峙的某一刻，我感到生命之光即将消弭。这时，在那黑暗的中心，我看到你立于我的面前。没错，那眼波、那秀发，那身影都是再熟悉不过了。你转身，冲我莞尔一笑，那笑容如沙漠里的一泓清泉，黑暗中的一束光，将我从下坠的死亡中唤醒。我不再害怕黑暗，我已经习惯了粉尘发出的刺鼻之气，以及消弭在废墟里的血腥之味。当眼睛适应了光，发现黑暗并不是特别黑。我被你激活了，在那黑暗的深处，你告诉我，总有一些光将你引向温暖的世界。

　　我一边摸索一边试着和央金呼应，几经周折，终于确定央金被困的位置，然后一点一点挪到她身边。此时，央金被倒塌的物品压在下面，露在外面的只有上半身，脸上的泪水和土灰搅拌在一起，看到我竟无法发出声来，只是浑身颤抖。我拼命靠近，2米，1米，1尺，1寸，她一把抱住我恸哭起来。巨大的惊悸正笼罩在这个漂亮女孩儿的脸上，她死死地抱住我，像一只受伤的羔羊。我把压在央金身上的物品清除后，发现她的双腿已经严重受伤，无法行走，每移动一点，她都会颤抖一下，痛苦在她的身体里蔓延、扩张。我必须抓紧时间，而且义不容辞！我几乎佝偻着俯下身体，将她移到我的肩上，一步一步向外挪去。此时，我感觉到双腿已经无法支撑身上的重量，视线越来越模糊。我拉紧绳子，呼唤洞外的人拖拽。当央金的泪水滴落我的背心，我精神恍惚地想起了你。那一滴泪，砸在我的背上，如此沉重如此清凉，某一刻，我分不清这泪是源自一个藏族女孩儿的眼眶，还是来自你那明净的眸子。它就那样以突然的方式浸润了我的肩膀，而它正托起一个女人的身体，我知道，那上面不是你。这让我感到无限悲悯也又无限欣慰。央金哭泣了，我疲惫的身心在少女的一滴泪水里，像一粒干裂的种子投入湿地，很快就会长出一株绿色植物。

然而，我在为此忏悔。你知道吗？你的泪水、你的体温、你的笑颜、你的坚强，如果曾经的我答应留下来陪你，从此不再远离你，是不是就不会有今天这个特殊的瞬间？可是我没有，我知道我主宰不了我们的爱情。那个漆黑的甬道真长啊，长得像我们曾经走过的人生。此刻央金伏在我背上，她似乎已经昏睡过去了。她虚弱的呼吸像一张浮动在风中的纸，在我的脖颈起起伏伏。她太需要一个肩膀了，而你呢？你当时渴望的肩膀在哪里？两年前的你，在山崩地裂的故乡汶川，是否也在等待一个熟悉的肩膀？我悔恨，我没有在你最需要的时候及时出现在你的面前。不知道在那最后的时刻，还有什么可以存留于你的内心？是我们伟大的爱情吗？就像背上这个虚弱的女孩儿一样，曾经，你是否也感到过恐惧？你是否在那地动山摇的一刻呼唤我的名字？

我知道，我不能，对不起，请原谅，因为我的这一身绿军装，我不能一直陪在你身边。对于你，一次错过，也许再也没有机会补救。而你却救了太多稚嫩的生命，他们说发现你的时候，你牢牢地用身体护着两个孩子。在那危难时刻，你把白衣天使的神圣职责，发挥在了神圣的时刻。如果，我还能有一次如果……

请你再给我一次如果，答应我，求求你，答应我，好吗？

　　人影在晃动，天空很高很高，它的蓝让我眩晕。当我意识慢慢清醒时，发现自己躺在临时搭建的帐篷里，负责护理我的护士看到我醒来，急步跑过来对我说，你醒啦，你终于醒来了，那天你被大家拖出洞口时已经晕倒了，嘴里还说什么如果，如果的，你真的很勇敢呵！

　　体力还没完全恢复，我又继续投入到工作中，不同的是，我的心里开始有了希望，等时机允许，也许我会再给你发短信。你可知道，这两年，在我人生最艰难的时时刻刻，我都是在给你发短信中度过的。求求你回复我一个如果，你一定会回复我对吗？我焦急地等待着。我希望，此刻你在天堂知道我太想你，太爱你。真希望你走来，迎接我回家。你会吗？在我经过的某个路口，在我们从玉树救灾现场返回家乡的那一刻。

望月的夜晚

　　年轻时教中文写作的香港老师，给我讲过一个故事。

　　那是抗战时期。鬼子侵入南方某城，杀害了老师的父亲。鬼子对市民实行粮食配给制度，每人每天给半斤掺了糠的粗米。母亲排队去买米糠，可轮到她时，鬼子却不卖了。人们去质问，被鬼子们一阵推搡，挥起皮鞭就打。混乱之中，鬼子鸣枪，老师的母亲则被枪托击破头颅。

　　母亲回到家时，老师见母亲头上鲜血直流，吓坏了。母亲蒙着疼痛难忍的伤口，低声地说，这敌占区待不下去了，咱们快走，不当亡国奴。于是，母子被迫踏上逃难路。

　　几经周折，好心人把他们引到广西桂平的一个小山村。一户面目善良的地主，听说娘儿俩的遭遇后，便安排他们住进后院的茅屋，还让出几分荒地，给他们种菜维持生活。

　　那一夜，正好中秋。月亮挣脱乌云的纠缠，在天边越来越明亮。举目无亲的他，独自离开母亲的视线，爬到竹子掩隐的小山坡上望月。月亮的光一眼比一眼皎洁，可越看饥肠越是不听话地咕噜起来。他端详着自己的手，可两手空空，他想念家乡，想念往年随处可见的月饼，想念那些失散的小伙伴，此时只有月光的清辉，一缕缕从他指缝中溜走。

这近乎流浪的境遇，能活下来就不错了，望月有何用？于是，他默默低下头，懂事地独自回到茅屋，找出铅笔，在雪白的泥墙上，轻轻地画起心中的月亮来。

手足无措的母亲，倚在墙角默默地望着他。片刻，母亲走到了锅台前。她默默地炒起大米，然后放在石磨里一遍一遍地磨，磨成粉子，又加入红糖，做成了几个小米团。然后，当成月饼送到他手上。

"孩子，画啥呢，月亮应该是这样的吧。"

他轻轻地咬了一口，会心地笑了，好香的月饼呀！

母亲也笑了，眼里闪过晶莹的泪光。那年，他十一岁。

那一夜，他吃着香喷喷的月饼，一个人跑到后院那棵大龙眼树上，树枝一晃一晃的，月光折射的光芒，将他小小的影子照得斑驳陆离。他一边摘龙眼，一边便睡着了。

子夜，母亲在远去的月光里，四处唤他的乳名。直到凌晨，远处打更的木鱼声传来，他才如梦初醒，从树上落下来，挨了母亲一顿揍。

这就是他一个人的中秋之夜。它被老师记在后来的每一个中秋里，每每遇到那些不喜欢吃月饼的人，他便会对大家讲起这个故事。

这样的故事，看似简单，但我敢说最优秀的小说家也想象不出来。有时，生活赋予我们的磨难，往往难以言说。但那一夜的温情，从来不曾被忘记。

八块钱的理想

小时候，我的理想是拥有八块钱。

八块钱，在我当时看来已经是相当多了，至少它能完成我购买一支口琴的愿望。那支白色不锈钢外壳包裹着绿色齿轮的口琴，矮个子同学只愿借给我摸一摸，从不答应我借回家试吹一曲。这件事使我整个学期都跟在矮个子同学的屁股后面跑，人拥有不了的东西，心痒得难受。更何况那位同学虽有口琴，但他吹不出好听的歌曲，甚至几个完整的音符也吹不出来。他只会把口琴捏在手心里，趁下课铃声响过，放到嘴边胡乱地来回掠过，引得同学们心潮澎湃。待大家围着他提出想吹的强烈愿望，他却毫不迟疑地将口琴放回自己的书包里。这让我们十分着急，有一种烈火在胸口狂喷的愤怒。其实，我知道自己也吹不出流畅的歌曲，甚至怀疑自己一串连贯的音阶也吹不出来，但想吹的愿望从未断绝，而且从见到它的第一眼，便是那么刻骨与坚定。

因为那是我接触的第一件乐器。

一支口琴，一支长大后得知供销合作社标价八块钱的口琴在我们乡村的侧面出现，或多或少证明了此同学当时的家境在我们之间的优越性。我渴望将我对乡村世界的梦想通过口琴的声音去表达与宣泄，遗憾的是我没有一支属于自己的口琴，心眼里堵得那个慌呀！我坚信，口琴的音律一定切合我当时的小忧伤，我想象当我的口琴对我诉说的时候，世界万物都能够同我共鸣，那些树梢上骄傲的鸟儿会不请自来地站在我的肩膀上。我越想越忧伤，后来，我索性不再理那个同学了。他每次看我打他家门前经过时，还会掏出口琴在花丛中胡乱地吹几声，但我决定不再多看他一眼，我坚定地走过那片竹林与花丛围绕的小径，他一定不知道是他的无知与吝啬扼杀了一个同学最初的音乐理想。

一个乡村孩子能拥有一支口琴，这在我家里看来是永远不可能的事情。事实证明，这的确成了我未能如愿的整个童年之梦。尽管有些贫穷，但它并不碍于我们因遗憾而定格的快乐。这种快乐从20世纪80年代初期延续至今，并且有可能终生不忘，它的强大与持久成就了一代人的精神品格，不是所有的富有都能诞生快乐，也不是所有的贫穷都能催生悲伤。

钱多钱少于我根本说明不了什么问题，只是在我进入都市生活之后，发现钱这个东西好比流水，时刻弥漫着人们水涨船高的生活。但我依然不觉得自己太需要它。童年的乡村生活经验，导致了我对钱的漠视态度。我平时从不会费时间去清理我包里有多少钱，也不会算计这个月我报箱里来了多少稿费？这一年我的版税收入多少？甚至很多出版人拿我的作品去换得稿费揣进自己腰包，我也没反对，只是我觉得他们应该光明正大地对我说一声"对不起，我现在比你更需要钱"。

时光的停留与溜走，当下很多人都是以钱为单位来算计其利润与价值，这的确是个现实的问题。八块钱之于彼时的我是一个理想。它的宏大叙事远非一支口琴能驾驭，它比一支超强的交响乐更充满想象与雄辩，在我看来，理想的事情与钱的关系不大，原本它与任何数字都无瓜葛，八块钱仅仅是一支口琴过去式的标签，而现在，钱能完成的事情，在我看来理想也算不上了。

90 后的标签

我有不少读者是"90后"，他们拉班结派地狂热写作，让人感觉文坛世界真的到了空前的繁荣状态。比起沉默潜伏的"70后"，或者喧哗一时的"80后"，"90后"的出场，最明显的特征就是他们不甘这个时代的冷清与寂寞，因此，在尚未真正地发声之前，他们便提前为自己贴上了各种青春张扬的标签，生怕别人不认识他们。

乍一看，眼花缭乱，应接不暇，最后，只有目瞪口呆。许久，才恍过神来，我这是身处哪个朝代呢?

眼下明目张胆的是古典意象派——才华派——孤独派——金牌少女作家——疼痛派——童话派——乐观派——浪漫派——悲伤派——讽刺派——叛逆派——深邃派——无派别主义——坚强派——武侠派——幻想派——流浪派——悬疑派——校园派……

凡此种种，数不胜数，差一点就要跟你比武论剑了。然而，他们的表情还是很天真可爱的，但他们的欲望根本代表的不是天真，而是深不见底的浮躁。其中有一枚标签，让我眼前忽然亮了一瞬，但即刻又熄灭了。人家贴的是，被某某某誉为伤痕诗人。

那个某某某真的有超乎寻常的法力吗？何许人也？不知道。居然可以随便将一些不好不坏的称呼誉给他人。还真以为是皇帝赐封呀。太悲催了，过去写进文学的历史，让我知道有一种文学叫伤痕文学，但至今还没听说伤痕诗人。究竟是贬是褒？或许接受标签的人自己都没认准。这枚标签，对于那位"90后"是相当骄傲的了，否则他不会自豪地贴在自己的照片下面当座右铭。

他真的可以骄傲了吗？

莫非，他是渴望效仿"80后"曾经喊出的十七岁已经苍老？我敢断定，这位可爱的小伙子进入不了文学史中的伤痕文学部分。

遗憾的是看似多元化的社会，落入边缘的文学时代，难以再制造出曾经伤痕文学的印记了。至少我们的时代不可能再复制那样的伤痕在一个年少者身上。我们人类怕够了伤痕，处处躲避伤痕，反之，伤痕却是我们逃不开的记忆。君不见如今的人们早已从温饱线上挺身冲进了小康时代，酒足饭饱，歌舞逍遥，牌桌过招，品茶K歌，到处旅游，谁还有那份雅兴停下来消费文学？诗人们早已沦为自娱自乐的下场，写诗的人比读诗的多，这也成为不争的事实。

好奇之余，问了一位"90后"作者，这些标签是你们自封的吗？哪知他说，有些是媒体炒作时赐给他们的。

你们喜欢这样的标签吗？

嗯，挺享受的！

后来，我发现，这些层出不穷的带有标榜意味的标签多数被"90后"写进了自己的简介里，它们被放置在个人空间、QQ签名、博客、微博等尽可能宣传自己的阵地上。真的有必要吗？行于所行，止于所止，文学创作归根到底是个人言说的事情，怎么能以标签示人？更不能把我们本应该敬畏的文学沦为自娱自乐的一场狂欢表演呀！

　　"90后"，撕掉标签，好好从国学的点滴中汲取营养吧。

贴膜人

　　有手机的人，或许都有贴膜的经历。但你不一定知道贴膜人的财富经。

　　在我居住的小区周围，每当华灯初上，都会出现一些摆摊贴膜的人，他们多为二十郎当岁的年轻人。他们的标配基本上是一辆自行车或者电瓶车，车子的后座上摆放着一个盒子，打开盒子的盖子上写着"手机贴膜"，有的还会写上各种手机的型号。有一天，我发现就在保安驻守的大门口多了一个摆摊的小伙子。看上去似乎有些陌生，感觉他的生意并不怎么好，但他从不因此而急躁，而是十分安静地抱着一本厚厚的书在啃。多次路过，发现他都是如此。

　　终于，有一天我路过时低下头去看了他手中的书——是一本《卡耐基传》。

　　他抬头向我微笑地打招呼，表情很是友好、礼貌。

　　后来，我们对话的机会就自然多了。每次路过遇到他，我都会驻足片刻。很多时候，我是先问问他的生意如何？似乎他每次的回答都一样淡定——还行吧。当然，我问得更多的是他最近又读了些什么书？出乎意料的是，他读的都是属于我比较盲区的经济方面的书。比如《世界上最成功的推销员》《会说漂亮话，成功闯天下》《羊皮卷》等。谈话中，我了解到他才十九岁，还是一名大一的学生，老家在川东的山区，自小便跟随大人们去南方都市打工，有着不同寻常的生活经历，太多的艰辛与苦涩的冷遇让他发誓不再为别人打工，而是要靠做生意发家致富。

高考之后，一次贴膜的经历，他发现了致富。

那个贴膜人比他还要小一些，无意的谈话中，他从年幼的贴膜人那儿得知一张膜的本钱只需几毛钱，如果是大批量从网上购买，则更加便宜。而为客户贴一张膜，少则十五元，多则五六十元不等。这其中的利润真是一本万利本利翻滚呀。这样的发现，使他惊喜万分。于是他提出跟贴膜人学习贴膜，无奈对方拒绝了他。可他并没有灰心丧气，而是在短短一天里，跑了好几个地方，看不同的贴膜人如何给客户贴膜。于是，他终于试着从网上购了一张膜，花去半个小时先给自己的手机贴了一张。虽然时间上过于漫长了一些，但自认为并不难看。

于是，他壮着胆子，就在曾经为他贴膜的那个小伙子不远的地方，开始摆摊了。时间不长，他的技术居然超越了那个小伙子，生意也一天一点地好起来。无奈那个小伙子，只好选择到别的地方去了。

他算得上走运的人了。

一个月下来，居然赚够了上大学的学费，那是他的第一桶金，还实现了自己养活自己的愿望。慢慢地，他开始发动自己的学长们也跟着自己学贴膜赚生活费。他不仅收取学长们的学费，还让大家从他手中拿手机膜。有时，他一个月单是贴膜的收入便超过了两万，再加上从他手上批发出去的手机膜，他每月的收入竟然多达五万元。有了资金，他的想法就越发膨胀起来。

最近遇上他，天气很冷，他依然坐在路灯下的冷板凳上看书。晚上九点多了，还没有打算收摊的意思。几句闲聊，才知他拥有了一个更大的商业计划。待再筹措一些资金，他准备改行了，新年伊始，一个伟大的梦想就将从他手中起飞。在他眼里，不一定非得上了北大、清华才算优秀人才，在风起云涌的商界里，如何学会与社会打交道、如何在夹缝中找到自己生存的地位比上名牌大学更重要！

一滴水也是生命

　　在城市，好久没有坐下来，仰躺在一片有青草的地方，嚼一根香草，望天。

　　此刻，我来到云雾中蓝调的水磨，我望见的不是那朵梦中的云，而是高天流云之后那汶川青山之上倾泻而下的重重伤痕。

　　这时候，也有很多人在转身。他们是来自城里城外的游客，有的是我的同事。他们在长长的镜头里，不停地转来转去，有的目光里有阳光，有的目光里是阴影，还有目光里是强装的笑颜。总之，他们在镜头里寻找各种恰当与不恰当的姿态与水磨合影。但水磨并没有与他们合成一张充满水墨般写意的美图，他们的表情无法找到一个人与一座小镇的切入点。

　　那就是我们坐在车上远远看见的建筑塔——那是水磨的地标。

　　塔身中间用红色字体隶书"水磨羌城"四个飘逸的大字，塔身上布满了各种形状的小石块，看上去如同汉白玉明洁、醒目，那是一种艺术之美，如此考究的装饰，真怀疑是不是羌人从羌山上拾得的星星之蛋？

　　一直跟随我身后的是同事小胖。他是专程赶到这个地标拍照的，他希望我能用手机为他锁定几个雄伟的角度，让我把他与这座塔全部框进照片。无奈塔太高太高，小胖人太小太小，我恨我没能拍出一张他满意的照片。但他的脸在照片中没有微笑，我在手机里看见他一只手叉在腰上，另一只手放进裤袋，不知为何他的脸上出现了僵硬的沉默，莫非他明白这样的地方不宜春风满面？

没费多少时间我们就走完了长长的老街。这时，小胖说太渴，想喝水，于是四处找超市买水。可是走过很多店子，都没有卖水的。正在此时，遇见一个扫路的清洁女工。小胖上前问她："哪里有水卖？"女工看了看小胖，然后摇摇头，从路边口袋里迟疑地掏出一矿泉水瓶子，递给小胖，里面还剩下些水。

小胖愣着眼，慌张地说："这怎么行？别人喝过的呀！"

女工说："这有什么不行？你买的水，和这瓶子里的水一样，不都是为了解渴吗？况且，这里离卖水的地方还远着呢！"

"不行，不行，你告诉我地方，我去买一瓶就行了嘛。"小胖很是纳闷。

"小伙子，你不能这样，你要知道，这里是灾区，四年前的大地震，一滴水就是一条生命。我是亲历者，当时我们遇到过没有一滴水喝的困难，路断了，山与山合拢了，救援车迟迟进不来，我们每时每刻都盼着飞机空降水呀！你听我的，不要浪费我们的水好吗？"女工的眼神里露出哀求。

"一滴水就是一条生命？"小胖疑惑地重复着这句话，接过了瓶子。

是呵，一滴水是一条生命。她是这么说的，也是这么做的。女工的行为没有错，错就错在很多游客铺张浪费，不懂得珍惜水，这令她很是揪心，于是她遇到路上随意丢弃的还没喝完的水瓶子，都一一收进自己随时准备的口袋里，然后带回家，先是将所有瓶子里剩下的水，滴水不漏地倒进一个空瓶子里，给自家放学归来的孩子喝，她自己也喝，这种节约的美德一直影响着她对这个地方的热爱。

归城的路上，小胖饮进瓶子里最后一滴水，倒在车上呼呼大睡。我望着窗外绿满山坡的景色，看见一座座散发着泥土鲜香的雕楼，竟成了一滴水——那是我视网膜里模糊的泪。

我想起了扫地的清洁女工……

一滴水就是一个生命。

一滴水可以成全一个世界。

见识神奇鸡蛋的那个下午

你也许听说过营销人员把梳子卖给和尚的成功故事，但你可能还不知道一枚鸡蛋的最大价值。而且这价值的诞生过程，一定出乎你的意料，但却会让你心服口服地欣然接受，对于未知的人生与命运，这是令很多人不容拒绝的事情。

现在开始，我们来想象一枚鸡蛋究竟如何被利益化放大？

不容置疑，首先鸡蛋是营养品，是人类需求量最大的日常生活补给，无论乡村还是城镇生活，每天都与之息息相关。我们可以简单略知，一枚鸡蛋的成本，大概在一元左右，到了街区或超市会上升到一元五左右，如果再到小食店被加工，一枚鸡蛋的价值将浮升到两元五左右。这是最表面的一种价值谱系算法。

有一种算法在我们的餐桌上，把一枚鸡蛋与苦瓜或其他蔬菜放在一起，让它成为一盘菜，排除高档酒楼，正常情况一般会在二十元左右。接下来，我们再将一枚鸡蛋变成几块蛋糕，其价值已翻至一枚鸡蛋的几十倍。其实，还可以想到一个常识，一枚鸡蛋可以孵化成一只小鸡，小鸡再成长为肉鸡，一只肉鸡的价值将是一枚鸡蛋价值的几百倍，但这个过程相当漫长，其速度与代价都不划算。

关于一枚鸡蛋的最大价值，你还能想到什么？

下面我要讲的故事，事情经过是这样的，春节回老家，与亲人聊天无意中得知，在靠近市郊的一位亲戚家附近，有一位神乎其神的神婆，她神到什么程度？据说只要她看到你，就能说出你家住何方？甚至家中的具体摆设，也逃不过她的千里神眼。冲着好奇，我们一伙人驾着车，很快找到了这位传奇的人。她的头发如同树梢上挂晒得蔫蔫的干盐菜，只要她坐上凳子，你就别想看见凳子的一点影子，她的心宽体胖可以和一面墙比。在她家的墙壁上，挂满了很多赞她为神医的锦旗。正屋的左角落，供着神婆的仙祖。

听了我们的来意，神婆的工作开始了。

首先神婆得让你报出姓名、年龄及住址，坐在仙祖面前的神婆，采用的道具正是一枚鸡蛋。一枚可以在桌上立起来的鸡蛋，你见过吗？显然这是常人没有试验过的事，你一定会认为那是一枚神奇的鸡蛋，它成了神婆的观海道具——这个道具让我想起加西亚·马尔克斯在《百年孤独》中塑造的那个极富创造力的人何塞·阿尔卡蒂奥·布恩迪从吉卜赛人那里得到航海用的观象仪和六分仪，通过实验他认识到"地球是圆的，像橙子"。神婆把人投放到一枚鸡蛋的海中，窥尽你的过往与未来，她从鸡蛋里把你看得清清楚楚，明明白白。神婆一边燃纸，一边歌唱，同时有节奏地在桌上敲打，像一位特务在给另一个特务发电报。神婆让你必须回应她讲的那一桩事是你多久发生的，那一桩事又与你家中的谁谁谁有关等，总之她讲的全是你信服并认可的事。

神婆与仙祖对话的过程，一定不会忘记告诉你，放27元到桌上。末了，神婆就将桌上的那枚鸡蛋，顺手用草纸包裹，交到你手上：拿回去烧来吃了，你不会有事了。

我佩服神婆高超的营销手法，她的创意简直超越了那个卖梳子给和尚的人。同时，我想到职业的成败与道具或多或少也存在关系。像世界伟大的文学作品《百年孤独》，将神话故事、宗教典故、民间传说，以及未来与过往错综复杂的创造交织，使其在世界各国经久不衰，至今好评如潮。神婆成功地让络绎不绝的到访者高高兴兴地买走一枚27元的鸡蛋。唯独遇上我，神婆失灵了。神婆问我做什么工作的？我笑而不答，反问神婆：你看我像是做什么工作的？神婆接过我的左手端详道：你可以当点官也可以不当，但你当与不当都不缺钱。我拒绝回应，用沉默对抗了她的心灵骚扰启蒙。后来，神婆没招，随随便便唱了几句，转个身对我说，你没问题，你的身体很健康。

谁说我没有问题？我脑海里的问题尽是一枚鸡蛋何以有如此这般大的价值？

味　道

　　有个朋友是福建人。

　　在四川混了几年，正风光得意，却因家里原因，放弃安逸生活回自己家乡，另起炉灶，创业开了一家面包作坊。手上带有几个徒弟，大家每天一起搭伙煮饭，一幅撸起袖子为理想加油干的热闹场景，听着就很激励人心。

　　有一天，我介绍了一个身边的晚辈过去向他学习面包的制作。这种事情，不是真正的朋友可能会感到为难。瘦高个的小晚辈，从没出过远门，唇边刚长出清浅的小胡子，坐了几天几夜的慢火车，总算到了所在地。

　　凌晨三点，朋友带他吃了一碗当地很受欢迎的清汤粉，他觉得太没有味道，索性将桌上的辣椒酱吃得精光，搞得小摊老板有点不高兴。

　　第二天，朋友交给他一辆脚踏车，让他先不要急着工作，而是随心所欲地穿街走巷，满城疯玩两天，算是对一个地方的熟悉过程吧。可是，两天的新鲜感，很快就过去了。尤其是到了吃饭时候，大家总见不到他的人影。朋友既纳闷又担心，熟人介绍来的晚辈，虽不是自己的晚辈，但毕竟个人对四川还算有感情吧，这小伙的如此反常到底是自己哪里没有做对？万一对方有个什么闪失，怎么向朋友交代呀。于是，思量再三，还是决定把情况给我反映。

我很意外，小小晚辈出门在外，学手艺而不是挣钱，更多的是需要培养吃苦精神，哪来的如此表现？要想早出师，更应该早点学会与师傅师兄师弟融入团队协作，怎么会在吃饭这个环节上出问题？几次电话，问起他，他都笑笑说，没事，没事。

忽然有一天，朋友打来电话，说是在宿舍里发现了秘密。

原来福建人不怎么吃辣椒，更不喜欢花椒。他们的菜肴多以清淡为食。这对于长期习惯麻辣味道的四川人而言，一两次还可将就，可要当成正常的日子过，这注定会是一种艰巨的考验。晚辈每次打一碗米饭，便偷偷跑开，甚至躲得远远的。

可他最终没有躲过同事的火眼金睛。同事先是派了人注意他的行踪，一步一步跟进，直到他进入宿舍，爬到高高的上铺，从行囊里掏出那个雀巢咖啡瓶子，盖子拧开，别样的味道扑鼻而来。同事火速回去给老板报告这一情形，紧接着，一伙人全出现在他面前，他们端着饭碗，观看一瓶泡菜，比吃一碗酸酸甜甜的荔枝肉或散发着腥鲜味的海蛎煎解馋。

那瓶子里的泡菜，有青菜秆、大头菜丝、杂碎的萝卜干、长长的红辣椒；有花椒，有八角，还有老姜和蒜子，红红的，油汪汪的。他望着同事们的眼神，表情很不好意思，继而小心谨慎地夹起一撮，分到每个同事的碗里，此刻，同事们脸上都露出了欢喜的神色。

那是一种说不出的味道。

朋友在电话那边讲，我在电话这头笑。

不觉间，竟笑得满眼泪花。那个现场，我不在。我想，我的眼泪不是为晚辈而流，而是作为一个异乡人，无论走得再远，之于故乡味道的依赖和陪伴，如同离不开友人的恩赐与赏识。是的，有许多时候，想起这种味道，眼泪就要流……

等，是一种病

　　她要找寻的上海男人已于五年前因病离世了，他的骨灰全部撒进了黄浦江里。她的泪水在节目现场如江水倾泻。最后，她朝着天堂说：对不起，我尽快到上海江边祭奠你……

夏　至

　　夏至是一个不容修辞的词汇，多了任何字眼都意味着破坏气氛。夏至只能是夏至，干脆利落，不多也不少，就像钢琴，它的属性与气场庞大得让人难以用唯一的情感去填补。

　　父亲的夏至系在故乡薄薄的皇历书上。那本皇历书封面红纸，内文白纸，其纸张生性脆弱，唯恐风吹就破，好在一年四季散发岁月的墨香。劳作后的父亲，摇着扇子，将蜘蛛与蛀虫侵害过的皇历书从墙头取下，当他翻到"夏至"二字时，花白的板寸头里有汗珠在冒，眼角充满欢喜。有时，他会情真意切地掰着指头，清算去年此时的家长里短，父亲总想找出夏至来临与往年的一些不同寻常。可夏至年年如此，时节不请自来。最终，父亲什么也没找到，只找出了即将收割秋粮的一些农具，把它们擦拭得比任何时候都亮。

　　夏至是时节中的光荣日，是一年中阳光照射大地最长久的一天，早晨五点到晚上七点多，阳光威力有增无减，给足了万物面子，给抢收的农家人足够信心。因此，夏至到来，也是我故乡的蜀南丘陵人家最忙最累最欢喜的日子。

我知道很多作家喜欢用夏至当标题，原本我极力地反抗过，也努力地试图另辟蹊径，可是最终不例外地选择了它，这是夏至的魅力，也是夏至的强大力量所在。只是长大离家后，很少再听到这个节气中优美的词汇。在城市里，我们一般听到的是夏天来了。虽然这句话听似轻描淡写，却潜藏着洪水凶猛的秘密。"夏至"与"夏天来了"原本表述的不是同一回事，但在乡亲们的意识里却有着同一个意境。他们的意思是夏至到了，就是真正的夏天来了！夏至，字面上的意思是夏天之极。它有一种古典的光芒质感，具备磁场效应，像麦场上男人扬起的林盖（打麦子的工具），而"夏天来了"之于大多数城里人，则是一种开放的抒情文本，蝉或跳蚤都将登场，如同大街上飘飞的长裙与短带。

苏轼有词《鹧鸪天》：林断山明竹隐墙，乱蝉衰草小池塘。翻空白鸟时时见，照水红蕖细细香。村舍外，古城旁，杖藜徐步转斜阳。殷勤昨夜三更雨，又得浮生一日凉。

这样的景致不仅属于苏轼一个人，就像在人类呼唤乡愁文化的今天，一个人的故乡或许多人的故乡是一回事。离开故乡者都离不开乡愁的养分，而夏至让我更多地想起卖蚕茧的故乡人满脸的喜悦，他们把蚕茧卖掉了，就会在街上扯几尺布，做件新衣服，或买上几双凉鞋，当夏至送给自己或家人的礼物，那些提着干酥麦子换来一篮子黄软李子的孩童，归家时兴奋与满足的表情，远远胜过一枚熟透了心的果子。当然，这个节令少不了桃子、杏子、杨梅、枇杷等水果的轮番亮相，它们恰如其分的出场与转基因无关，茄子、青椒、胡豆、黄瓜等鲜菜也会在这时抢着上桌，田野里插秧人正在忙碌，路边卖冰棍的人也在吆喝，水池里大鹅小鹅都在拍翅引歌……

夏至降临，你在想些什么？除了自然万物，我还能想到哪些与夏至相关的人事？没错，夏至应该是属于故乡的节气，只有在故乡遇见才有特殊的感受，因为城里人从不知季节变换，空调成了他们冷热的护航，他们宁肯伸手指挥空调，也不会念一念夏至。

我有多久没回故乡，夏至就失联了多久。我还能想到的夏至就是那个在南方工业流水线上埋头作业的少女，她在十五岁的那年夏至背着多病的父母离家出走再也没有回来，如今她是否穿着短裙走在下班路上，念想属于她夏至的故乡？我不知她当初出走时的行囊里都装了些什么？她姓夏，论辈分，她叫我表叔，她的故乡早已一片废墟，孤坟两座，青草疯长，野花出没，她对异乡的街道与工厂气味越来越熟悉，对故乡记忆和草木气息越来越疏离，我安分守己地想着，夏至还在盛大进行。

女 巫

　　女巫是在惊蛰的夜晚复活的。很多人都看见了，也有人说没看见。当女巫独自冲进夜色的时候，坡上的山花都开了。女巫摘下一朵，放进掌心，一眨眼，那朵花便化成了雪。

　　之前女巫的属性仅仅只是一枚村姑。一枚会写诗的村姑，到了春天总是遭遇满世界的桃花。村姑的家就在桃花岛上。除了写桃花诗，村姑还酿桃花酒。与黛玉葬花不同，村姑手上挽起一个竹篮子，将树枝上看不顺眼的桃花，摘进竹篮，然后把数不尽的花瓣，安放在一纸带纹路的宣纸上，让她们像一个个少女在阳光下熟睡。趁窗外起风时，少女们的梦还没醒来，村姑就将那些花瓣收进一个瓦坛子，被岁月封存起来。

　　听见坛子里有响动了，村姑又出门去摘桃花。可是，这一天当村姑将手伸向桃枝时，不幸被一只粗壮的手抓住。

　　"村姑，怎么又是你？"农夫用力地捏着村姑的手。

　　村姑挣扎道："不是，不是，不是呀，它们都是多余的，把多余的花枝拿掉，剩下的才有用，保证你的桃子结得又大又甜！"

"村姑，你这是那里偷来的理论？把我的桃花摘了，还有理由结桃子？"农夫很是不解。

村姑瞪大眼睛："哼，真是朽木不可雕也，本姑娘曾是种桃女王，经验就是我的理论。"

话完，村姑扬长而去。只见她走过的地方，花瓣雨一般飘落。

农夫呆呆地望着远去的村姑，视线半天才从远处移回，身上覆盖满满的都是桃花。

从此，村姑再也不愿出门摘桃花了。她不想见到桃花岛上不讲理的农夫，成天独幽在屋子里刺绣，将《诗经》里的桃花，一朵一朵绣进丝绒里。村姑绣的桃花，被藏进了非遗博物馆，被那些大胡子蓝眼睛黄头发带到大洋彼岸。

又一年春天降临，那么多花儿惹恼了村姑，直到惊蛰的深夜醒来，她再也睡不着了。于是提笔就写：惊蛰，惊蛰，惊醒一朵花、一颗心，一条路、一条河、一阵风、一瓣梦。一盏灯、一生念，天黑到天明，春去春又回。

村姑辗转反侧，睡不着，还是睡不着，于是继续写：困了，倦了，又醒了。浓郁的夜，没有醉，没有梦，至凌晨。眼望周遭寂静一朵一朵，盛开浓烈，唯一的颜色，慢慢深刻……村姑清晰记得，她并没有打过盹，或者假寐。然而，思绪早已路过柳下，柳什么时候，绿了水畔呢？绕过水，绕过人群，绕过箫声，箫声里何时添了淡淡忧思？夕阳独自欢，去年樱花甜。

世界那么空，那么大，那么静，那么远。村姑的眼睛在大拇指上停停走走。然而，有个声音一直在对村姑喊，春来了，不吵不闹不打扰，不开电脑。此时的村姑已经胡言乱语，语无伦次，甚至词不达意。继续独眠，影徊，路浅，身醉一瓣落身后，满是清欢。粉的、白的，开到烂漫。微信里全是别人的故事，窗外，是睡着了的天空，村姑曾眯缝着半只眼仰望与深爱的云天，被梦的指尖编织出一条条惊艳的微信，她惊动了没有睡眠的手机控。

从此，朋友圈的朋友发现村姑蜕变成了女巫。

天不亮，她走出门，夜色为她的梦言，打下了路的复调，她急着去山上摘那一朵醒着的山花。她在微信里写：在春天，把自己变成一朵醒着的山花。当所有人都在转发她的山花烂漫时，只有女巫在春天独自歌唱，她的歌声里承载了一个女文青在春夜感伤的二十三种表现，其中一种就是东想西想，无病呻吟。

小暑天

喜欢赵师侠的《诉衷情》：清和时候雨初晴。密树翠阴成。新篁嫩摇碧玉，芳径绿苔深。雏燕语，乳莺声。暑风轻，帘旌微动，沉篆烟消，午枕馀清。如此曼妙的节奏，让人能感觉到生命在血管里轻轻蠕动的韵味。

夏季的第五个节气，也是一年二十四节气中的第一十个节气，被农家人称为小暑。习惯于沿着公历记事生活的城里人，很多不知何为小暑？作为写作者，我以为"小暑"成就一个才华出众者的笔名也挺有味道，尤其之于80或90后的作者，赋予此笔名更加可爱。有一阵子，看见铺天盖地的作者都喜欢在笔名里出现"小"，弄得一辈子也不想长大。

小暑，表示气候刚刚小热，还未到大热的程度。若是大热袭来，就该是大暑了。但很多现象表明，随着全球温度的反常，气候的脾气，也不完全受制于节气了。有时，刚刚立夏，天气就胡乱地暴热。如我定居数年的成都，今年夏至前后，居然碰到几天来得特别猛烈的狂热天，似乎往年的成都从未相遇如此天气，弄得许多来成都玩耍的老客人，禁不住追问老成都人：过去清凉的成都夏天都去哪了？老成都一脸惆怅，无言以对。似乎这也是近年老成都人面对的夏天难题，因此他们纷纷逃出城去，到不远的青城山、龙泉山，或峨眉山避暑。

总得说来，进入小暑，自然万物世界便在热情地发育中，筑起了汗流满面的小梦。庄稼在分蘖，光合催结果。往往好的时节，也带来不测的危险。各地小暑时的惊雷，既是抗洪的信号，也是房屋庄稼受灾损的不良因素。原本一直坚持不杀生的我，在小暑之前，愤怒地干掉了在厨房和客厅里无视人类存在的"灶麻子"，足有上百只吧。此时，电视画面上传来的小暑天尽是些令人不堪的信息。

至于个人生活，该如何面对小暑？

尽管我生性怕热不怕冷，即使在北京上学的冬天，也常穿单西服，弄得路人像看北极熊。其实抵达小暑还有几天时间，我已经开始疯狂地脱了，有时从外面汗流浃背回家，便脱得只剩下光胴胴。还嫌热，就把空调一直从黑夜开到天亮。为了不再让体重超标，依然强忍热风，穿着运动鞋，在晚饭后，冲出电梯，在绿树环绕的院子里来回走上几公里，再冲个凉，那才叫人爽。过去的大鱼大肉，也不啃吃了，每年的小暑都有一阵子吃素的渴望，像寺院里的僧人。可生活中又难免交际应酬，因此坚持无法彻底，不过只要闲在家，都会选择吃粥为主，花生粥、麦巴巴、荷叶粥、玉米粥、绿豆粥都是我偏爱下厨的成果，它们不仅让人口味清爽，也减轻了肠胃的负担。

小暑天，人容易浮躁，看书时难以进入秋凉的佳境，总有心不在焉的时候。但小暑天的清晨和黄昏常有值得一写的景致，身穿白衬衣，独自伫立高楼之远的铁轨，汽笛声远去，满目林涛噼响，这时不由让人感受到真正的呼风唤雨，之后，晚霞铺满山尖斜坡、追风筝的人远去，虫草互动，星空进入不眠状态，深呼吸，再弯弯腰，仿佛一个人回到藏地草原瑜伽的境界。

月亮无罪

中秋前后，有关月饼的话题占据了我们生活的主题。比起往年，市面上出现的月饼已从华丽回归朴素，从轻包装辗转到重实体，从高价位还俗到大众消费。街市上的叫卖也不再嚣张，商家们的出场与收场都以低调告终。显然，那些红头禁令对遏止当下的铺张浪费等怪象还是起到了良好作用，这当然是复兴俭朴传统生活的好现象。

可人们为什么重视月饼，却多忽略了月亮？这就好比我们重物质，轻精神一样。而月亮一直是伴随我们精神长旅的重要神物，不单是在嫦娥奔月我们才想起中秋的月亮之美，其实每个夜晚，我们枕在窗边的月亮都一样美，月亮是我们躺在童年倾诉与遥想的最佳陪伴。

《凯旋在子夜》里，那首有关月亮的歌唱得人听而不忘，那真是贫穷年代被艺术滋养的富有生活。

如此节日，月亮居然没有成为中秋的主角，这只能证明我们的传统文化意识已越来越模糊。从中秋头一天开始便陆续接到短信，尽管大有铺天盖地，难以招架之势，但许多短信却只是"中秋快乐"之类的简单祝福，大多是复制或群发、走形式，这些严重缺少内心情感独白的句子，不免让人看了产生失落之感。从另一种角度看，他们就像暴发户在盲目地为电信部门狂捐，严重浪费了节日资源。

原本我是个很偷懒的人，尤其是面对各类节日来临，喜欢删繁就简，免去一些干扰他人的行为。相对于那些自感很成功的友人或领导，我一般不发信息祝福，此时，我更愿意为他人让开一条节日通道。但我对自己收到的信息必复，不管发来短信的人熟悉或陌生，有名无名，起码人家在此时用大拇指行动表示了记得你的事实，这是我的原则。可我在坚守生活信条的原则里，感到了从未有过的力不从心。想想，一个人在如此短的时间内要如此用心良苦地去对待几十上百余条短信，会不会遇到为赋新诗强说愁的困境？对方能享受你为他精心酝酿的"雨中望月，不如饮一杯红"吗？

这"杯红"真的太疲惫。

我即刻原谅了那些群发信息者。其实，我很想对那些没有收到我"中秋节快乐"的友人说抱歉。

因为来不及回复，中秋已过。这快速的信息时代，也难免有疏漏。我还在回复中，友人短信还在发来。

就像自己平时对待写作这件事，我从来拒绝重复别人，更拒绝重复自己，我回复给他人的短信必须原创。我的回复尽量与"中秋"或"月亮"沾染，尽管这两个时令的词汇在我手指间不断组合意象，但它们并不代表同一个意思，相反许多新鲜又古典的气息在我的思想里流淌，而那些收到我回复的友人面孔或猜想也在我脑海浮现，这至少可以代表我对延续几千年的中秋佳节的尊重，也是对收短信者的尊重。

华灯初上，我一直在窗前守候月亮。可是薄弱的雾霭笼罩了我的城，雾中略带丝丝细雨，越来越挤的高楼，挡住了我的视野，只看见霓虹中闪烁的雨丝晶莹透明，人却无比寂寥，低头便想起小时候八月十五的晚上来。

那是中国南方闭塞的一个小村庄。当时那里的人们多不知月饼滋味，好的是月亮会准时升起在村庄背后的林子里。望月成了孩子们过中秋的仪式。那是一片老坟墓。坟墓上长满了青草与树木，周围野花乱开。我们那群衣衫褴褛的孩子，站在坟墓上，伸出双手迎接皎洁如出水芙蓉的月亮姐姐朝我们缓缓走来。我们手指越来越近的月亮，恨不得离她近些，再近些。可即将怀抱月亮陶醉时，吊着长长叶子烟杆的父亲忽然从背后闪了出来。

一个又一个的父亲从我们背后闪了出来。他们凶神恶煞道：指什么指，统统给我回家去，你们再指，月亮会割了你们耳朵的。

就是父亲们的这句话，让我与月亮的距离，从此划清了界限。事隔多年，每每中秋，我都不愿遥望故乡，更不愿展开对月亮的审美。中国式的父亲们谎言残酷重于诗意，在孩子面前，他们毫不留情地切断了中秋的历史细节以及村庄和夜空的秘密，但我知道，月亮一直无罪。

凉山二题

五彩云霞之下

汶水是雷波晾晒在金沙江岸的一件擦尔瓦。

在彝人第一代走出凉山的歌者曲比阿乌歌声里，总挥之不去这种内心被释放与抒情的调子——它真正的品质与属性，从没离开平易近人的本来面目。两次与曲比阿乌见面，她的宠辱不惊，如同金沙江水，清澈与亲切并存。同样，在容积量位居世界第三、中国第二的溪洛渡水电站眼里，汶水从来都不缺水的润泽。

水是生命的一种自然资源，也是凉山地界向山外示威的巨大资本。

这片长期被湿度布匹包裹的土地，适宜生长的物种之多。山上是隐形的树影，阳光与风穿过树，可见树们瘦削的身子，在雾气消散的天空下摇曳；山腰有红苕与枯萎的野草，在冬日的阴郁里孤单、歌唱；山下是青菜、圆根、萝卜、蒜苗、土豆，看上去它们的安静成了一种习惯势力。这几何式的汶水地理色彩，既是一种分割，也是一种组合，它不经意呈现了凉山土地之美，如同五彩云霞之下的五彩粮食。

除了扬名海内外的雷波脐橙，我还注意到一种特殊的物种，有人称它野芭蕉，暗紫的叶子上，有明显的条纹绿脉，高高的枝顶，开出鸟冠状的红色花朵。

而在我故乡蜀南的房前屋后，也随地生长着这种植物。小时候，我们采摘它的花蕊，只为吸一口其中的蜜汁甜。到了冬季，乡亲们就将它疯长的枝叶平地切割掉，然后，从地里挖出一个个类似芋头的大家伙，剃净粗壮的胡须，再加工酿粉，便成了故乡餐桌上一年四季烹调菜肴的芡粉美味。故乡人叫它"洋禾粉"。但在雷波的汶水，这种被彝人称为野芭蕉的植物是用来喂猪的，他们利用这物种，把猪喂成了一种响当当的生态猪肉品牌。

不同地域，之于植物的功效，则有不同的发现与利用价值。异乡土地上的汶水人，给予来自故乡的我，无疑是一种启示。等待，有一天，我想我会把这如获至宝的惊喜，告诉故乡人，虽然这只是个短暂的秘密。只是担心，他们一时半会，难以接受这惊世骇俗的消息。

沿着山谷边缘的野芭蕉，我们一直走到了香樟树苗圃希望小学。在省作协的捐助仪式上，全校师生流露出欣喜若狂的表情。遗憾的是，我第一次在这里出任六年级学生的语文老师，便受挫长达半小时。这群彝人的孩子，面对来自远方的我，在台上激动的演说，他们一个问题也不愿抛出来。是怕为难我？还是他们没有胆量提问？只是在我准备转身离开的时候，坐在最后排的一个男生，举起手，站起身，怯生生地说：老师，我家屋檐下，有两只很要好的鸟，我时常在放学回家时，看见它们在一起。我跟踪它们很久了，想把它们写进作文里，可是我不知如何写？

"你能把自己想象成其中的一只鸟吗？或者，能不能把另一只鸟幻化成老师我呢？有一天，现实的残忍，只能让你看见一只鸟，因为我们的人生，必须学会接受分别！"

当我说完这番话，那个提问的孩子，表情一脸复杂，他慢慢地低下头，许多像他一样表情复杂的孩子，把脸统统低下，或扭转到窗的那边，直到我再也看不清楚他们的表情。

前往雷波的路上，我悄悄取下了孩子们为我佩戴的红领巾。尽管那个以香樟命名的希望小学，连香樟的一星影子也没看到，但我清醒地看见了一个远行者对旧地的念想，同时我看见的还有眼睛渴望眼睛的重逢，时光与时光的重逢，我把昨天那个故乡少年的境遇，亲切地告诉了一刹那香樟时光。

只是时光中的彝人孩子不会轻易猜到那个少年就是我。

如同这些质朴的彝家孩子一样，汶水镇上叫买脐橙的人，表现出的同样是比凉山更凉的声音。我没有问那些躺在竹筐里的脐橙价格。只是站在离他们几步之遥的地方，静静地聆听他们的叫卖——他们学会了像城里人一样把自己声音录进狡猾的喇叭里，可是他们永远学不会城里小商贩充满诱惑与斤斤计较之音。尽管都是生活之音，但彝人之于脐橙的叫卖不加任何修辞与形容，毫无广告的泛滥成灾效应，喇叭里一遍遍广播的"卖橘子"，在我看来虽简单，但却仍显多余，摆在小街边的脐橙，本来就是用来卖的，何需还要重复告人？

可就是这声音，不可拒绝地让我想起成都24楼的黄昏，一年四季的黄昏，重复来重复去的黄昏，被楼下街区灌晕耳朵的黄昏，充斥着批量交响的"五元十斤，甜得很，甜得很，甜得很"的黄昏……

羊肠深处有雄关

过了马湖镇，我们将车停入一户院墙边结满了葵瓜的人家。住在这里的父子俩不仅言说诸葛亮与孟获打仗之事，他们在摘下一个个如秤砣的葵瓜热情送人之余，还为我们准确指出曾经战事的秘密工事，布置在村庄的哪个角落。

朝着陡峻的山上进发。

山里长满荆棘与野草，隐约可见牛羊出没。山道上零星地落着尖刀般的碎石与豆粒大的羊粪。走在上面，仿若忽见摇摇晃晃的人间写照。山风与迷雾扑来，渐渐地将看得见和看不见的人影全部收容，偶尔听得人说话的声音。这就让我们将要去达的雄关，陡添了一些险象环生的神秘直觉。

传说这条羊肠小道是诸葛亮率蜀军南征走过的地方。历史上有文字表明，要到三面被山围困的马湖，必经这羊肠小道，而雄关便是小道之间的一个死结，这也成就了三国遗迹的一个不老传说。陪同我们一起闯雄关的风雅老翁陈先生止步大风口，他花白的头发，融入了云和雾。在他手指或转身的口述中，一个可以让人信服的传说由此变得立体起来。

当然，这样的信服，是因为它真实的险境与陈先生伫立险境中的讲述得以关系递进。通过真实处境，再还原历史的镜像，让更多后来者或陌生者参与到历史中去，这不亚于一些英雄影片教育人的效果，重要的是参与者的情感在此得到了灵魂上的修补与深化。

诸葛亮与孟获的相遇，在此展开过一场战与火的较量。孟获火速封闭关口，在山上囤积居奇，将乱石与滚木备足，蜀军一旦进入，便受阻严重，被乱石与滚木，砸得头破血流，血肉横飞。如此惨败持续两月之久，如梦大醒的诸葛亮，终于施了一计，他从山民们那里买来千万只羊，在羊的尾巴上拴上灯笼，挂上鞭炮，当蜀军在夜晚点燃鞭炮，羊群便拼命往山上飞跑，同时，蜀军鸣锣开道，喊杀声峰回路转，害得孟获一时之间用尽了所有的乱石与滚木。当诸葛亮怀揣胜利之喜，攀上羊肠小道，停在雄关处，观望四方后，禁不住大为慨叹：真不愧马湖雄关呀！

身临如此险境，口述三国遗迹历史的陈先生，近八十岁的人了，他为无力再陪我们进一步闯雄关，一再表示歉意与遗憾，但他也一再鼓励我们，那么远来到马湖，必闯一次雄关，人生才不虚此行，不留遗憾。在陈先生的挥手鼓励下，我们一个也不停留山口，个个壮着胆子，趴着悬崖峭壁，抓住滕甲，脚打着战，向山侧的雄关一点点逼近。这哪里称得上羊肠小道？越往下走，道的痕迹越不明显，这只可能是一种岁月可寻的模糊踪迹，我们贴身的衣服全被汗水沾湿，终于抵达山崖如利斧砍开的一道山门。这不足一米宽的雄关之门，只容许一人通过。站在山门中，隐约可见山下的金沙江水，如一泉耀眼的碧珠闪现，但一秒钟就被山雾笼罩了。可疑的是，在我们上山返回途中，忽然多出一个人影来。

是雄关下的村庄爬上来的山民。

但因为时间关系，那个看不见的村庄，只能在我的想象里驻扎了。我想象，不时会有村庄人，从雄关处，飞上山来。

那人背着一个背篓，要去马湖镇上购置生活用品。谈话之余，他几步抄到我们前面。可见他矫健的步履，身轻如燕。这的确让人羡慕得恨不能长出一对翅膀，飞到他的前面，拦住他去路，问一问村庄里的事情。本想喊他搭乘我们的车去马湖镇，哪知他的速度比我的喊声更快，这就是身体与生活的差异。而自然从来都未曾改变，自然一直在自然的地方等着久违自然的我们，自然持有对人类公平的权力。可久居闹市的我们，在雄关险道的感叹中，像一只只浑身负荷铅球的笨鸟，在大自然留给我们的秘语中，即使选择了"飞"的词，却怎么也飞不进词海的意境中。

不知何时，我们已在背离自然的另一个空间中，败给了自然。城里人努力的悲剧虽在一天天远离自然，但又渴望走向自然，拜见自然，像一批整装待发的士兵，消灭了一个隐患之地，又要背道返回人类最初安全的城堡。

独自走在山民身后，我内心蒙上了层层羞愧，想着更远的诸孟之战，因为一座雄关，绊倒了双方多少士兵呀，战事如羊肠，其复杂就自不必提了。

等，是一种病

　　方文山有歌词：天青色等烟雨，而我在等你……一个"等"字重叠了人生与自然的双重情感之美，而杰伦的歌声竟也将人生等待的千古美丽与万古哀愁，表现得缠缠绵绵、美轮美奂。

　　可现实中，萦绕我们生活的"等"，除了更多的琐碎和世俗，我们再无心发现其中的美了，相反，它处处与我们的身体有关。

　　等，一个字看似隐形，仿佛一条虫驻扎在我们的心上，与生活的点点滴滴纠缠不清；等，每天出现的频率如影随形，甩也甩不掉，说得短一点，一天里它从早探出头，便开始了无休止的复活的过程，说得长一点，一生中它都在人的身前身后为人的事情排队等候，一天与一生，即使它争先恐后地出没于你的念头，依然可能被太多事情或杂念挤压或搁浅在后面的后面，似乎永远也排不上号，于是你只有干等，长此以往也就习惯了等，欲罢不能。

　　久而久之，这个看上去很急躁的动词，如同野兽，被你无情地放逐，成为一种借口或托词，实际上它并没有远离你，看上去，它与你之间也不存在多少实体意义，太多的"等"脱离人理想的轨迹，变得虚妄。此时，等，像一条蛇的尾巴盘踞你的时空，成为无孔不入的一个隐患，但它却有着不可忽视的核心作用，像是管控你意识的密码。在你常常失灵，无法及时打开这个密码的时候，等，已然蜕变成了一种病。

如同王朔所言：爱谈人生也是一种病。爱谈人生的人，往往改变不了他人的人生，更改变不了自己的人生。

而关于"等"的病根，总会来自太多太多的理由——等明天……等将来……等不忙……等下次……等有时间……等有条件……等有钱了……等来等去……等没了缘分……等没了青春……等没了健康……等没了机会……等没了选择……

凡此种种，最终，我们究竟等来了什么？很多事情，我们只要一等，就错过了机遇，一等就是永远，一等就是一生。

回首过去，清算一个个溜走的机会，我们最终都输在一个"等"上。

近年来，我身体里出现的"等"病，越来越严重。许多时候，一直计划着要邀请某位久违的兄长共进晚餐，坐下来好好聊聊天，可是身体里出现的那个"等"总会不顾一切地冒出来控制我，干预我，等下一周的某一天，而下周到来，可是又过了一周，依然未能付诸行动，人一直困在等中央，一晃大半年就这样过去了。不仅是请人晚餐这件事，还有其他许多一直想着被排上日程的事情，比如给一个远方读者回一封等待已久的信，比如去赴一次几十年不曾见面的忘年之约，也一直被我麻木地等过去了。

曾努力试图找一个字代替"等"，可是无论怎么寻找，那个字都无法替代，现实与隐形的等常常纠结，扭打在一起，现实中的等早已伤痕无数，身体里的"等"依然不肯罢休，还在意识里排山倒海，掀风鼓浪，我还在等，究竟要让我等到什么时候？表情依旧乐此不疲，内心早已兵荒马乱……

让我们忘了手机吧

不久前，南京一个小女孩在路上边走边玩手机，不慎掉进一个缺盖的暗井里摔死了。此事发生不到半个月，又在央视新闻看到，一个厨师，低头玩手机，因时间过长，颈动脉供血不足，差一点死掉，幸亏及时送到医院救回一命，留下半身不遂的后遗症。

这样的事例，生活中频频发生，手机究竟有多重要？难道比人的生命更重要？

还听过这样一则故事：快过年了，一位年迈的山里老汉，盼星盼月，终于盼来儿女们回家过年。可是，出门在外的儿女们回家的语言并不多，每个人都各自抱着自己的手机久久不放。有的在读新闻，有的在刷微博，还有正不停玩微信的。年夜饭上，老汉越看越不是滋味，心想久别重逢，孩子们怎么这样对待自己呢？于是，逼了一肚子气的老汉终于拂袖将满满一桌饭菜掀翻在地。

想想，这原本幸福团圆的年事何时变得这么悲催呀！

在我看来，显然这不是老汉的孤独所致，而是儿女们的孤独造成的尴尬局面。因为对手机的依赖，太多人丧失了与生活亲切交流对谈的机会，对于个体的世界而言，他们甚至丧失的是一份内在的自信，徒增的却是一份狭隘或偏执狂般的冷漠与自恋，尤其是那些每天随时都在微博或微信上晒自己表情的人，在长时间低头把玩手机的过程中，手机已经一点一点掏空他们的情绪，偷走了他们想要与人诉说的一切。

当然，并不是一味地说手机不好，除了正常的享受手机给我们生活带来的便利，我们完全没有义务把太多时间和心情交给手机。不如，放眼窗外看看天空吧。你多久没有望过天空了？这时，或许你定会发现生命中另一些久违的风景，要告诉你很多很多！

是该到"忘了"的时候了。过去，人们太多的主张是"我很重要"，但自从手机业已爆发频频升级之后，人真的被手机打败了。无疑，这是通讯时代迅猛发展对人类的一次强有力地迫害，也可以称之为实实在在地强奸，它像一次重大的历史革命，让人们不得不低头。因此，这世上便多了一个族群，叫"低头族"。

显然，这低头的人不是犯错后的反思，而是几近陷入迷茫般地将目光和思绪沉入手机世界。无论是上下班的公交车上，还是其他公共场所，"低头族"都是一道过"瘾"的风景。我在想，他们的手机一定有磁的引力，有时即使是再亲的人也喊不醒那些陷进手机里的心。

经常接到有关手机的服务电话，服务生一会推荐这免费条款活动，一会介绍那优惠待遇，还有来电者常常提醒贵宾，你有权试用一下我们专门针对你的这项最新服务等，这很让我警惕。不配合他们吧，这又属于他们的职业，显得我很不绅士，可配合吧，他们的推荐又没完没了，或许，他们嫌手机对我的捆绑还不够，可我真的不想让手机控制我的孤独。

我不要孤独，让我们忘了手机吧！

我没有名片

名片是一种介绍自己的便携式工具。当下的江湖人，谁没有一张精心印制的名片呢？这些名片上，多印有各种头衔、职务、职称，有的还写有出版过什么专著，在某个领域做出过什么贡献，还有的名片上写着自己的名言警句乃至产品介绍；有的名片甚至正反面都印满了内容，生怕人家不知道他的前世今生。说实在的，平时很难过多留意这些看似大同小异的名片，时间一久，打扫卫生时它们便不欢而散了。

我是个不把名片太当回事的人。

有一次，一位远道而来的朋友，路过我所在的城市，约见了我。其实，这样的朋友算不上我最直接的朋友，他只是朋友介绍来见我的人，算个间接的朋友吧。在饭桌上，他虔诚又礼节性地递给我一张自己的名片。我专注地看着他的名片，那张黑白带银色花边的名片，印了水晶珠链，散发着浓浓的墨香味儿，其名字用的是手书，看上去充满了书卷气息，十分别致。我禁不住赞赏："呀，如此贵气的名片。"然后，他得意地笑了，将双手摊到我面前。我向他摆摆手，抱歉一笑，说："噢，我还没有自己的名片。"闻言，他一愣，惊讶地看着我，仿佛在说，你怎么可能没有名片？我想，他多有不信任我的感觉，紧接着便手忙脚乱地向其他在场者散发名片，还不时地给人介绍名片上所罗列的种种内容，解释上面没写完的意思。看着他滔滔不绝的表现，我把自己的电话号码告诉他，表示我们能够相遇，便自带三分诚意。他依然很不合时宜地对我说道："你真该弄一张名片。"

我对他笑了笑，并没有申明什么。

在我看来，许多时候，名片这样的物件是人生多余的东西。要取得别人的信赖，并不是名片上的内容说了算的。如果一个人要靠名片来为他壮胆闯江湖，那他注定是一个走不远的伪侠客。人生在世，贵在有自知之明，已是老大不小的人，又何需名片来加以印证呢？常常参加一些笔会类的聚谈，也常遇到一些问我要名片的人，我都说：我没有名片。如果你们真有用得着我的地方，可以记下我的电话号码。话完，便主动把自己的手机号码打到对方手机上。这样既来得真诚、有效和直接，更少了几分掏名片的客套与虚伪。

陶渊明在他41岁那年隐退江湖，却独在桃花源栖居，让灵魂获得了真正的自由，他没有向谁亮出一张属于自己的名片，这是何等理智的选择。但人们却因他的生活方式而记住了他活着的姿态与境界。相比之下，当下不少声称自己是搞艺术的人，平时不用自己所从事的艺术为自己正名与开路，却拿出一纸印满头衔的名片来糊弄自己，也糊弄别人。名片成了他们炫耀的资本与广告。试问当下我们真正从事艺术工作的人又有几人能自觉做到除了用作品说话，人生完全可以简单到一张名片也不肯附加的地步？从某种角度说，你所从事的艺术就是你潜在的名片。作家拿作品说话，歌者靠声音说话，画家在画布上说话，书法家舞墨汁说话，凡此种种，你所从事的事业就是你声名的代言，你为它们所赋予你的功能负责了吗？

人生或艺术最难得的是能够达到纯简至美的境界。尤其对于那些岁月到了做减法的从艺者，更应该做到将人生的负累降到最低，包括一张虚饰的名片，减去虚的，留下实的，哪怕看上去你并没有啥成绩，但你一定是货真价实配得上你所拥有之名的。我没有名片，我知道要让作品具备名片的功效，就得让外在的内在化，让无声的变得有声，让过激化为淡定。

两个人的心旅行

　　有两个文学爱好者，因为共同的兴趣在网络世界中相遇了。他在天府之国成都；她在茶城之乡普洱。

　　生活中，他俩都特别喜欢写作，喜欢背着文字行走在思想的田野上。相比之下，他主要以写作见长，路线显得较为单一。而她则见多识广，从事的职业有记者、花店店主、网站管理、广播编辑、主持等。除了写作，她更多时间沉浸在广泛的阅读中。他俩对彼此的文字互为欣赏，常常因文章产生出许多默契的想法，最重要的是他们成了对方的第一读者。他不仅欣赏她文章写得好，尤其羡慕她特别精通网络技术。他有时就连普通的博客也玩得非常吃力，于是常常求助于她，教自己怎样为博客添枝加叶。她感觉自己很有成就感，做起事来，也是非常轻松惬意。

　　他每次写了新作，就会在第一时间发给她。她看过之后，时不时地会提出一些恰到好处的意见，等他修改之后就替他发到博客上，供更多的人欣赏。遇到留言，她会替他及时回复。有时他出差太久而无法提供新作，她就会在他的博客上发出公告，博主因外出"修行"，博文暂停更新，敬请大家等候佳音。时间一天天过去，他的博客因色彩和文字的搭配极富创意，渐渐红火起来。不少读者夸他博客真漂亮，甚至有的还留言请求博主给予技术支持。

可偏偏这时，她忽然消失得无音无信。从此，他的博客因长期无人更新，人气一天不如一天，变得渐渐荒芜。

突然，有一天，她终于出现了。原来，她因从事职业太多而劳累成疾，住进了医院，并且，开刀做了手术……当她说出离开的真相时，他很内疚，却找不到更贴切的文字来表达自己抱愧的心情，只一个劲地在对话框里打"对不起"……

她很着急，但因身体的伤口还未痊愈，只能面对屏幕，热泪长流。之后，他加快了写作速度，仿佛体验到了文字创造的力量，她读着他的文字，感觉已找到疗伤的灵丹妙药，身体康复得一天比一天好，他的博客又恢复了原来的样子，每天都有很多人在里面浇水、施肥、排着队留言……面对这一切，他们不约而同发出了感叹：文字又让我们回到了从前。

他对她语重心长地说："谢谢你的无私帮助！"她的回答干脆："我们之间不存在那两个字。"自然的幸福就是自由，就像水洗的阳光。麦子摇曳，风吹芦苇，小鸟在歌唱，鱼儿在漫游，河水轻淌，匆匆数年，他们还在继续做朋友。就这样，两颗心在时空距离中重逢于同一条轨道，一切都与物质无关，与利益无关，与爱情无关，他们很快乐，也很默契。

这个看似平淡却又真实的片段，它不是故事，只是一段人生的缘分。可这样的相遇，实际生活中却很难碰见，除了要交流兴趣与思想，还需两个人同时具备一定的文学基础和抗拒岁月的俗事。生命长河中，你拥有这样性情相投，甚至许多时候就连"谢谢"二字都无需表白却又能读懂你心的朋友吗？

于是，无限的网络世界，接纳了你所有的欣悦与哀愁。许多时候，懂你的人不在身边，他隐身在你的念想里，在你上线的时候，发一个微笑的表情给他，两个人就可以开始心的旅行。

来不及回首，若即若离之间，你已经明白了人世间有一种情叫纯粹。

去北京睡觉

都说不去深圳不知道钱少，不去北京不知道自己官小……这已经是多年前的段子了。帝都，太多前往者，都曾受过它庄严又辉煌的历史洗礼。因此，有人一生伟大的梦想就是去一趟北京，但有的人一生也未能实现如此梦想。

多数前往北京者，都带着强烈的目的。比如那句"不到长城非好汉"的名言注定要把人先吸引到北京。长年以来，浩浩荡荡的北漂族群追梦北京，但也有不少人是去北京求人办事。几年前的秋天，在天安门广场，见到一位来自太行山区的老人。他在瑟瑟的秋风中，不断地重复一句话：没有了，没有了，今生没有遗憾了……顺着这声音回头，我看见他向着一个地方不停鞠躬，原来他是见到心中的毛主席了。

与老者的情况有些不同，前阵子有位西藏的朋友，为去一趟北京备足了精神。她先是回了川东老家，然后折返成都，满大街挑选适合在北京穿的裙子，春熙路与太古里都被她踩踏遍了，无奈半天也没选到合适的，居然找了个"衣服可能与亚洲人身体不同"的高端借口，反之则可见她对北京的高度重视。

146

因过于兴奋，她买票时订错了航班，到达北京已是深夜两点多。之前我问过她去北京的理由？她回答，能见到在京工作的哥哥就不虚此行了。可她几次给哥哥的短信，收到的回复都是忙，让晚点再来电话。于是，她等得不耐烦，终于在宾馆里呼呼大睡了。

几天过去，我在微信上问她：你在北京还好吗？

她说仍然没有见到哥哥的影子，更没得到哥哥的"召见"。她说她一直在北京睡觉。听着她那自豪的口气，似乎因良好的睡眠而忘记了自己身在北京，同时忘记的还有到北京找哥哥的事情。

"见到你哥了吧？"又一次，我问她。

她有些答非所问，状态简直游离：北京治好了我的失眠症。她说在北京，她终于睡着了，像死猪一样。

我在心里替她默默高兴。原本，她是个长期严重的失眠患者，自称患有抑郁症多年，无论在西藏，还是回四川，最好的睡眠只有三个小时，一般情况只有两小时，因此她半夜三更给人乱打电话的行为，常被人视为神经病。但到了北京，这一症状居然得到改观，说来真是奇迹！北京之于她，比良药更管用。

"太好了，你应该留在北京呀！""噢，我是有这个打算。奇怪的是，怎么你会提出这样的问题？""因为皇城根下好睡觉呀！""那我继续睡一会儿吧，快中午了，早饭都还没吃，水也忘了喝，我想把过去缺了几十年的觉，在北京补回来。"

这人挺有意思的，人家那么多人去北京是为了干大事，她好意思把北京当睡觉的风水宝地。正当我纳闷之余，她告诉我，能在兵荒马乱的世界里夜夜安稳入睡，也是一种修行。尽管我不太认同她的观点，但写下这件看似无聊的事儿——虽有点不免让人哑然失笑，但却是真心为她同样伟大的目标点赞。

去北京睡觉！

等着我

这是央视一档收视率不断上升的真人秀公益节目,其主题是为失散的亲朋好友寻找并创造团聚的最大可能。通过主人公上台讲述事情的经过,然后等候大门开启。幸运之人,很可能等来失散者从门里走出来,这是皆大欢喜的场面。

我连续关注了几期这档节目,几乎每一位求助者都从门里等来了他们要寻找的人。可是今晚,有一位求助者从容上场,深情地讲述完过往的不幸,就在她期待幸运之门开启的一瞬间,里面走出的并不是她多年渴望寻找的初恋情人。

她七岁那年死了母亲,在医院当院长的父亲娶了她的小姨。不久,父亲与小姨离了婚。原因是小姨没有生育能力。当父亲再婚,她公主般的生活,被生子后的新妈妈彻底粉碎。她在父亲家待不下去了,几经周折,从四川投奔到贵阳的小姨家。哪知,小姨的男人,并不接纳她。尽管她努力地在小姨家当牛做马干活,可是小姨的男人,依然嫌她影响了他们的生活,不断地施加压力让她走。

直到十七岁那年,她被小姨的男人,赶出家门。

走投无路的她，只好胡乱地上了一趟贵阳开往南昌的火车。在火车上，她惊慌失措的表情引起了邻座一个上海男人的注意。她盲目下车的时候，男人也跟着她下了车。原本那不是男人该下车的车站，可是他为她下了车。他把通行证明交给她看，证明他是一个好人。她把自己所有的经历告诉上海男人。为了帮助她，上海男人让她当自己的女朋友，便将她带回上海家，给予无微不至的照顾。

　　两月后，上海男人悄悄打电话给她父亲的单位说明了她的来龙去脉。哪知她的父亲刚去世几天，单位正在四处寻找她，让她顶替父亲的名额工作。她得知此消息，欣喜若狂地奔回四川父亲的医院上班，从此感觉自己的一生有了希望。

　　很快，上海男人赶到四川找到了她。他担心她，怎么也放心不下她。医院的人听说她男朋友从上海来，为此，风言风语纷纷传开。院领导说，这是不允许的事情，你赶快把他送走，否则你这工作都保不住。于是她不再理他，还凶巴巴地让他快走。

　　他回到上海，从此再无音信。

　　她给他的信，一封接一封。有去无回。她每每想起都后悔不已。

　　十多年后，她离婚了。这才意识到上海男人对她一生的重要。于是她开始拼命地找寻，写信、打电话、上网发帖子，甚至联系上海公安局，都无济于事，直到满怀希望地走进央视《等着我》节目组。

　　当门彻底开启，她眼里装满了绝望。门里迟疑走出的人，并不是她苦苦找寻的那个人，而是外景主持人。那个年轻的主持人不无遗憾地告诉她和观众：她要找寻的上海男人已于五年前因病离世了，他的骨灰全部撒进了黄浦江里。她的泪水在节目现场如江水倾泻。最后，她朝着天堂说：对不起，我尽快到上海江边祭奠你……

等待复等待，每次等来的都是节目凌晨重播时分，我依然为此悄悄守候。悄悄是别离的笙箫，有笙箫伴随的夜晚最易感动，当那扇红色吉祥之门缓缓开启，心紧了又紧，如同田螺身心的一次用力收缩，尽管每次都免不了要为故事中人泪水喷涌，可我依然悄悄地等着你，正如，你一直等着我。

绣十字绣的男生

男生遇见女生是一次上海的旅行。

其实他们一直同在一个小镇，甚至同在一条街生活。而且他们的父母都认识。这次旅行，母亲将女生托付给男生母亲。一路上，男生都在注视女生，然而女生并不来电，因为在女生心里，她不愿接受比自己小的男生。

可是男生从此忘不了女生，除了每天QQ上聊天，还会时刻出没在小街尽头张望女生的窗口。

很多时候，女生在学校周末也不回家，只怕遇见那个比她小的男生。可是男生约她几个星期了，而且还提出要送她神秘礼物。总不能这样一直拖下去吧。女生想来想去，无论如何，还是要给男生讲清楚不喜欢他的理由，虽然这很残忍，但长痛不如短痛。女生一边踱着步看窗外，一边盘算着自己的潜台词。

窗外雪花在飘，女生下了楼，眼里刺了一道阳光。小街路面像是洒了一层厚厚的盐。

男生想着女生终于肯约他了，心里的小鹿已经提前站在小街尽头活蹦乱跳。也可以想象他种了数月玫瑰在整条小街都绽放。

冷风如千万只虫影在街区里晃荡。能见到女生，他不知多少个夜晚幻梦一场。醒来，他又开始拿出针和线，还有自己设计的图纸，一针一线，绣个不停。有时，眼睛快睁不开，线就容易打结，他只好拆了重新换线，穿针。他一直记得在上海街头，女生告诉他的，蓝色代表青春，紫色代表纯洁。他把她名字的两个英文缩写绣进两个脚印里，小巴掌大的一块十字绣，前一个字母蓝色，后一个是紫色。

十多个日日夜夜，男生熬红眼睛，指尖在针线之间，停停走走，穿针引线，总算完成了一件大事。可是除了单调的名字，还应该再绣点什么吧？男生琢磨半天，感觉女生在十字绣背后像小猫一样躲着他，于是他灵感大发，别出心裁，又在那个名字的反面绣了一只吻着玫瑰的小黑猫，蓝色的围脖、贼溜溜的眼睛、妖娆的尾巴，着实有点可爱。男生将绣好的十字绣送到街上裱在一枚小圆镜上。每天晚上，他都捧着十字绣小圆镜，在床上辗转难眠。

他想她一定会喜欢这礼物。

礼物就免了吧！如果我收下，这算什么呢？女生见机行事，尽量把话说得委婉些，她懂得被人拒绝的痛苦。

男生低着头，顿时陷入沉默。只有小口小口的风撕咬着他的头发。许久才抬头，男生叹息：每次被女生拒绝，都嫌我太成熟，只适合做朋友。

不，如果我们要做男女朋友，你应该再成熟一些。女生加上了这个让男生猝不及防的理由，一个不是理由的理由。

男生再也无话可说。

在一个不喜欢自己的人那里，他永远说不过对方。毕竟他才十六岁，比女生小两岁。男生拿着十字绣的手，在风中抖得很厉害。十字绣并不懂他。

他怎么也没想到在这个十八岁女生眼里，他会幼稚得那么离谱。一个连礼物都送不出去的人，真是失败到了极点。于是他愤怒地决定将绣好的十字绣，一针一线地拆除，就像建筑工人拆除一道围墙，就像失独者卸下孩子衣服上一颗颗死亡的纽扣，他现在只想绣一颗心，送给自己。在过去的日子里，他太不懂自己，在未来岁月，他尽可能地要让自己多懂一点自己。于是那面尚未绣好的十字绣，成了血光一片。

不久，女生将这个有点自残的故事，讲给了一位用文字陪伴她成长的作家。

那男生颜值如何？

我发你看看吧！女生乐呵呵地笑。

作家看了那个手上举着十字绣的男生，回了一句：够了！

天，你要求太低了吧？女生很惊诧。

不，你不明白，够了，就是醉了的意思。

女生笑得合不拢嘴。但很快，作家送了一句比较成熟的话给女生。

在爱情面前，男生总是晚熟于女生。更何况一个绣十字绣的男生遇到一个不会绣十字绣的女生。

那些卷裤管的年轻人

立春之前，除了必要的日常工作，我常足不出户，躲在一个名叫朵藏的空间，通过写作消化前阵子出门在外积累的点滴生活。然后，陪伴书页，聆听茶香，静赏花开，等待阳光出没，等待寂寞来找我。是的，寂寞已成为一个孤独宅人日常的形态与节奏。

有几次穿梭在成都的建设路、万象城、成华公园，以及二环高架桥上，眼里疑似失去了一种平衡，不知何时，目及之处有很多卷裤管的年轻人。是我忘记了季节变换吗？他们是要为寒冷献上脚踝之美的行为艺术吗？有的故意将裤管卷起后，漏出袜子的花边，这不难理解，至少他还掌握一丝风度的尺寸，同时不用让人担心冷空气对他脚踝的袭击，但那些多数将裤管卷起，裸露出脚踝直面寒冷的年轻人，就令人费解了。如果是夏天，情有可原。

可这毕竟是冬天，虽然没有雪，且也称得上成都少有的稀冷极品天，他们依然任性选择要风度，不要温度。

我问从日本来成都过冬的星野雨泽，同样是年轻的时尚达人，他的回答则十分淡定。在日本，也有这样的现象：这是一股从欧美刮向中国南方，刮来成都的流行风。说白了，他们的资本就是年轻。年轻容易上火，身体里有了火，他们什么都不怕。

换言之，这是一种时尚的代价？我问。

星野雨泽说，没错，时尚是要付出代价的。他们这样的选择，无非是嫌自己身高还不够令自己满意，想从感观上再虚拟地长出一节来，这些永远不满足的年轻人，他们的穿着多受南方潮流的影响，然而人家一年四季处于热带的南方，卷裤管则是恐热的表现。在中国版图的西南一角，成都的冬日，总有那么几天，男女老少护脚踝则是必备的功课。因为气温的潮湿，这里的人们多准备有毛裤、毛袜、棉手套、鸡婆鞋，饮食中，他们爱吃麻辣火锅，为的是驱寒。在他们的身体里，积压的风湿病是显而易见的，街边的按摩店里，随时拔火罐、刮痧者多得是，如果年轻时不保护好脚踝，待年老等他们疼痛的地方，就够他们受一辈子了。这也是年老者给年轻人过冬的经验。

一番探讨，我们在电话里笑了。

尽管这与美学无关，但实际上在冬天卷裤管的年轻人，已经把一座城池演绎为美学的需要。似乎这种行为可以划定年轻的标志。他们多数不是这座城市的土著，也不像晚明张岱一个人在深夜独自去湖上看雪的寂寞，这是一群年轻人的集体狂欢，当然也有个别理论上不再年轻的人，他的行为照样我行我素，甚至我本时尚，将运动鞋上的牛仔裤管卷得高高，甚至让人怀疑他根本没穿袜子，这是否可以看成他们在为生活不停奔走的另一种信号？当流行风吹来的时候，在他们身上什么事情都可能发生，而且很多时候，他们会将大众流行的时尚，转变成个人生活的细节操守，这已然是一种失去平衡的平衡。

　　倘若时光倒回十多年，我想我还是干不出这种拿健康拼时尚的事儿。虽然我一直本着要时尚也要生活的主旨，但过于自由的先锋，尤其是反健康的潮流，只叫人伤不起，且又不能自拔。

谁的爱情敌得过手机

首先我们来谈谈爱情。

原本这个奢侈的命题，不适合一个现代人来谈，因为古人早就将这两个字写进永恒的诗篇，因此爱情意味着古老、圣洁，如今谈这两个字的人，当然只能很不讨好地归于俗流之辈了。只不过，沿着古人的笔迹，后人并将圣洁之爱吟咏至今。我们只能吟咏，却不能效仿。记忆中，那个叫李商隐的人，应该算是用诗歌谈情说爱的顶级高手，在诗歌界，他往往排在李白和杜甫后面，与杜牧俗称小李杜。他那些有关爱情的诗，简直就是迷魂药，又苦又咸又有点甘甜，当然更多的是看不清真相的浪漫与离愁，这就容易要人的命。可李商隐并未让我们懂得多少爱情的真谛，相反我们只知道他一纸背后的爱情两个字好辛苦。

再赏析《红楼梦》《梁祝》《西厢记》《新鸳鸯蝴蝶梦》等，其主题无不与爱情有关，不仅凄凄惨惨，轰轰烈烈，甚至爱得死去活来。即使时空流转，化蝶也要一起飞，太让人震撼了。古典的爱情如此，今人何以参照？

当我们谈论爱情时，我们到底在谈什么？

每周我会去单位打几次照面，主要是参加一些会务。隔壁就是杜甫草堂，一条浮荡着飘落花瓣与落叶的河流绕过它的全部便是浣花文化风景区。这座都市的文化地标，一年四季花朵绽放，绿草莺飞，树木葱茏，美不胜收，当下正是蝶飞蜂舞，情侣出入的最佳时节。似乎那些亭台楼阁与鸟语花香都是为情侣们的出场标配，重要的是在这里谈情说爱的人都很有文化的面子，杜甫与浣花夫人不请自来为他们站台，还有河边初芽吐露的柳絮，与柳絮下的一盏冒着香气的盖碗茶。午后，两三个同事总会约定俗成履行万步计划。除了徒步，掠过眼前的人，都是赏心悦目的风景呀。

　　这些热恋中的主角，有的拥在海棠树下，有的如同两只爱情鸟，盘腿坐在造型独特的石头上，而那些石头上刻着的正是现代诗人们的爱情佳篇……

　　当我们快要返回目的地，同事惊讶地将目光锁定在那块竹林隐掩的石头上，与我耳语道，这不是我们来时河边遇见的那一对吗？我把目光投过去，只见那对小年轻，正背靠背，各自玩自己的手机，似乎只有手机才能听见他们的心跳。遗憾的是，他们彼此已听不见爱情的心跳，因为他们把心都给了比磁场更有吸引力的手机，如此投入，树枝上的鸟或水中的鱼儿都不忍打扰他俩，更何况过路的我们。

　　除了一笑而过，同事突然抛出一句让我没加思索就产生共鸣的话：这真是爱情敌不过手机的时代呀！

　　没错，这句话如同一块沉重的石头，落进河水里，在我的脑海荡起涟漪。如此情景，一路上比比皆是，这个时代的爱情都给了手机。小年轻如此，我们这些大叔级别的人，面对爱情也好不到哪儿去。即使与家人在一起，不分白天黑夜，我们各自照样会被手机诱惑，有时我们的眼和心已经防不胜防地被手机偷走，尽管我们彼此常有提醒，可随时照犯不误，这是现实很难更改的结局，明明知道手机给不了我们爱情，我们却对手机如此专一，这是我们的不幸，我们不得不认输，我们的爱情敌不过手机！

那么，谁的爱情敌得过手机呢？

让我们回到古代，在中国文学史上的圣地大雅堂里去看看吧——屈原、陶渊明、陈子昂、王维、李白、白居易、李商隐、苏轼、黄庭坚、李清照、陆游、辛弃疾，他们与杜甫在一起，从不看手机，也不担心掉进陷阱，只谈爱与哀愁，那才是他们的诗和远方！

微信世界

　　当传统又隐秘的书信远离我们，微信却以另一种方式进入我们的生活。它不仅带动了人们书写的愿望，而且让人们随时处于参与的状态。三五分钟不发一条微信，就担心被遗忘。

　　微信成了很多人爆发的小宇宙。你看他们随时随地，每分每秒都在曝光自己的身体或情绪。只要是能拍下来的生活，他们都会不顾一切，任性地将个人世界呈现在你的面前，他们想听到你的惊叹。

　　也有人长期一言不发，只转发他人的微信。那些惊人或暖心的句子与图片，总会让眼睛停留片刻。只是，整个世界都在被过去式的事件刷新，却遗忘了最初的创造者。我们渴望在网上被他人点赞，却忽略了他人的真实存在。人类看透了人间的绝世风景，却最终把明亮的眸子牺牲在方寸之间的手机屏上。这不是自然对人类的惩罚，而是科技对人类情感的残酷诱惑。

　　我不得不感叹科技的进步，转头回去看看，博客、QQ空间、MSN这些用于联络与倾诉的网上工具，已经日益被时光无情地抛在一边。现在连手机通话，人们都懒得用了，只用微信与世界保持联系。

很多时候，我只是微信的看客，不点赞，也不发言。久而久之，一些微信群主会主动提醒你，快去跟大家打个招呼吧！意思是若你再不发言，就别怪我们把你忘了。

我也偶尔发一些微信，比如到某地采风的照片，或信手拈来的感悟。我不求人赞，也不求他人评论。我只将它当作一种素材的保留库存，到了真正写作时，我就会将它们从微信里翻出来，进入思绪的轨道，然后，转入创作意义上的文本。

当然，微信，也有让我感动和意外的时候。有一天，忽然有个叫"你好同学"的微信跟我打招呼，我很犹豫，到底对方会是谁呢？通过认证之后，才知对方是儿时同校不同班的同学。她正在读我的书。后来，那个同学将我拉进一个同学群——几十年了，那个山坡坡上学堂里的人和事，一股脑儿地吹进我的脑海，似乎让我一下子返回了童年！

动车偶遇

清明节假日，火车最疯狂。

那是一列成都东到广安南的动车。

原本网上抢到的票是没有座位的，凭经验，我径直来到餐吧车厢，找到一个无人座位。刚落座不久，站在一旁手提行李肩背包的那对年迈夫妻，也被列车长请到我对面坐下。他们的出现像久别故乡的游子，目光里装满了浓浓的乡愁。女的白发萦绕，眼睛在川东丘陵上起伏与缓和。她用标准的北方口音低语道，那是油菜籽吗？油菜花开一定很漂亮是吧。我随意附和了一句：是油菜，只是它的花期已过，待到这个月底，就该收割油菜了。男的眼神与表情总是精神抖擞，他看了我一眼，然后附在女的耳朵边：可惜我们没能赶上油菜花开。

男的口音明显是地道的川东人，只是夹杂着北方的味道。

我们四人一座，表面像是亲人团聚，其实内心都是没有底的陌生人。坐我身边的那个男人分明是来车上补瞌睡的，至始就没看清他的脸，更别指望他说一句话了，气氛有些逼闷。手机多时无信号，WLAN就难再给力了。趁美女列车员微笑送茶转身离去之际，我轻声提了一个要求——请帮我找本最新一期的《火车》杂志好吗？

"好的，请稍等！我去其他车厢找找。"

美女列车员来回走了几节车厢，没有找到最新一期杂志，最终找来一本去年底的旧杂志，让我打发时间，随便翻翻。我抿了一口茶，目光在杂志里安顿下来。这时男的发话了：你也在铁路系统上班吗？

"噢，不是，我只是坐这趟列车多，与他们熟一点！"

男的不再接我的话，他在想自己怎么也有看走眼的时候。车厢里的环境，似乎令他皱着的眉头并不满意。他从身上掏出自己的各类证件，可我的注意力始终放在杂志上。不知不觉，有一句没一句地他就把话题延伸到动车之外的地方。他讲他前不久在陕西某地视察，遇路上堵车，他下车看了一下形势，马上给当地某部门打了一个电话，说二十分钟内必须给我畅通，否则我让你下岗。对方问他是谁，他说你先别管我是谁，当务之即，你的任务是必须把路给我快速畅通。

我对他表示了微笑。

他的表情与话题也畅达了。继而，他又讲了几件事，结局都是他的一个电话解决问题，让人意识到此人来头不小。我合上杂志，认真地注视着他把前几天在成都发生的事，和盘托出：原因是他和老伴去邮局取款，邮局的秩序令他不满，排队半小时也没办成事，柜台窗口本来也开得很少，于是他找柜台工作人员，叫你们所长马上出来。工作人员讲，所长有事不在。他就要来所长电话，立即打过去。所长接了电话，没说话，挂了！他立马向有关部门电话反应此事。很快，他被所长语重心长地邀请到办公室。所长向他说对不起，然后向他汇报工作，说上面给邮局配的编制少，况且还有一个工作人员怀孕快生产了，不能上班。

于是他要求所长，到邮局大厅给排队的顾客解释。

他一直讲得很有气势，满脸自信，甚至有些神秘莫测，总在关键时刻加一句：你信不信，我马上让你下岗之类的话。他讲述的过往里，已经让很多人下过岗。

我依然对他表示微笑。

也许是见我没有直问他身份，也没在他的讲述中，恰到好处地表示诧异或惊叹，他一定需要我将他另眼相看，趁我再次低头翻书之余，他又开始掏他的证件了。见我没能伸头过去看，他只好话锋一转，你是广安人吧？

我不置可否地"嗯"了一声。

"广安要成立经济特区了，很快要修机场了，知道吧？"

"哦，不清楚。"

"快了，文件早下达了。"于是他在手机上，一边帮我找他的文件，一边慨叹：没有啥变化，几十年了，再熟悉不过的地方，发展怎能跟北方比呀。他把文件终于递到我眼前，是个微信朋友圈发的。刹那间，他又收回了手机，生怕我看了他的朋友圈，也生怕我看清他的身份。

我朝他礼节性地微笑。直到他们先于我提前一站下车。我不知这个偶遇我的四川人，是否对我的微笑满意？在我的微笑里，潜藏着动车上偶遇的土耳其诗人、小说家塔朗吉《火车》的欣喜，也有翻译这首诗的海峡诗人余光中先生，我无法对那个不明身份的偶遇者说出我偶遇一首诗的全部内涵，就像一个偶遇者对我一路遮蔽的陌生与警惕：

去什么地方呢？这么晚了，
美丽的火车，孤独的火车？
凄苦是你汽笛的声音，
令人记起了很多事情。

为什么我不该挥手舞手巾呢？
乘客多少都跟我有亲。
去吧，但愿你一路平安，
桥都坚固，隧道都光明。

放下手机好好说话

　　有时，你很想说话，却找不到人和你说，即使两个人在家，手机也可以占据一个人的位置。现实逼迫你不得不向低头族靠拢，这就是人类进入自媒体时代的自恋或自娱方式。在越来越孤独的社会，这样的情形当然是悲哀的，它完全可以消解你对一个人的情感注入。

　　这是一个被手机控制的时代。

　　太多人把大块大块的时间用来刷微博，在美好的旅程中，不断在微信上暴露自己的所作所为，得寸进尺地跟踪自己的生命进程，更多人是在展示信手拈来的才艺或成就，还有不少自恋狂式地隔不上三五分钟就会亮出自己的照片，每时每刻都处于一种求赞、或被赞的狂欢欲望中。我身边有不少看客，她们多是一些90后的女生，把太多心思花在观看某明星与小三的那点事儿上，似乎那些出轨的花边新闻就是她们的镜子，她们的叹息声此起彼伏。这样看来，人们想要在滚滚红尘中，折返属于自己安静的心灵世界就越来越难。

　　有个女作家说，这不能怪人，只能怪我们所处的社会通信太发达，微信太诱导人的膨胀心理。实际上，女作家对此也难控制局面，真是没办法，正写着东西，眼睛却不由自主地锁定在手机屏上，灵感随之丢了，在那些五花八门的信息中停停走走，严重破坏了创作的心境。

后来，她索性在创作时，不由分说地关掉手机。

你不得不佩服手机对人超强的控制力。有一阵，我也深受其害，被牢牢控制。仔细分析，手机上到底有什么精彩的东西牵引我坐立不安呢？随时随地，微博微信如心跳般跳出一个个新的消息，占据我的视线，拨动我焦灼的心。

过去，我从未因一架飞机失联的消息，而揪心地守候手机屏二十四小时，且持续了一个多月，极大影响了我以往的正常作息。我是多么想早一点获悉飞机上二百多条生命的下落呀。同许多人一样，我也宁肯希望飞机是被劫持，这样飞机上的人们就多了一丝活着的希望。可是各种各样的消息在手机上扑朔迷离，并且刚刚得到的消息随时都在被改写，甚至被否认，让人灰心丧气。长期得不到真相后，我索性摆脱手机，干脆不理它。

生活似乎就这样慢慢恢复了正常。

有一天，电视台派了两个年轻人来商量做一期有关我的节目，他们先与我谈了不少家长里短，后来，却一直把眼睛放在手机屏上。许久，他们看都懒得看我一眼，全神贯注地盯着手机，几乎当我不存在。

我无话可说，气愤道：你们不要做我的节目了，你们去和手机做吧！然后站起身，拂袖而去。他俩紧跟而来：凌老师，不要误会，为了做好你的节目，我们必须先在手机上把功课做足呀！

我说：年轻人，你们做事，能不能先放下手机，好好说话！

孤独的范本

　　我肃然而立。原来对待如此微不足道的生命，她也竟然如此用心与尊重。我不知道她这些年在国外都经历了什么，只是看着那渐行渐远的蚂蚁，恍然明白了什么。

地坛旧事

20岁那年，我伸出梦想的手在海拔5000米的雪山哨所打开一扇小天窗，憧憬的眼眸通过天窗看到的是一个神秘的世界——阳光、蓝天、白云、河流、神鹰、雪莲花。然而，我很难想象当我的小天窗突然被一场来势凶猛的雪崩关上后，等待我的会是什么？

了解史铁生的人，都知道他20岁的那年，双腿突然残废，"我那时脾气坏到极点，经常发了疯一样地离开家，从那园子里回来又中了邪似的什么话都不说。"然后，这一切都被焦急的母亲看在眼里，苦闷、惆怅，令人窒息的死亡被母亲强大的双手一次次拦截。在残疾儿子身上，母亲的情感是世界上最精确的过滤器，母亲的双手是世界上最有力的支撑。

与史铁生相比，母亲的苦难显得尤为沉重。"儿子的不幸在母亲那儿总是要加倍的。"加倍的苦难让母爱的光辉重复地释放出来，母爱像冰凌一样晶莹剔透。"她从来没有对我说过'你为我想想'"，每次去地坛，母亲便无言地帮他做着准备，他走出很远了，"母亲仍站在原地，还是送我走时的姿态"。母亲担心他，便来园子里看他，"她来找我又不想让我发觉，只要见我还好好地在这园子里，她就悄悄转身回去，我看见过几次她的背影"。每次读到这里，我眼前都会浮现出我的母亲一次次站在乡村公路边不说话，用目光默默送我上高原的那个永恒的姿势。

史铁生最理解母亲，母亲更理解儿子，这是爱在特殊境遇里的自然升华，母亲默默地为儿子做着一切，她唯一的指望就是儿子能懂她"艰难的命运，坚忍的意志和毫不张扬的爱"。她希望儿子以此为支撑，勇敢地活下去！

母亲创造了一个写作者以之为学习榜样的史铁生。

史铁生创造了一篇让人重读不厌的《我与地坛》。

母亲当然是苦难的，她把苦难的铁锈磨炼成幸福的钥匙，终于开启了残疾儿子封闭的天窗，让儿子感受到了活着的力量，看到了人世间的美丽风景，创造了一个奇迹的世界。

这一切都源自伟大的母爱。因为，母爱是能够为儿子打开世界天窗的那个大写的人。在我看来，这个人不是神却胜似女神。

2010年的最后一天，成都的太阳失约了，天空一片浅灰，冷风不经意钻进脖子，总让人禁不住打哈欠，当时我正坐在通往天府广场的地铁上，忽然接到一个来自上海的电话。平时这个同学总在电话里笑呵呵地谈论起我们在鲁院学习时的花絮，似乎在一起的时光总是太短太短，短得我们根本没有时间去发现那些被光阴遮蔽的趣事，于是总要等到别后才缓慢地翻开一页页写满了笑谈的篇章。可此时，她变得有些哽咽了，难道此时上海也很冷吗？人群中，我似乎感觉到了异样的气息，用一只手蒙住手机，尽量把声音压得低低地问她。许久，手机里才传来瑟瑟发抖的声音：今天是我比较悲伤的一天，大清早上班路上，就得知他走了，那个影响过我生活与写作的人走了。

同学说的正是史铁生。

我们在北京朝阳区八里庄南里27号，因为散文，常谈起史铁生，谈起他不屈的人生与信念，谈起他的语境与生活息息相关的笔调，我谈得更多的是史铁生背后的母亲。在史铁生笔下，关于母亲的文字随处可见，母亲承受的苦难远在他之上；在这个世界上，母亲对他是最给力的人。我没有怎么安慰悲伤中的同学，走出地铁站，徘徊在天府广场，周围的人都在急忙地赶路，我想我是在等一个人吗？低着头又走了几步，突然忆起一些事儿来，两年前的秋天，我心里一直有个想法，约同学一起去拜访史铁生。当我向散文界的某位前辈打听史铁生时，前辈说了一些关于史铁生的事情，打消了我的想法。还有一件事，去年夏天，同学兴安约我去他工作的出版社参观，在书架上购得一套书，其中一册便是史铁生的《我之舞》，开篇是"我与地坛"。我的书架上，已经不止一本书里收有"我与地坛"了。

回去的路上，我选择了徒步，尽管还有很长的距离才可以到家。此时，我只想独自地走一段旅程，孤独也成享受，不怕悲伤。我想起了和同学如约去地坛公园的情景。但我没有向她说起要去拜访史铁生的事。那个太阳向西向晚的下午，冷风拂面，同学在天光不太作美的地坛，为我拍下了一些令人不忍离去的苍茫风景，我们举着相机，行色匆匆，似乎来不及做表情，时间已为我们的每一个瞬间做出最佳的表情，照片中呈现的不仅有蓝色宇宙，还有我身着白色中华立领在秋风中的气宇轩昂，那是怀念的姿势和颜色吗？它潜藏的意象像极了《我之舞》的封面！

手艺人的镜子

在外贸店购置的棉麻衣服，后摆偏长，穿了两次就闲置沙发。终于在一个周末清晨，拾起它便出门。无奈，通往那家熟悉的小裁缝店，路也没有了，迎面添加的一道围墙，让人心里很堵。

我索性跳上公交车，去邮局办事。巧的是，路边一个通风口，正遇裁缝师傅。掏出衣服，说明要求，不问价钱，交给了他。师傅说，最好下午或明天来取。我说，我只是顺便路过这里，下次不知何时经过。师傅说，那你可要等等哟，至少得几个小时。

我点头，转身便去邮局了。当办完事回来，站在师傅面前，见他正用布满了虫眼的竹尺，在衣服的边角上画粉，然后裁剪。师傅背后的妇人，忙着替衣服的色彩找配线。此时，有位取裤子的老大爷来了，问师傅，发现裤脚边剪切好了，还没锁边呢。

师傅望着我说：弟娃，只好麻烦你再等一会儿了。

我依然点头，微笑，表示允许。

接着，师傅完了，迅速回到我的衣服细节上。开口、锁边、缝制，熨烫，每个环节，显得一丝不苟。当师傅折叠衣服，准备交到我手上时，我立即提出了一个要求。不为别的，只为他熨衣板上的老古董。似乎这样的"古董"，多少年也没见了，像一个"工"字，上面那一横被胀鼓鼓的布皮包裹着，看上去浸渍了厚厚的泛亮的水垢，它是蒸气熨斗的辅助工具——熨斗。我让师傅把衣服，全面地熨烫一遍。师傅讲，这熨斗是他刚出道时亲手做的，已经有二十年了。

只见他将熨斗放在衣服的下腋或肩膀处的每道皱纹处，移动、摆弄，而那个熨斗在上面，像一列小火车，冒着嗖嗖的热气，驶来又驶去。很快，一件比外贸店好看的衣服，就展露出了它的新面孔。

我竖起大拇指，对师傅说，这是我家的挂烫机完成不了的。

说句不太好听的话，我在这里做了二十年，有郊区开着车进城来找我的，如果技术不过关，他也不会跑那么远来找我。师傅的嘴边不断重复着一句话，似乎有一句顶一万句的意思——说句不太好听的话，我收你十五元钱，你没有与我讨价还价，我想我的手艺你是肯定的，假如，今天你只是裁剪，不开口锁边，我该收你十元。手艺人，每个环节必须做到位，少了一个也不行，环环相扣，慢工才出得了细活。说句不好太听的话，尽管你是第一次找我，我绝对不会敲你棒棒（四川话，收高价）。我们俩，说老不老，说年轻也不年轻，我们知道干这一行，发不了财。但我们之所以坚持，说句不好听的话，关键是不被人控制，比其他上班的人自由！说句不好听的话，就是我们的孩子，也不肯跟我们学这个了，再等十年，我们这手艺将彻底失传。

一番交流，我为自己当初耐着性子等待师傅的行为，在心里给自己点了一个赞。显然，这个赞也是通过慢下来的时间交流所得，若是以过去的脾气，很可能我早没耐心，错失发现手艺人的另一面镜子。

回去的路上，我将口袋里的几张稿费单掂量了一下，虽然它的数目可以是裁缝师傅几个月的总和，但认真想来，我们都是手艺人，裁缝与做文章，就其牵扯的环节，几乎每一个都相同，除了巧与妙，更多靠慢节奏与好耐心，任何时候都不能有半点马虎与闪失。于是想好了，下次再经过邮局时，将衣橱里那些看不顺眼的衣服，统统交由他修改。

半包烟的命运

我是个对烟很不敏感的人。在西藏写作的那些年，曾几度尝试学抽烟都因失败告终。原因主要是烟并没有给我带来意外的灵感，其次是再昂贵的烟，进入我嘴里，我都体会不到特别的味道，似乎感觉世上所有的烟都一个味。显然，我算不上一个合格的烟民了。在我看来，烟只适合作为演员的我偶尔用到一种道具，于平常生活的我构不成瘾的诱惑。

有一天早晨，我正快速通过高架线车站，一包叫"利群"的硬壳香烟躺在地上，让我忍不住踢了它一脚，就像无意中踢那些挡路碍事的小石子，谁叫它们这么不尊重车站呢？原以为这会是一个空烟盒，但它完整的体肤与平时路上踢到的那些烟盒不一样。于是，伸手拾起，打开一看，里面居然躺着九支烟，差不多半包吧。

如何是好？前后扫视一眼，来来往往的旅客都在忙着上下车，没有人在意这半包烟。于是它只好跟着我匆匆上车去单位了。默默工作之余，漫不经心地问同事：嗨，你可知一包"利群"价格多少？同事疑神疑鬼地看了我一眼。她睁大眼睛：你何时学会抽烟了？我说：今天车站捡到的。同事不假思索地回答：

大约13块吧。

于是，我们展开了对半包烟失主身份的猜测。13块，在今天能做些什么呢？吃一碗普通的面够了吧。显然，这价位不可能是外出务工的农民。同事说，很有可能是普通的上班族，而且是每天挣不了多少钱的那一类年轻人。我说，这的确很难确定。谁说收入高的人就非得抽高档烟呢！

午后，如同往日一样，办公室来了聊友。他们平时都有抽烟的爱好，见我桌上躺着的烟盒，有一种从天而降的惊喜感。那位编剧从烟盒子里抽出一支，火机一摁，开始冒烟了。我望着他，缓慢地说，这是从车站捡来的哈！他立马从嘴上将烟取下，就像取出了一块自己讨厌的肥肉。随着他的动作从嘴里取下烟的是一个萨克斯乐手，他是货真价实的富二代，声称自己平时长期抽的就是"利群"。只是他得知此烟是我从车站捡来的，便从自己衣袋里掏出了另外一盒香烟。他用狐疑的眼神看着我。编剧看了他一眼，猛吸一口，连连吐出几个烟圈，淡定地说：没毒，看我不是好好的吗？

后来几天，依然有不知情的人看着我桌上的烟盒，表情怪异，似乎在问：你搞什么呀？我依然不肯多解释，只在他们顺手拿起烟开抽的时候，补一句：先声明，这烟是车站捡来的哈。这时，他们抽烟的表情便发生了微妙变化，看上去像中了"毒"。

这让我想起前阵子表弟从国外归来，送给我一包泰国"中华"牌香烟纪念。烟盒的正面，让我正拿起烟的手忽然抖落在地。一具裸露的男尸被白布覆盖着，上面印着：吸烟有害健康。烟盒的背面就是这具男尸布满伤痕的肺，看上去触目惊心，令人浮想联翩。我摆摆手，连忙说，拿走，你拿走吧！泰国的烟文化，直面的是死亡；而中国的烟文化，盒子上的图案印满的是权力与诱惑。不久前，看到《彭博商业周刊》封面，印的是垃圾场上生长起来的烟蒂，一本美国杂志，不远万里，关心中国人的身体健康，这是什么样的烟文化精神？尽管中国出品的烟盒上面也写着吸烟有害健康，可中国推行戒烟运动为什么困难重重？中外烟文化差异甚殊，其中的况味比烟更呛人。

蚂蚁居士

　　红砖、超市、街口随风摇曳的橡皮树。灰街道，树林笼罩，院子深深，流浪猫在屋檐下张望呼叫，再转道。转过几秆雨打的芭蕉，方知什么是真正的宁静，什么是红尘中的素雅。而我要拜访的向居士就在这深院里的二楼居住。

　　这是我与向居士十年后的第一次会晤。

　　十年前，想都没有想过她现在能拥有"居士"的身份。那时，她同我们这些无所事事的人一样，满身挡不住的灿烂光芒，根本不用上班，只在家里给报纸写专栏，给杂志当栏目主持，给各类刊物撰稿，似乎那时她总有写不完的故事。闲暇之余，我们也去KTV，或泡泡吧，手里握一杯咖啡，或加半片柠檬的红茶，谈谈那时的卫慧，讲讲后来的木子美，当然什么安妮宝贝，芙蓉姐姐都是被我们的孤独烟蒂踩在地上熄灭的话题。我们骨子里热爱纯文艺的生活从不允许残渣余孽浸入。

　　只是忽然有一天，她从写作界的朋友圈消失了。

　　有人说她跟随一位修行的阿妈去了文殊院，也有人告诉我，她去塔公草原的寺院做了义工，还有人说她与一位出家的台湾少年去了印度。当然，后来媒体证实的消息是她去了澳大利亚。

十年后，我见到的她已经是一位正宗的居士了。开门的瞬间，只见她素面朝天的脸上宛若葵花般绽放，我伸出去的手还未与她相握，她却双手合十，从容地轻盈转身将我迎到客厅。她让我先坐一会儿，便忙着去厨房为我沏茶。我随手拿起茶几上的外文杂志翻阅起来。一页、两页、三页，很多页都被我翻过去了，她的茶还没来。我站起身，张望着落地窗外繁茂的树木，树上的蝉把季节叫得伤痕累累，心想这人怎么沏杯茶需要这么长的时间？想来想去，实在等不及了，径直朝宽敞明亮的橱窗走去。只见那英国式的小茶壶升腾着白茫茫的雾气，她人却在距橱窗不远的花园里弄着她的花草。

其实，那不单是花草。

几个透明的高脚杯里盛着晶莹剔透的冰糖。每一个瘦长型的高脚杯里都插有一枝粉嘟嘟的康乃馨。它们像是展品整齐划一地被陈列在漂亮的橱窗里。她是在等待客人来光顾这道美食风景？仔细看，那些长有翅膀排成长龙的蚂蚁已经沿着那些高脚杯，穿越围墙这道地理等高线，三三两两地运载着向居士馈赠它们的礼物归家了。

我脱口而出："这么多蚂蚁啊，赶快让它们离开吧！"

向居士一边熬煮茶水，一边回头轻描淡写地对我说，蚂蚁来了，自然会走，我不会伤害它们，也不会赶走它们，就当它们是我养起来的蚂蚁居士吧！

我肃然而立。原来对待如此微不足道的生命，她也竟然如此用心与尊重。我不知道她这些年在国外都经历了什么，只是看着那渐行渐远的蚂蚁，恍然明白了什么。

是的，蚂蚁来了，自然会走。换言之，在向居士家里，蚂蚁走了，自然会来。对于向居士，这是再自然不过的生活常态了。可就是这一小点不易让人察觉的生活常态，却验证了一个人的生命体悟，也验证了太多人沉溺在目眩神迷的五欲六尘，早已失去了关注生命的能力。比起曾经年华逝水的葱郁风光，如今的向居士，朴实，却厚重；简单，却自在；安静，却仁爱。

　　或许，我们都该停下匆匆的脚步，问一问身边的蚂蚁——我们究竟在追求什么？茫茫人生路，你究竟又该何去何从？而答案，或许就在一只蚂蚁满足的生活里，缓慢且又独自空旷。

为文学远行的少年

少年并不全都是空洞的。在他的行迹里，总留有文学旅痕的余香，有时火车经过一座城市，他会借机带上一本书去那儿，寻访一位心仪已久的作家，邀约签名，或合影留念，然后坐下来与其谈人生，谈理想，谈挫折，谈现实……文学是他小时候种在心里的情怀，比野草更茂盛，比山花儿更芬芳，写作是他出门在外孤独但不寂寞的精神伴侣。这让他有了区别于其他少年的资本与符号。灵感可以让他构筑一个人的山山水水，因为热爱，那些孤独与喧嚣的社会纷扰无法进入他单薄纯净的世界，在文学的田野里，一任他行，没有什么能够阻挡。

平时，我看到的少年，多数游离在放学路上的游戏厅或网吧之间，他们说着言不由衷的话，玩着太多不为白天与黑夜所了解的游戏。总之，让大人们找不着北。在人群里，他们是那么空洞与寂寞。

而他总是一幅沉静的样子，眸子里装满了早熟的人间与结实的未来。

我说的这个少年叫范宇，是兰州某高校的一名学生。他热爱写作，几近到了痴迷的地步。在他身上，痴迷就是坚持不懈的一种书写方式。久之，痴迷也成了他成功的代名词！从开始写作到现在，短短两年多时间，他在全国报刊上已经发表数百篇文学作品，更令人刮目相看的是，在大大小小的各类文学赛事上，他的名字也开始时不时地从获奖名单上冒出来，不曾谋面者，根本不相信此人居然是个90后。

当主办方通知他去领奖时，他在兴奋中开始犹豫了。去，还是不去？若去，首先得向校办逐级申请假期，因为路途遥远，火车加汽车，还要打的，往返需要一周，请假这件事也挺折腾人的。他想过放弃不去，因为那毕竟只是一枚优秀奖，但他终究不能放弃向孙犁先生致敬的机会。经过反复纠结，他踏上了远行的列车。那是一次漫长的文学之旅，陪伴他旅程的有莫言的《我与高密》，以及余秋雨的《何谓文化》。结果，当他出现在红地毯的一瞬，便尝到了文学的圣果，许多文学前辈得知这位少年从遥远的大西北赶来，看到他对文学的执着与勤奋，以及他那淡定谦逊的目光，都给予了怜惜与赞叹。在文学前辈的包围中，他不仅学到了写作的技艺，更多的是受到了老作家们品德的感染。

回到大西北，他又开始了远行。大学校园是照亮他的灯盏，在那灯盏下面，他每天坚持午夜功课，恶补世界经典文学。在夜深人静的时候，他时而提笔，时而听见窗外的一枚落叶叩问大地的声音，这时他已进入文学写作的状态。

有了如此少年为文学虔诚地远行，谁不相信，唯有少年强，中国文学必盛的誓言呢？

当远远地看见少年朝我走来时，我在心里悄悄地喊了一声——

"你好，少年！"

他在映秀站岗

谁都不愿把他一个人留在山里。

山是青青的山。那时游鱼般的彩雾总在山峰间自由奔跑，远道而来的观光者仿佛是乘着缥缈的云彩来到山里的。山里的风景宛如仙境，美丽的映秀风景，曾经不知留下了多少神话传说。他原本不是来山里看神话，或找传说的。他到山里只为帮老班长干几天活。可刚一落脚，他就注定离不开山了。他成了山里的组成部分，也成了老班长心上永远的痛。

眼看，属于他们自己的节日就到了。几个战友从山那边的军营开车来山里看他。其实，大家都知道他再也回不来了，但却争着要去看他，那兴奋的表情像是去迎接新入伍的伙伴。跟随几个战友而去的还有一个人——他独自望着窗外，手指上夹着一支正在冒雾的纸烟，他在想什么？泛白的旧军装上沾满了斑斑点点的灰浆，木讷的表情，一声不吭。一路上，战友们都在聊着过去与他相处的点点滴滴。唯独窝在车上最后一排的那个人找不到任何话题。

其实，对于山中的他，那个人是最有发言权的。毕竟他是他带过的兵。看样子，他更像是一位有着太多生活阅历的父亲。

那一年他和老班长从城市中的军营一起退伍。他们都觉得这一身军装似乎还没有穿够，于是纷纷摘掉帽徽和军衔留在山中，继续给驻地搞建设。虽然退伍了，他们并没有褪掉为民服务的颜色。阳光和着汗水流的时候，他们累了就睡在风中，趁没有人看他们的脸，他们就很不自觉地望一眼儿军号穿过的楼群，那一排排越来越老的营房在他们眼里像是换上了新颜。

自从历经那场沉重的劫难后，老班长一个人就害怕回到山里，更害怕把小小年纪的他扔在山里寂寞。尽管他和他才分别三年多。昨晚，老班长一直做噩梦，梦里全是支离破碎的世界。与其说是梦，不如说是他在复制生活中那挥之不去的惊心动魄。老班长眼睁睁看着他同死神较量却无力援救。山在崩溃，地在倾斜，树在倒地，地下不时发出火车般轰轰隆隆开过的声音。老班长最终做到了从尘土飞扬的乱砖中将他刨出，腰断了，腿断了，内脏流出来了……四处余震不断，死神的魔爪却仍缠着他不放。忍无可忍的他，企求老班长快快给他一刀，可老班长没有残忍的勇气。老班长唯一能做的是用残忍的眼睛看着他合上眼睛。

山路，那崎岖的山路越来越窄。路面，创伤的路面坑坑洼洼。而新开辟的道路仿若瑞士油亮又宽广的大马路。老班长怎么也想不起三年前的那天自己是怎么一个人冲出山里的。老班长摇下车窗，冷雨拂面，风吹得他的心微微颤痛。抬起头，山尖上的细雨在呢喃，它们在替老班长述说忧伤，也在替他述说寂寞……

一路上，满眼废墟。麻木的废墟，长满了青苔。那些山，肿胀着深不可测的伤口，夏天在伤口上浅浅的绿着，像一块块撕裂的布匹。踏过一片瓦砾的山头，老班长踉跄几步，终于肯发言了：这里埋了一个生产队，还有几个勇敢的民兵。战友们大惊失色地看了老班长一眼，没有任何人接老班长的话，只顾埋着头走路。路边的大石包上，雕刻着几个红色的字，大家都不愿回头多看一眼上面写了什么？

山路弯弯，越往里走，越见荒芜。车停在路边，大家徒步下山。过河，再上山。泥泞，人间的气息，尚存于此。残墙断砖中，一朵野菊花傲然挺立风中，好像忽然点燃了山里的天空，同时点亮的还有老班长回忆不完的回忆。终于来到他坟前。一小抔土堆上，举着一个小木牌，上面用墨汁写着：退伍兵，吴长江。

山间一阵阵冷风，扑打着潮湿的心。

战友们为他燃上一炷香，烧一堆纸钱，静静地围在他身边。然后，告别他，告别那座简单的坟头，来到那一座倒塌的水塔跟前，来到他们曾经一起搬砖渠灌搞建设的地方。那堵墙还躺在地上，冰冷，坚硬，白灰与红砖上，还有他的一只解放鞋。

天空无语，只有细雨在呐喊。每个人心中都装满了说不出的声音。老班长背对坟地，眼睛红得像含苞的花骨朵。大家正欲离开的时候，老班长不小心摔了一跤。老班长拍拍身上的灰，说，你们能不能走慢点，长江一定是想我们留下来陪他多待一会儿。

战友们停在那里，和他留影。那只解放鞋，成了他站立世界的最后位置。老班长蹲在地上，点燃一支烟，抬起头对战友们说，你们有事就先走吧，我留在这儿，再陪他站一会儿岗。老班长低头吧嗒吧嗒抽了几口，将烟一支接一支插上坟茔，有一句没一句地说，长江呀，你知不知道，我们一起退伍有多少个日子了；你走了多少天，我就想了你多少天呀；你不是说好等山里的建设搞好了，我们一起回部队看看的吗？可你这一走，就注定我们一辈子也回不去了呵；长江，是班长对不起你；部队咱们回不去，就留在这儿吧，以后班长年年过八一都来这儿看你，长江，你等着吧，等着我来陪你日夜站岗！

不遇记

　　清晨鸟鸣，不到七点就把人吵醒。伸手第一件事是摸手机，一位西藏友人发来的微信，看了顿时被吓一跳。那是一张电脑截屏图，是友人写的诗。而且是凌晨近两点发给我的。诗的标题是"不遇"，开头这样写道：傍晚是最容易错过的时光/你不在——这已是第二次了/我想着往后再不会去寻你/不大不小的城市隐藏着诸多哀怨/你藏在暗处/而我在你看不到的明处。

　　忽然想到了什么不妙，前不久友人到过我所在的城市，可惜我不在。接到友人相约的电话后，我又风风火火赶去外地参加笔会，全然忘记给友人解释几句。友人之诗是在照应扑了一场空的不悦？越想越不对，马上去电话，可友人始终不接。这就更让人生疑着急了，生活中很清楚自己是一个受不了被朋友误会的人，可每次又不愿做太多解释，更何况写诗这友人我们一直哥们儿相待，他该是懂我的。

　　只是离开西藏后，时空之差让我们被迫减少联系。这诗让人想不通，逼得自己迅即将此事，通过电话转述给另一友人。那伙计听了，一声长叹：哟，他该不是这样的人吧，我们也认识这么多年呀！再说，如今的生活节奏，各自每天都有忙不完的事，再好的朋友都该有距离，很正常，完全不必为此纠结，他怎么想是他的事。

可怎能不纠结？诗中第二节更明显，是在回忆我们当初一起走过的日子：我想起关于你曾经的忧郁和悲伤/它们都是真的吗/你讲述故事的夜/是一个冬天还穿着棉袄的夜晚。

谁的过去没有忧郁和悲伤？可以肯定的是，我们在拉萨时，一定相互交流过这些遥远却没有答案的生活，它当然是真实的，不容半点质疑。那时天冷，我们不仅穿棉袄，还穿羊皮袄。最震慑人心的是诗句末端那句"原来我的世界里总少些虚构的呐喊"，友人是在怀疑朋友都变了，而自己还珍存在孤独世界里？

我开始反省自己。离开拉萨这些年，我究竟做了些什么？查来找去，经过的事都问心无愧。首先，我因离开西藏，而结束了漫长的单身时光，现有的生活环境不再像过去那么单纯，但人照样没有改变单纯的本性。毫不夸张地讲，西藏之外的生活秩序，使我很快也学会了带着生锈的眼睛，看待周遭的风景。相对而言，比起西藏的天空，比起那些想起来很遥远的山与雪，这个长期被阴郁与火锅味充盈的城市，多数人缺失高原阳光的辐射，但这丝毫影响不到我内心的透明。面对多元化、多维度与多视角的变奏世界，人与人之间随时躲藏着暗算与猜忌，这只能反过来让我加倍珍惜来自西藏面目的内心情愫，尤其是那些逝去的一个人在西藏望云朵的真空岁月。那些至今带着故乡体温驻守西藏的友人，他们在我心目中仍存有亲人般的地位。

是不是因我日常的琐碎忙碌，忽略了对友人的关注与问候？懂我的人，都知道我向来木讷少言。可这能成为友人懂你的条件或理由吗？

我试着在微信上问友人：真令人心疼的诗，你写的成都？是找我？

　　许久，友人笑了。接着，他回复道：刚醒来，诗不是写你的，是写拉萨一位曾经漂泊的诗人，昨天黄昏我经过他的大门外，未能见到他，上一次也是，给他打电话，他总说在外面忙。这回轮到我笑了。这样的事，想想怎能不让人哑然失笑？我不是笑友人与诗人，我笑自己多情。当然，冷静之后，我忽然意识到这事儿严肃地检阅了一个久居都市信息密集中人，对友情的危机与呵护，甚至对他人与自己时刻的质疑，比起西藏长期处于独自空旷的友人，我的紧张、焦虑、孤独都来自于真诚与背叛。

　　很多时候，都市虚空的外表容易让人背叛内心真诚的判断。

　　转念一想，现实生活里，越是知道对方太多的人，就越是离别多于相聚。那些不需要酒，一杯白开水也可以无话不谈的友人，很多年都不曾见面了，往往因为理解，所以长久沉默。而沉默则源于接纳，即使一年半载没有一个电话，仍不拘对方任何小节。当然，友人诗中的诗人，就另当别论了，诗人自有诗人的生活，见与不见，最终都可能诗说了算。

你究竟有几个好朋友

外面下着雨，去郊外会晤从国外归来的朋友后，夜色渐深，白天熙攘的路面此时显得格外冷清。好不容易，招了辆出租，刚坐下，便听到电台节目给听众出题——"你究竟有几个好朋友？"

首先，打进热线的人，必须一口气说出6位好朋友的名字。

这标准未免也太低了吧，谁会连6个好朋友都没有呢？起初，对这样的话题感到幼稚可笑。正想着，突然就有人打进热线，他的声音十分兴奋，几乎意犹未尽地说出了6位好朋友的名字。

主持人问话了，你们究竟好到什么程度？请分别举例说明。

"我每天都会打电话叫他送盒饭到工地，他经常发短信问我钢材用完了没有？我常关心他上班的银行什么时候能贷款给我……"这位听众才举出三个例子，就语无伦次地卡壳了。不知是紧张，还是确实想不起来，当即被主持人反问道："这也算得上好朋友吗？姑且不说你举的例子如何，就听你讲话的语速，就能证明你们的交往并不深。"

"主持人，你凭什么这样说？"听众有些懊恼。

"你知道你朋友住在哪个小区的几栋几单元几楼几号吗？你

知道你朋友在这座城市有没有户口吗？你知道你朋友的身份证号码吗？……"主持人似乎比听众更来气，一下子抛出了连串问题。

"平时没想那么多呀。"听众的气氛有些缓和。

"这些你都知道多少？"主持人有点平静的意思。

"知道，有一个我知道。主持人，你说的这些，有一个我全都知道的呀。"听众突然想起了什么，又恢复了兴奋。

"可一开始，你不是说你有6个好朋友吗？"敏感的主持人再一次把听众问住了。

电话的那一端，很快成了忙音。热线好像一条条雨丝串成的冷线，随着歌声《都市夜归人》的响起，许久没有人打进去。主持人开始感慨现代都市人的人际交往问题。我坐在有点伤感的背景歌声中，换了一个姿势，问身旁的司机："师傅，你究竟有几个好朋友呢？"

师傅笑道："没有。"

"您这么果断？一个总该有吧！像刚才那位听众。"

"一个也没有。"

"您这么肯定？怎么会一个也没有呢？"

师傅又朝我笑笑："以前有一个。"

"以前有，怎么现在一个也没有了？"

"这事，这事都怪钱。原本我们从小一起长大，一起当兵，一起退伍回家创业。不久，他做起了房地产生意，可我当时却连工作也没找到，好在老婆娘家人有钱，借钱给咱买车跑出租，总算在朋友面前有了点面子。那天他突然来电，叫我们一家人出来吃饭。顺便看看他新开发的楼盘。哪知酒足饭饱之后，他倒起了苦水，我起初以为他是向我这个好朋友倾吐烦恼，感觉很正常，可万万没想到他大老板一个，居然突然要向我这个穷司机开口借二十万元，他反复强调这笔钱对他有多重要。我虽没有二十万元存款，但心想他做这么大的事一般不会开这种口，除非一定是遇到了经济危机，于是我答应帮他筹款。毕竟这年头看着对方一起长大，还能交往到现在的朋友不多。就在这时，坐在我身旁的老婆不依了，她站起身，指着我大发脾气，你要是有钱借人，你就不会沦落到开出租的地步。一句话搞得我们那天不欢而散。"师傅讲得有些沮丧。

远远看到我居住的小区快到了，楼上高高的那一盏灯还亮着，内心忽然开明起来，付完款，我没有急着打开车门，而是喜悦地望着司机郁闷的表情。我说，走，到我家楼上喝杯咖啡暖暖身子如何？师傅摆摆手，不成，不成，哪有这样的事。我说，我把您当好朋友还不成吗？师傅怔了一下，提高嗓门，不成，不成，不就是多和你说了几句话而已吗，怎么就成好朋友了。没等我解释，他快速掉转车头，消失在夜雨霏霏的街头……

我久久地站在路边，心中自语，师傅，路上慢一点，您可以随时牢记紧闭车门，但可不要时刻关闭您的心门啊……

孤独的范本

当下，好多人都喜欢说自己孤独，真正让他们说出孤独的原因，却没有一个靠谱的。在我看来，他们都不算真正的孤独者。真正的孤独者是从不把"孤独"挂在嘴边的，他常常用行动一鸣惊人，让我们听见内心孤独的长啸，如旷野里的兽般凶猛、唯美。这种隐形的力量，看似微弱，却能成就无限的艺术质感，甚至影响更多的人向他致敬！

在一张过期的报纸上，我见到一位。这张报纸是淮北师范学院一位七十有余的退休教师辗转千里，抵达成都带给我看的。报上讲的是一位家住东坡故里的老先生，从八十四岁开始用毛笔小楷抄写《红楼梦》和《三国演义》，大功告成，老先生花费了整整四年时间。而这位退休在家、同样喜欢写写画画的教师看到这则报道是两年前的事，当时他无比吃惊，兴奋得一直将报纸揣在身边，想立即动身造访这位年长自己十几岁的老先生。他想得最多的是老先生拥有何等健康的身体和超强的毅力，才能完成那样的伟绩？由于身体原因，造访老先生的愿望他搁置到了两年后的国庆。而此年此月，号称"眉山第一抄人"的老先生已年满九十。两年过去，老先生是否安在？是否如报纸上的照片那样矍铄？没有详细住址，没有可靠电话，没有任何线索，如何才能找到老先生？一路上，他忐忑不安。

走出成都火车北站，他首先找到了十余年前的学生，便将此行目的告知。得知此事，弟子便在电话中给我讲起了老师的荒唐举动，希望我能通过文化界朋友打听到老先生的下落，了却老师心愿。君子有成人之美，我立即向眉山的朋友发出了信息。几番周折，终于得知老先生所在的社区，两位老人总算见上面了。

"老先生。"他将旧报纸递到老先生眼前。老先生看了看报纸，点头，抬眼看他，两位老人四目相看。许久，他说："我两年前看了这则报道，就一直想来见您。这次不远千里来打扰，最想看一眼您抄写的《三国演义》。"老先生一直默默地望着他，不言。站在旁边一直观察着我们的老先生的儿子开始着急了，凑近父亲耳旁大声翻译。

老先生犹犹豫豫，低下头，慢吞吞地说："你们走吧，没什么好看的，我写得太差，拿不出手。"

见此尴尬情景，我给老先生解释：他是真诚崇拜您的壮举而来呀。坐了两天火车，心跳至今不太稳定，还没好好休息就朝您这赶来了。依偎在老先生身边的老伴也做起老先生的工作来。忽然，老先生的儿子发出了声明：看，你们可以看，但不许拍照！

老先生晃晃悠悠地转过身，从房间里抱出渔网兜装起来的两个印有古代青花纹的硬纸盒，二十卷竖写《红楼梦》和八卷横写《三国演义》终于展现在我们眼前。

他躬下身子，先是眼前一亮，然后，站直了身子，久久鼓掌，继而小心翼翼地伸出手抚摩线装手抄本，手指一页页摊开散发墨香的宣纸，不停地说，太好了，太好了！他拍着老先生的背，激动无语，两人紧紧地抱在了一起。

……

事后，他弟子问我，你怎么会那么出神地看着他们拥抱？我什么也没回答。长时间里，我都在想，也许弟子还不懂得老师的孤独。现在，我猜想他已经坐在淮北国槐摇曳的窗前，手挥紫山羊毫，开始他漫长的孤独之旅了。记得那天走到三苏祠门外的毛笔批发店，他把我拉到一边，悄悄地说："不怕你笑话，我也想用书法抄一部长卷，但我绝不抄别人的名著，我想抄我自己创作的一部五十余万字的长篇爱情小说，写的是我周围朋友的爱情经历，还加入了我自己的经历。"

"出版了吗？"我惊讶地看着他。

"虽然还没有出版，但我计划两年时间，将它抄写完毕，这比出版更有意义。"

我沉默良久。他一定懂得老先生的孤独，在他奔向未来的孤独生涯中，他已经找到孤独的最佳范本。他们的孤独，还有伴随孤独岁月中的《红楼梦》和《三国演义》，在我眼里，都是孤独的范本，无比神圣。

伍师傅

　　伍师傅是搞装修的，是我在曾经借宿的朋友家认识的。那时，朋友家的新屋子经常出点小故障，伍师傅便成了这些小故障的解决能手，而且随喊随到，从不嫌脏。有时他在很远的地方替人家装修房子，只要接到电话，便会约定时间及时赶来，从不失约。

　　伍师傅干活仔细、认真，遇到一些死角活儿，他甚至整个身子趴在沾满水的地上，以便争取早点排除问题，因而深得主人家的信任和喜欢。每次解决好问题，伍师傅总是带着一脸质朴的笑容看着大家，仿佛邻家兄弟，或来自郊外的亲戚。

　　没隔几年，我买了新房子，装修人首选便是伍师傅。此时的伍师傅已不再是几年前背着布包，里面装着各种诸如水龙头，或螺丝等零配件，去哪里都要坐公交的伍师傅，而是开着宝马随时在几个工地上来回视察或指导装修的伍师傅。

　　他见了我，依然是几年前那个质朴的微笑。一番交流后，伍师傅话锋一转，"兄弟，你我的生活境遇相差不大，我也是十五岁离开家来到这座城市学手艺开始的，只不过你没有像我这样出来学手艺，而是去部队当了兵，我知道你最需要的装修风格。"

"你怎么知道我这么多？"我问他。"嗨，我虽然没读啥书，但你朋友给我看过你写的书呢，说真的，我很佩服你。""应该是我佩服你才对，伍师傅你少小离家，人肯学又肯干，如今都成老板了，生意越做越好，房子也有几处了。"

伍师傅脸上的微笑甜得才叫那个幸福呢。后来我才发现伍师傅居然比我还小些，且是两个孩子的爸爸了，实在令我这个还在唱单身情歌的人刮目相看。装修离不开设计，每个环节，伍师傅总是一边做，一边与我探讨，他不喜欢先从电脑里出设计图，而是直接就地取材，一切从现场开始，这样做目的是让彼此都能看见真实，感受愉快和满意。

尽管伍师傅已经是老板，手下工人也不少，但关于我房子大大小小的事，他总是亲自操办，有时驾着车，带上我一起去选灯具，有时我出差一走十来天，他就独自替我去跑建材，联系厨卫用具的安装，以及纱窗的制作。待我回来时，看见他在十字架梯上粉刷墙壁，一次又一次磨平墙壁。遇有客人来访，我指着大汗淋漓的伍师傅说，这是伍总。

伍师傅又露出了那不变的笑容。

通过这次装修房子，伍师傅成了我在这座城市可以放心托付事情的朋友。只要亲朋好友提到房屋装修的事，我总是第一个想到推荐他。

有一年春节，伍师傅邀约我参加他组织的朋友聚会，遗憾我临时有事未能前往。后来见面，他告诉我"那次聚会来的朋友有的是搞无线专业的年轻精英，有的是火锅连锁店的女老板，还有靠擦鞋也把生活搞富了的老汉……原本我们都不是这座城市里的人，但现在我们都成了这座城市的主人，下次你一定要参加呀。"

伍师傅的一些话，让我常常倍加思量。身为作家，我们不能只顾迷恋自己生活小圈子的那点事儿，真正写作的人，更应该感受小圈子之外的人间万象，走出自我，勇于发现，学会与更多的人交朋友，就不怕没有大文章可做呀。

海 子

这个标题是看电视节目得来的。

海子是我给电视上一个白发萦绕的老太太取的名字。近八十岁的人了，居然报名参加那样一档音乐节目。所幸的是老太太居然稳稳当当地猜中七首歌，获得二万元的梦想基金。

老太太曾是一位幼教工作者，她的梦想是用这次所获基金给孩子们买更多的书。

当老太太猜出那首《渔家姑娘在海边》的歌曲时，主持人即兴朗诵了海子那首《面朝大海，春暖花开》，并问老太太：你家住在海边吗？

老太太微笑着说没有，她只是住在天津的小河边。不过，她每年会去海边住上几个月，因为她的老伴是山东人。老太太做了四十多年山东媳妇，从没见过公公婆婆。老伴离世后，她就决定在海边买座小房子，每年夏天坐长途汽车，寻找老伴在海边嬉戏的童年。她常独自走在海边，看潮来潮往，想象老伴游泳时的帅气模样。

老太太说这些的时候，脸上堆满了幸福的喜悦。

主持人问，你老伴对你一定很好吧？"不好，就连我当初生孩子，他都不愿陪我去。"老太太的回答很令人意外。

主持人直问老太太，他就不怕你怨他？

老太太笑着继续说："我们那个年代，可不像现在这样，那时大家都是以革命工作为重，个人私事在国家大事面前，不足挂齿。"

台下雷鸣般的掌声，响彻一片。我不知老太太在那个年代经历过什么，但她的笑容与淡定告诉我，她的心就是一座海子，美丽的海子，波澜不惊的海子……

南方朋友

南方之南，南在我的念想，南在木棉花开的季节。

十年前，干爹领着我第一次去南方，那时木棉花开得正艳。广州的大街小巷，红色花朵处处绽放，像一团团火苗在枝头燃烧。干爹出生在南方之滨的香江，可战火纷飞的年代，他离开故乡后就再也没有回去。这次干爹迫不及待地带我见了他许多年少的伙伴，与他从事的军队文艺事业不同的是，他的伙伴们都成了商海里的沉浮之鱼，每时每刻都有飞出水面的可能。

在广州，我和干爹住在僻静的东山小区。那里有胜过亲戚之亲的邓氏家族的女儿，她家有上下两层木质结构的小房子，看上去年代如往事一般久远。干爹与她父亲的感情是小时候得到兄长的一次次帮助开始建立的。尽管干爹将他一生的时光都交付给了部队，无法回到南方，但邓氏家族从老到小与他保持的情感却从未因时光流逝而褪色，他们一直盼着干爹能早一天回到南方，回到他们遥远的念想中。他们的相见，不是亲情胜似亲情。作为见证者，我无不为之动容。我每天跟着干爹去喝早茶，吃琳琅满目的广东小吃，像小时候跟着大人们去赶乡场一样热闹。他们谈笑风生，语调腔圆、清脆悦耳的粤语我虽听不懂，却别有一番趣味。我记住了那些如今依然倒影在记忆的地名：东莞、番禺、祈福新村、水荫路、越秀公园等。

几年后，我怎么也没想到因为写作，会与南方结下比海更深的情谊。第一部散文集《你知西藏的天有多蓝》居然由著名的花城出版社出版发行。与之相隔一年后的春天，我的第二部散文集《飘过西藏上空的云朵》依然从广州登陆全国，暨南大学出版社盛情邀请我到广州，在暨南大学举行读者见面会。那晚的宴会，我第二次见到了著名作家金敬迈老师，至今记得他举着酒杯对我祝福，十分风趣地讲道："可要记住，不能只是一朵云闪现一时，你还要喷发一团一团的云呀。"我记住了那充满磁性的声音，那分明是话剧里美妙的声音，浑厚极了。那次见面会的消息便在《羊城晚报》"花地"版刊登了。我想我与《羊城晚报》的情缘，便正式开始了。

后来，还有几次机遇，我差点进入广州工作。因此，心中对这个地方总是念念不忘，尽管我所在的军营在遥远的西藏边地，与广州距离是两个遥远的极端。但我从未觉得我离南方很远。相反，南方一直都离我很近。我的良师益友，我著作的责任编辑、我的读者、我的老乡，还有新结识的同学和文朋诗友，他们常常从广州给我带来南方的消息，让我总能感知南方的温度。

仿佛又隔了几年时光，《羊城晚报》成了我与读者经常会面的乐园。那是2009年夏季，我的文字从遥远的拉萨飞进了"花地"。平时，我的作品多选择在一些纯文学杂志上与读者见面，这是一种缓慢地相约，有的国字号文学期刊即使发来用稿通知，却要一等再等，甚至有的一等就是两三年。然而自从与"花地"

相遇，我与读者的交流时间也缩短了距离。有时，一月之内，竟有两次会面的机会。令人惊讶和赞叹的是，《羊城晚报》发表作品的速度与影响面是当下许多主流文学杂志无法比的，尽管有的作品在响当当的国家级期刊发表了，可毫无动静，由此可见今天的文学杂志影响力萎缩到了什么地步。而以《羊城晚报》"花地"为例，报纸上的文学风景却有着不一样的精彩，她与文学杂志的命运有着太多的不同。虽然"花地"发表的作品都是不足两三千字的短文，这不仅表现在"花地"编辑对作品的独特认识上，还有对作者个人写作风格的尺度把握，我想这不仅是一种海纳百川的风度与气场，更是一种勇于冒险的精神。让我惶恐不安的是，我的作品多数见诸"花地"的头条位置，常常与一些前辈、大家作邻居，每发表一篇作品，都有媒体及时地转载。从《你究竟有几个好朋友》到《比铁轨遥远的目光》，从《牧马人》到《时间冲不淡一头驴的思念》，从《乃堆拉的鸟》到《海枯石烂的等待》，从《世界上最悲怆的话》到《总有一个太阳被你喊醒》等，几乎我发表在"花地"上的每篇作品都有被转载的情况。甚至同一篇作品同时被《读者》《青年文摘》《格言》《青年博览》《品读》《知音美文》《当代文萃》《读书文摘》《小小说选刊》等十余家报刊转载。

2010年8月，我去北京参加全国第四届冰心散文奖颁奖典礼，在中国现代文学馆遇见不少文坛前辈。让我意外的是，著名散文家王宗仁老师与我重逢的第一句话竟是："嘿，前几天又在《羊城晚报》上读到你的作品，这家大报的'花地'文学版办得很不错，影响很大呀！"接着，王老师便讲起了他年轻时候与《羊城晚报》"花地"栏目的一段旧事。他说最初以为"花地"

是一个人的名字，一个编辑的名字，且是一个漂亮的女编辑的名字，他说他还把稿子直接寄给"花地"收呢，不知为何一直不见回音，原来他把"花地"当作了一个南方的朋友。说完，禁不住一阵笑声。这足以说明"花地"的影响与受人喜爱的程度年深月久了！

　　每一次点击鼠标，将最新创作的文字发给"花地"，我都感觉自己正在通往南方的路上；而每一次有新的读者朋友告诉我，又在"花地"上见到我的新作，我感觉我的心已经抵达南方！

一个人的谢师宴

考生们陆续收到一张张大学录取通知书，纷纷回到原来的校园作一次告别，准备奔向一座座更大的校园，他们那些个日子呀，如同一只只放掉了气的皮球，唯有打滚、撒欢和爆炸。栀子花盛开的暗香中，一场场谢师宴便开始了。

作为校外辅导过他们的老师，这些天，我也不断受邀赴宴，被考生们的兴奋与盛情热烈包围着。可有一位考生家长的邀请还是让我犹豫和徘徊——去还是不去？之前听说他的孩子并不够大学录取分数线呀。没考上大学怎么也举办谢师宴？赴这样的谢师宴，作为"老师"太不自在了！莫非这家长本事忒大、路子忒野，为孩子弄到"点招"或"特招"名额了？真想直接推脱不去，可家长却声称孩子的老师全部都会参加。想想，那么多老师都去，唯独你一个人不去也太对不住这家长了吧，况且人家又不是请你一个人。

哪知，当我打的匆匆赶往酒楼包间时，却发现只有我一个"老师"到场，顿时感觉场面尴尬不已。莫非是我路上堵车晚点，参加宴会的老师都散场了？可眼下的几桌美味佳肴分明没人动过呀。

　　灯光深处，那位戴眼镜的家长是在独自等我吗？他挥手向我热情地打招呼，说他的孩子已溜进游戏厅与游戏过招去了。我拘紧地坐下来，面对这位如今已在某个领域相当成功的家长，他缓慢地举起酒杯，一句简单的开场白也没有，连敬我三杯后，才打开了话匣子。真应了那句老话，酒后吐真言。

　　他讲的事儿与谢师宴有关。

　　哎，当年我的谢师宴，现在讲起来很不够档次。因为家庭条件原因，我没有请老师到豪华包间撮一顿海鲜，也没请老师到小饭馆吃顿便餐，我们家在偏远的山村，我只是送了老师一个红薯。

　　南方的山村，家家户户都种有红薯。这种朴素的食物，一般用来喂猪，有时细粮不够，人也在米里掺和着吃一些，在稀饭里放几坨，有一点稠稠的甜。红薯，这看似很不值钱的东西，对于许多城里人来讲却是一个宝。我送给老师的那个红薯，足足有八斤多重，是家里唯一拿得出手的好东西，凡是我们乡里有关农业科技种植的大会，这个红薯都成为展品亮相，很给咱家里增了不少面子。

　　原本，母亲上街卖粮筹备了一点钱给我请老师吃饭。我当初只是拒绝。可父亲附和着说，无论如何，其他老师你不请，李老师你总得请一回吧。李老师是个女的，是我的语文老师，我高中三年，经常因交不起学费而面临这样那样的尴尬，都是李老师替我解围，提前帮我交学费，现在想来，在她面前，我真的好想流泪。

　　大学录取通知书到达手上的第二天，我提前准备去千里之外的大学报到，顺路去找李老师。我用一个网状的尼龙线兜装着大红薯，怀着自卑的情绪敲开了她的办公室，我一向木讷，很不会表达感恩之情，这次更是急促不安，把大红薯悄悄放在办公室一角，什么也说不出口。她去给我倒了杯水，问我上大学的学费筹集得如何了，最后鼓励我去了以后好好念书，有什么困难还可以找她。

直到离开她的办公室，我都没有说句感谢的话，我只是说，"对不起，李老师，我没有钱买好的纪念品给你，也没有请你吃饭，我从家里给你带了个红薯。"

说完，转身走了。

这件事尽管过去多年，我一直深感遗憾，每年的这个时候，看到现在各种豪华的谢师宴，想起当初，我为请不起一顿谢师宴而遗憾。于是决定在孩子高考毕业的这一年，邀请他从小学到高中的每一位老师都来参加谢师宴，但他们今天都没有来，因为我的孩子并未考上大学。

说完，家长望着落地窗外米黄的夜色，一声怅叹！

我重重地吁了一口气，不知说什么好。由于我只是个校外辅导老师，平时与学生们在一起的时间十分有限，能见到学生的家长机会更少。然而，眼前的这位家长却让我足足沉思了很久，原以为所有的谢师宴都是金榜题名者邀请老师的，没想到还有名落孙山的孩子家长邀请参加谢师宴，令我好生惭愧。

劝君更尽一杯酒，西出阳关无故人。来来来，这杯酒，我先干为敬，敬给你长大成人的孩子，也敬给你这位伟大的家长。他摆摆手，说，慢慢慢，不如我们一起干了，敬给今天那些没有到场来的所有老师吧。

兄弟饭

部队上有一种习俗叫吃"兄弟饭"。意思是说，你就要退伍离开一个集体了，会有很多打算继续留在部队的兄弟，请你吃饭。他们既想留住曾经的战友情，又想表达未来兄弟的亲密无止境。

于是，兄弟们都会提前为你安排好吃饭的日程。

我的第一顿兄弟饭是班长安排的。班长是全军优秀标兵。那天班长托炊事员去街上买了很多好菜回来。床边上、地板上、写字台上，到处铺满了旧报纸，上面摆满了碗碟，旮旮角角坐的都是人，有的还从其他班借了一些板凳回来。长条的茶几上放满了纸杯，里面装的不是血酒，而是冰红的茶水（部队严禁喝酒滋事）。班长端起一杯，站起身，认真地看了班上的每一个人，最后把目光放到我脸上。他本来准备有致辞，但却无奈地摆摆头，说，无酒不成席，可今天你是主角，我们却只能以茶代酒，对不起了。

其他几个战友，还没怎么动筷子，眼睛便开始湿润。

我语无伦次地说了很多感谢大家的话。

班长的手抖个不停，有茶水滴落到我的膝盖上，有点热，有点凉。班长说："吃了这顿饭以后，你和我们就各奔天涯了。"

战友们假装平静地吃菜碰杯，想到军旅一生终须一别，我控制住内心不良情绪的影响，独自喝下满满一杯浓浓的苦丁茶。哪知，当我再次抬起头时，背对的班长已成泪人儿了。

　　正在此时，门"吱呀"一声被风吹开。随风而来的是排长，他放下怀抱里温暖的枪支，脱下沾满雪花的冰凉大衣，用犀利的目光扫射大家一眼："没出息，你怎么当班长的？谁让你哭的？有啥好哭的呢，吃兄弟饭是不能随便哭的，你一哭，其他人再跟着闹，这兄弟的情义就被搞砸了，你懂吗？"话完，排长从桌子上端起茶水和我甩了满满一杯："谁也不许哭，这一杯后，我们就是永远的兄弟了，以后无论走到哪里，不管混得好与不好，大家都要相互关照。"

　　那顿饭之后，我忽然感觉自己一下子被抛出局。后来还有几顿摆在日程里的兄弟饭都被我找借口拒绝了，离别的军号声迫使我迅速明白了天涯、人生、责任、担当、风险、社会、世界这些过去常被退伍老兵提起的词汇。

　　事实上，离开部队以后，我不曾被那个情谊浓浓的世界抛弃，当那顿记忆犹新的兄弟饭在琐碎疲惫的日子里慢慢变成回忆的时候，班长忽然来电告知我，有位兄弟又要下山了。我拍手叫好，来呀，来呀！只要是兄弟，只要还记得我，欢迎你们都来找我。我负责在酒楼里把兄弟饭备好。

　　那是个雨天，雪山上的兄弟终于来了，我们对望几眼，还是那两团熟悉的高原红，还是那一袭训练场上磨破的迷彩服，还是那夹杂着藏乡味的普通话。兄弟见到我表情有些不太自然，他拘谨地伸出手摸了摸我的领带结，很没头绪地跟我聊起退伍后的打算，我不顾一切地给兄弟斟满浓香型的舍得酒。小小的月光杯端起来，我提议第一杯先干了。哪知兄弟说什么也不干，甚至连舔一口的表情也免掉了。我放下脸："兄弟，怎么了？难道一年不见，我们就生疏了吗？"

"不，不，兄弟，请原谅，我不敢喝酒。"

"兄弟，你看看这里是哪里？这里不是部队了，放开喝吧！"

兄弟摇摇头，表情很矜持。

"你这不是我们兄弟的作风吧，是不是嫌兄弟的酒不够好"？！

"不，不，不，这酒，很好很好呀。"

"好就喝呀，兄弟之间哪来那么多客气。"

"我不是客气，兄弟，你可知咱班长？"

"班长？得知兄弟你要退伍的消息，就是前几天班长亲自告诉我的呀。"

"班长没了，我们的班长没了。"

"啥？你在说啥？"我的神经猛然紧张起来。

"班长为了让今年的兄弟饭吃得比去年更有气场，他擅自把满桌的茶水都换成了酒水，他为兄弟们豁出去了，他把命给喝没了。"

我一直沉默地望着兄弟，直到华灯初上，直到清澈的泪水写满城市浓妆艳抹的脸，直到所有的影子消失在冷冷的玻璃窗外，我们不曾说一句话。

朋友的距离

距离不是苛求，而是自然而然，随性随缘，恰到好处。

常听一些朋友讲，谁和谁的关系好得可以同穿一条裤子，那意思是他们之间的友谊牢固得可以没有距离。我承认，这样的友谊存在，但也不可能太长久。一旦产生裂痕，修复起来成本难以估计。

你想想，人和人在一起的时间长，来往频繁，而且彼此都属于外倾性格，太容易麻木得忽略对方的闪光点，或者说，这样的朋友交友的质量不需要对方的闪光点，就像烟、酒、茶、歌、饭……散场之后便一派狼藉，空洞无物。

过于随随便便的友谊，难以涉及彼此真正的欣赏与尊重。

我是个内倾性格大于外倾的人，对朋友的要求不在职业，更不在于请客吃饭花天酒地的形式，主要在于心灵。真正的朋友是用来吐心声的，即使天各一方，甚至不需要打一个电话给对方就能解决问题。譬如在你内心突然冒出种种疑惑的时候，脑海中忽然第一个跳出来的那个人便是够得上朋友这个分量词汇的人。他一定是可以懂你的，你可以相信他，甚至是需要他，尽管你无需将心里的疑惑马上送至对方的耳朵，但他清晰又干净的面孔从你脑际闪现的一刹那已经把心灵的钥匙交给你。

这种感觉真的很轻松，又不失真实慰藉之效。而往往这时，我更愿意选择静默，想着朋友所在的城市名便可以释然了，不给他电话，更不能在这时去打扰他，因为他正处于升迁或正在颁奖晚会上接受奖励的小幸福之中。

我认为这是做朋友应有的尊重与教养。反之，那些动不动就乱打电话给朋友的人，则误用权利谋杀了朋友二字的内涵。

周国平先生说：朋友恰好是那少数几件舍不得换掉的旧衣服。

想想我的那些旧衣服，不知被青春的风吹向何方，但少有那么一两件还保持着小清鲜的印象。我要说的是比我更恋旧的一个人。那是他与一位儿时好友十八岁分别时扯的一块的确良布打的衣服，他们两人各一件。

他的好友从川东丘陵去了西部油田。至今，他还记得天刚蒙蒙亮，他从乡间伴着星月送他去小城车站的情景。起初，他们之间有过少许的信件往来，后来为了生存与理想，各自辗转打拼，彼此失去了联系。

一晃三十多年过去了。有一天，一个电话突然从北京打到了他的小城。此时，他已经算得上小城容易令人眼红的成功人物，而且当时他正在城中的山腰上带着建筑工人修自己的别墅山庄。他在北京升了官，发了财，且在石油领域成了全国的知名人物。但他们在电话里不谈别的，只吐露久违的心声。

不久，他带着妻儿上北京看他。几十年的重逢，隔山隔水的念想，短短几天时间，他们都付山山水水笑谈中，仿若回到儿时情景。虽然他们早已经隔行，但不同的行话，他们却总能说出同一个意思。

214

回到小城，他历经了人生的低谷，被意外诬陷。在他最需要他的时候，他却没有通知他，可他得知消息后便很快出现替他解决掉难题。尽管他没有随时随地出现在他面前的权利，但他做到了朋友的情谊与责任。

我一次次在茶余饭后听他讲起他，讲他们别后几十年的蹉跎岁月。去年，我随他去北京见到他。千言万言，真的应了那句老话，一声朋友你会懂。两条硬汉频频举杯，但从不劝酒，谈事业，也摆家庭，说新闻，也提旧事，在两个优秀的独立人格之间，我见证了什么是由衷的欣赏与尊敬。

似乎他们又有好久没见面了。但他们还在继续为友谊贡献距离的秘籍。他们都最清楚彼此的隐衷，却从不在彼此的朋友那里散播对方秘密。他是我岳父，他们的友谊告诉我：懂得维护距离的朋友，往往称得上真朋友。

春天的誓言

似乎到了春天，文艺青年都将面临一场逃不过的劫难。因为他们节外生枝的灵感遇到了过敏的花粉，只要走出城郭，来到花花世界的郊外，他们就将遭遇激情的萌动，骚或者痒，都成了他们别无选择的呻吟与呐喊。无论男女老少，这时候，他们的身份都将归属于文艺青年。当然，这其中表现最为突出的两个字是——伤春。反之，他们的才情和叹息也都情愿被春天杀得精光，毫无还手之力。

这是不知季节变换的城里人孤独又可耻的行为。

桃花、李花、樱花、油菜花……满世界的花，招架不住满世界出走春天的人。大自然早已是一派盛装的春天景象，而城里包裹严实的人们，却佯装不知，甚至每年总是在太阳出没得十分光鲜的节骨眼儿上打胡乱说，什么全球气候变暖，春天还没开始，怎么季节便陡然到了夏天？这种跟着风就是雨的感叹，很没道理。殊不知，真正的春天，一直不曾加快步伐，在她该立起来的时候她就立起来，而清明过了，春天自然离去，用不着你的惊讶与胡言乱语。

216

春天是文艺青年伤不起的季节。

但春天却总是被文艺青年伤得见血封喉，自从有了微信这玩意儿，他们的伤痕无处不在，春天几近成了体无完肤的一场审美，太多的情绪，来不及思量，全都随春天的骨朵儿爆发。实际上，春天的缜密与谨慎，从没受他们的指点与尖叫影响，春天一切听从一粒种子的内分泌安排。而那些打乱春天节奏的人，往往先打乱了自己的生活。他们的信口开河，不仅证明自己没有听懂大自然的语言，甚至对春天的细节一无所知，因此他们往往也是先被蜜蜂所蛰从而成了心怀鬼胎的受伤者，但这样的鬼胎几乎只能死于腹中。

我认定春天自有最好的安排，源自一盆从高原上跟随我下到四川盆地的兰。一晃十多年了，每年农历的正月末尾几天，就是这盆兰的花茎与花骨朵儿迅猛增长的最佳时机，势不可当，眨眼之间，她就引爆了春天的圣境，像是一个童话，从未相约，也从未失约，年年如此。而这几天，恰恰是春天的阳光分量不同寻常的关键时刻，因为这些天的阳光还担纲着催得花开的神圣使命。如此光景，与十二朵金色铃铛的切合，让我在这个春天多了几分闭月羞花的宁静，而这种自信的宁静诞生于我信守春天的节律与秘密。

高原兰的盛开成了准确的春天时针。正当赏兰心境，却意外接到一位六十开外的老文青从郊外打来的电话。他絮叨了半天，一会儿说自己回老家参加了什么文代会，遇到什么写诗的人，上台作了什么报告。总之，他现在在菜花地里醉倒了，还问我怎么不出来与春天约会？我笑了，只答非所问地问候他天气如何？他的回答显然是天气不佳，阴天夹雨。

于是想起了初春阴雨绵绵的美好夜晚，陪一位文艺青年去浩瀚的影城看《木星上行》，结尾处，男主人公华丽转身，长上了一对丰满的翅膀。我说，这对翅膀可以用来飞翔吗？文艺青年像是自言，又像是回答了我的话：翅膀除了飞翔，也可以用来拥抱世界拥抱你。我以为这样的对白属于春天不可多得的产物。而在一片花朵与香气弥漫的农场，身世卑微的女主角突然被蜂拥而至身边的随从，改口称为——陛下。原因则是——蜜蜂只敬畏王者。

　　这一句恰恰成了文艺青年忽略的春天誓言。而记住誓言者，一定可以不被春天所伤，保全性命的生活，哪里谈得上还有心思伤及春天呢。

种一首歌在回家路上

对于那些从乡村进入城市的子民，很多人是不习惯把城市当家的。尽管我们已经走了很远，可还是习惯把来时的乡村当心窝里最温存的地方，似乎那个遗址在我们人生的进程里电闪和雷鸣也更改不了。事实证明，那个地方我们早已回不去了。真相告诉我们，那个地方有的被扩张的城市所吞没了，而有的因那儿失去了生命中最留恋的人而让家丧失了意义，大多数的家因为年轻人的出走而渐渐陷入荒芜之地。

自从年迈的父母离开家进入我的城市之后，几乎那个地方已终止对我的念想，反之，我也不得不屏蔽对那个地方的想念。我被迫地把所有时间都打发给了眼前最现实的城市。

在城里，我们每天活得像一张精确的火车时刻表，甚至连一株风中摆动的小草都不如。每时每刻，都在按部就班地计算，几点起床洗漱用餐，几点出发坐高架快速公交，几点打卡上班，几点打饭吃完便抓紧时间午休，几点打卡下班，几点会见预约的友人。生活像一条时间缝补的流水线，根本不让我的眼泪陪我过夜，甚至我们每天路经的一棵贴着小纸片广告的树，或那么多坐在天桥下等待呼喊他们名字的民工，以及杂货铺里常常看着你匆匆路过的小货郎，都统统被你忽略。

上下班途中，你常常无所适从地同大多数路人一样，在拥挤的人群中戴上耳机闭着眼听音乐，或在平板电脑上玩游戏，看电影，甚至大声地打电话，专心致志刷微博，周围的一切与你无关。哪怕有人在你面前即将突然死去，你也依然可以漠不关心，无动于衷地在手机上摁来摁去。

但同时，我也知道自己每天都在重复这个城市里所有上班族一样的生活，我们停不下来，我们时刻都在忽略太多太多孤独忧伤的眼神。城市每分每秒都在我们眼里疯长，从未静止，从未熟悉，任凭上帝赋予一个人大把大把比钱更多的时间，也追赶不上城市的浮夸。

我认为这无疑是当下世界最悲催的事情。

直到有一天，突然从耳机里听到一首歌。它让我触目惊心地停靠在车来车往的站台，呆呆地想了很久很久。那一刻，我的世界忽然安静了，我聆听到了真实的生活，然后，如虎添翼，迈开步，踩着太阳落下的那道余晖，朝那座名叫浅水半岛的楼群走去。

那是在苹果公司上班的表弟为我下载的许多歌曲中的一首。唱这首歌的是一位台湾的女歌手，在电视上我曾见过身躯瘦弱的她在一档音乐节目中与众多歌手竞赛，她的声音高亢中带有特殊的穿透力，时而如狂雪呐喊，时而如小溪蝉鸣，但那时她没有唱这首歌。

这是一首唱给故乡的歌，它让每一个在尘世中还拥有故乡回忆的人，都可以在伤口上长出翅膀。而我更愿意将它种在回家路上……

假如你先生来自鹿港小镇
请问你是否看见我的爹娘
我家就住在妈祖庙的后面
卖着香火的那家小杂货店
假如你先生回到鹿港小镇
请问你是否告诉我的爹娘
台北不是我想象的黄金天堂
都市里没有当初我的梦想
归不到的家园鹿港的小镇
当年离家的年轻人
繁荣的都市过渡的小镇
徘徊在文明里的人们
听说他们挖走了家乡的红砖
砌上了水泥墙
家乡的人们得到他们想要的
却又失去他们拥有的
门上的一块斑驳的木板
刻着这么几句话
子子孙孙永保佑世世代代传香火
啊，鹿港的小镇

与草木说情话

从此，我不再奢望月下荷塘的故乡情景。随着生活阅历的增长，我的思念不再与故乡合而为一，心湖常在雪山投下的云朵中微波荡漾，荷的影子倒映墙上。

孤独的胡杨树

在昆仑山下，有一片隐秘的沙漠，我坚信，藏匿在里面的几株胡杨，是任何暴力的审美都摧毁不了的。这种信念，感动了昆仑山，以至那天随着我们的深入，昆仑山将它正在放飞的雪絮收了回去。这好比一个养蜂人，在一秒钟的暖风里，将他的蜜蜂统统唤回一座村庄。

可胡杨树，注定孤独。沙漠之上，秋日的艳阳，落在浅灰的沙粒上，闪银光。

而不远处的昆仑，一片迷蒙。昆仑阻隔的天线间，仿若是在下沙，抑或是下雪。沙与雪，混沌。但此处的沙漠、明净、爽丽、安然，像是昆仑之外的另一个世界。

几棵胡杨树，以孤独的名义占据了沙漠空旷的怀抱。比起苍天般的额济纳，昆仑山下有胡杨林简直是个谎言。但我们正是朝着这个疑似谎言的地方奔去的。远远地，形单影只的胡杨立在风中。那就是胡杨了，你还想看什么？

那怎么可以称得上胡杨林，那只是一片小小的沙漠。数了又数，活着的杨树不到十株，且都还年轻。但在秋光中，有三株杨树的皮子还是显出了几分半老的纹路。褐黑皴裂的皮子上，结了一些伤口，枝节交错，它们有的斜着身子，有的像动物的手背弯曲在沙漠里。它们的身上挂着不多的叶子，像少女的纱裙，有的已经从风中栽落在地。秋光让落地与没落地的叶子，黄得抒情。

因为黄，落不尽的黄，无言的告别就难以彻底画上句号，它们在枝上恋恋不舍，最怕秋风起。

新娘依偎着一个小伙在那株弯曲的杨树面前拍婚纱照。苍黄的光线里，新娘的红礼服与小伙的黑西装，线条起伏有致。而静止的胡杨看上去愈加的沉潜、深远。我想说，荒凉是一种等待。但不一定非要等到苍老。孤独的胡杨树还很年轻。

即使没有太多的胡杨，来此走动的人们也并不遗憾，因为胡杨树代替了人们的孤独。他们有的光着脚丫，让细软的沙粒，从趾缝中溜走，这种感觉好比虚野的光从树叶间穿过。我看见一个来自古城西安的大胖子领导，卷起裤管，敞开衣襟，在沙漠里微笑着大步流星，风吹乱了他额间的发，兴许他平时在办公室严肃够了，面对在身体里疏散的沙，是否获得了另一种快慰与释放？他把认识或不认识的人统统呼到他身边一起合影，满脸的天真，笑得像个孩子。

背景里只有几株细细的胡杨在风中摇曳。

我独自在沙漠里朝不同方向盲目地走了几回，发现有长长车辙，一定是像风一样的男子，驾着摩托来看胡杨的。在秋天，孤独的胡杨树，常常被一些艺术细胞浓烈的孤独者，喻为疯树。疯，显然是胡杨叶子透明度达到极限的一种审美。沿着那条弯来曲去的车辙，我走了很远，最终原路返回。我知道，更远的地方是没有胡杨的地方，那里的动物一定向往的是来这边看看胡杨。

我在地上发现了它们的踪迹。

在秋天，认为胡杨一定是疯了的树，除了艺术细腻的人，还有动物。

如果没有其他人在场，我一定留下来，等待揭开一只狐狸的踪迹史。

最终，我拾起了两小截浮出沙漠之面的杨树枝。它们像千年出土动物的尸骨，一截如烟斗、另一截似狼毫，一个风姿洒落，一个独立云天。于是，决定将它们带走。唯恐它们再不走出沙漠，明天还要继续虚度。它们困在沙漠里的岁月究竟有多久，难以考证了。不过它们细密的纹路已经褪尽铅华，灰白泥的肤色看上去很有光泽，细密的纹理干净得没有什么可隐藏，若以人物对照胡杨树的孤独，近一点的人让我想到的有三毛、张贤亮，远一点的面孔就稍显模糊了，好比废名、孙犁洗了又洗依然穿在身的长衫气息。

蜡梅的滋味

围着花农的路人，除了老头老太，还有一些年轻小情侣。看来，蜡梅受欢迎程度真不分什么年纪。究其原因，我想是蜡梅与腊肉，在四川多少与年关逼近的节奏有牵连。

围着花农免费吻蜡梅的不止我一个。有几次，我微闭双眼，萦绕在蜡梅的芳香中，禁不住倒吸一口气，然后眼开眼，看了又看。没错，我看的是蜡梅；花农看的是我，也没错。可错就错在，蜡梅枝上满目的眼睛朵朵也在帮着花农看我，似乎他们要把我免费吸进肺的香气统统要回去。直看得我不好意思地将头低下，将伸向蜡梅枝的手，缓慢缩回来，最终抽身而去。

花农一定希望我能够买一把蜡梅。尽管他没有直接表白这意思，但他眼神早已写满期待。剩下的只是我的无动于衷，以及蜡梅的难为情。后来的散步中，我想了又想，蜡梅看我的表情，会不会觉得这个人喝醉了酒？

实际上，一个真正喝醉酒的人，对自己表情完全没印象。

我不买蜡梅的原因很多。首先，在这座城市里，蜡梅并不稀罕，无论平时散步的公园，还是过路的街道邻舍，偶尔抬眼不经意就遇一刹那惊喜。然而，惊喜多了，就易平常。其次，买的蜡梅不如自己亲手采摘有趣，但这仅仅只是冲动的想法，路边的蜡梅也不具有任人乱摘的义务。还有一种强烈的个人感觉，卖蜡梅的花农在我看来不太有趣，他们只顾用蜡梅来卖钱，而不懂得蜡梅真正的滋味。对于花间审美，这于花农很是致命。尽管蜡梅离他距离那么近，可他只数得蜡梅的价钱，说不出蜡梅的前世今生，有点玷污蜡梅的声誉。

我心田里，常住有一缕蜡梅滋味，经久不消。因了它的存在，这可能是我不买蜡梅的最重要原因。

至于回忆，时光的速度远比花瓣离开花朵快。二十年前，在成都的文殊院门外，一个穿军装的少年，举着一束刚刚从花农手中买过的蜡梅。那束高高的蜡梅，吸引的不仅是路人的眼球，还有三轮车夫，以及摄影师手中的长镜头。

那时，青春少年只知道蜡梅芳香，不懂蜡梅滋味，也不够明白军装赋予他的使命。少年的生活比白纸更白，但是少年常叹文殊院数步之遥的军区大院生活苦闷。少年的苦闷拿指导他写作的老先生没辙。人群中，少年手中的蜡梅高过了人们的头顶与视野。少年在红色的院墙外驻足、徘徊，寒风让梅香把小街灌满，那位戴眼镜的老先生在不远处向他招手。

老先生领着少年进了文殊院门，穿过几个正方形走廊，在一个年轻和尚的引领下，来到了藏经楼底层的方丈室。木格子的窗前，明净的阳光照耀，几声鸟鸣从高檐下的小花园跑到几个长影子前面。

去吧，把你手上的蜡梅献给宽霖大师。

在老先生的示意下，少年双手将蜡梅递给宽霖。老先生与宽霖耳语，但少年不知他们在交流什么？只见宽霖大师转过身的微笑从眉宇间绽放，既有甘的苦涩，又有甜的充盈，还有霜和冷的骨气，大师专注地看着少年，表情恰似朵朵蜡梅。

从此，少年记住了蜡梅的滋味。

很快，老先生出得门去，留下少年独自面对大师，以及满堂飘香的蜡梅与烛光。

显然，读者可以认定那个少年就是我了，但也可以不是我，然终究是我。宽霖大师当时与少年讲了些什么，我记不得了，有一点可以肯定：大师与少年对话是从蜡梅滋味开始的……

如今大师已圆寂多年，而蜡梅没有单纯地留住芳香，更多是无限滋味在人生高于生活与低于生活的不平履步中空冥、沉积、弥散，任人灵魂顿悟与索取。

倘若你仍不明白蜡梅的滋味，我只好在生活拐角处，另起一行：蜡梅是腊月里最苦闷的献诗。

赣州二记

树与树群

在瑞金叶坪革命旧址群，我见到过一棵像伟人一样令人脱帽敬仰的树。但它不是伟人，它只是一棵樟树，紧紧地依偎着一座砖木结构的土坯房子。看样子，它们好像谁也离不开谁。

这棵树曾被作家梁衡当作革命教材式的红色风景郑重书写。意思大概说的是我们国家的一位伟人，曾因这棵树而幸免于难。

树的躯壳老得已经散发出卖炭翁的味道了，即使汉语写作里有使用率偏高的"沧桑"一词，也不足以形容它的样子。阳光像散落的矿灯从繁叶里漏下来，打在它的身躯上，依稀可见它的毛细血管有的已经短路，有的重要器官已经坏死，有的零件部位甚至惨不忍睹，但它没有死。在它的心脏深处布满的不止千疮，可树更不屑于百孔——那是岁月自作多情馈赠给它的风云华章。

谁知一棵树心里究竟会不会像人一样喜欢别人为它书写华章呢？

在这片处处彰显革命老区的文化土地上，岁月给了一棵树太多的蹉跎，然而，当一棵树的成长历经百年千年，与所有的蹉跎融为一体后，岁月又突如其来把树的蹉跎彻底搬走，或掏空，一根发丝也不留。如今，树已被岁月掏得空荡荡的了，可见如此之树，要多丑有多丑。然而，树并没有因体衰而奄奄一息，历史说它曾遭遇过历史的暗算或玩笑，但它并不仇恨那一节历史，相反，它一直站立在历史的假面舞会上，做着自己该做的一切——你看它早已蹚过死亡的河流，铤而走险用尽全力地长出新枝，吐出新芽，然后，让所有的叶子像伞一样汇聚成一团团绿云，向着日出的方向，狂奔而去。紧随它去的，是一片片低姿匍匐的新叶或嫩芽，它们像齐整的兵阵，从不同的方向出发，在它们的信念里，谁也不可否认：总有一天，它们必将汇聚成天。

这就是一棵树活着的姿态。

它成了那一座土坯房子的靠山。土坯房子因了这棵树，而人气冲天。既定那土坯房子里简陋、狭窄、阴暗、潮湿，甚至墙壁上那些旧照片已散发出难闻的霉变味道，来来往往的人们依然要争先恐后挤进去。

可树是活着的生命，却常常被那土坯房子抢眼遇冷。

树很倒霉，但树不委屈。树全然不顾来来去去的人们在它的身上指指点点，树一直朝着它的方向努力。

后来的几天，在我带着这棵树上路的旅程中，在于都县"中央红军长征第一渡"纪念碑的附近，在崇义阳岭的林海里，在通往君子谷的路上，在去上堡梯田的山道里，在梅岭古道上，在赶往客家围屋的小路边，一路上我不时地见到过与此树同等年轮、同一个姓名的树，比起它，这些树的面相就更令人赏心悦目了，它们让我路上的心情变得异常轻松，至少它们逃脱了一颗横空飞来的炸弹，它们没有背负替伟人挡过灾难的使命，它们是幸运的，也是平凡的，更是幸福的树。

每每从车窗外看见它们，我就想挥手，亲切地喊一声：江西老表，你好！但我还没喊出声来，却听见一个血脉相通的声音在对我喊：四川老表，你好呀！

错把崇义当林芝

在崇义，做梦的不止我一人。

从赣州出发，一路上，就不断有人说起崇义的种种优势。当地官员有一句比较有底气的话说的是，在崇义睡一个晚上，相当于在北京天安门住四个月。当然它是特指崇义的空气质量好过北京的意思。拿数据作对比的广告词，极具煽动效果，也很有内在的张力，把数字与两个不同的地方链接在一起，人的欲望便有了超想象的扩张。当然，很多时候，它又有超隐喻的奇妙功能，这的确算得上智慧的体现，即使你不想入非非也难，气得另一个没有分配到这条线路的女作家差点砸了相机。

我见到的崇义县城很小，就像成都周边的一个小镇。但它所管辖的地理资源并不小，行进在阳岭的林海里，它让我意外地获得了对另一片地域的怀念与向往。它不是人声鼎沸的北京，它是我少年时期梦开始的地方——林芝。在遥远的雪域高原，去过林芝的人们都愿意将它称作西藏的江南。那起伏的原始森林，小河淌水、鸟语缠绵的山沟，还有静静的山坡里藏着的小瀑布与小牛犊，以及那些鲜花与长路，还里在水沟里嬉戏的孩童，都让崇义与林芝有了几分共同的安静气质。

这个发现与比较，让我不时产生梦幻般的感觉。我究竟是在写林芝，还是在说崇义？

很难想象，走在身后光着脚丫掉下很长一截队伍的塞壬到了雪域高原会是怎样的情形？她问起我西藏的情况。此时，她一手提着自己的高跟鞋，一手撩着布满植物和野花的长裙，艰难地走在肥大的蚯蚓滑过路面的小道上。她是有意想独自走上一段风景路？还是没想到高跟鞋在此地会遇到麻烦？幸好，走在崇义不必担心在高原上容易遇到缺氧地带，而从高原上突然降临到内陆的人，倒是可以拥有另一种不同寻常的体验，那就是到崇义来体会什么是醉氧。

是的，在北京，你散步一小时可以，但你再加一个小时就感到很累了，不单是北京，在很多的城市散步都会累的时候，而在崇义，在林芝，你即使走上半天也不觉得累。

那么多植物都愿意抚慰你的肺，你身体里住进了神仙，还有哪里不舒服呢？

那个夜晚，在林海涛声包围的崇义县城，我看见窗外的星星无比透明，空旷的夜空，仿若我置身的不是一座县城，而是高原上的孤岛。我难以入睡，关掉房间里所有的灯，透过那一层薄薄的窗棂，久久地观望着夜空里的静，它让我想起林芝境内清泉石上流的巴松措，还有吐蕃时期文成公主远嫁西藏松赞干布途经林芝时种下的那棵如今已成圣境的巨柏，若是冬天，我相信不远处的林海也是会挂雪的，那将是崇义最美的时候。

第二天，当地媒体将镜头对准我时，我竟错把崇义当林芝，因为它的诗意，我期待再回崇义住上几宿，再做一个能够梦回林芝的梦。而更多同行的人们，说得更多的一句话是：好梦崇义。

　　我相信，这四个字一旦进入他们的文本，必将改变一个地方的气场。

风信子的紫

提起爱情，尤其是善于为爱受伤的女孩子，毫无缘由地喜欢把自己与风信子媲美。那种淡紫色的花瓣静静地在阳光下独自绽放，暗香如薄荷，花瓣向四周娇张着，脆弱却不乏生机，它们紧紧地拥抱在一起，满眼都是清水煮白菜般的纯净，而实际它更像是躺在明净玻柜里示范忧伤的紫水晶，惊艳、温暖、耀眼。

传说，谁能拥有紫色的风信子，就可以释怀他人的忧伤。的确，风信子代表爱情由来已久。壬辰年春天一个淫雨霏霏的午后，我在三圣乡的花市里，讨价还价八元钱，买走一株正在含苞的风信子。它的苞呈一个小小的玉米状，差不多有半根手指长，胖乎乎的骨朵，像晶莹饱满的珠链。约一周后，它的茎便长成筷子长了，那么多漂亮的朵儿耸立在角尖，孩子般懵懂地望着蓝墨水染过的天空。只是，不知道，为什么当时在那么多色彩中认定了紫色。或许，我算是个有点儿忧伤情趣的人吧，对紫色有着莫名的敏感与偏爱。这种忧伤气质直接影响了我的审美乃至人生。而忧伤的爱情总是以泪来结局，既威胁，又是许诺，不完整，却更缠绵。

这恰是紫色风信子的脾性。

我很不喜欢搜集关于风信子这样或那样的花语。多年以前，当我决定放下笔不再写诗的时候，所有的花语在我看来都是谣言，甚至比诗人更自欺欺人。在诗人眼里，花语可以等同他们编织的诗句一样神圣。在成都平原万年场花样年华郡的十五楼阳台上，我把三月酒尊般的黄铜小花盆在书架上移来移去。我忧伤的特权赋予我的，不过是在阳光的迷藏里，忧伤地看着一株风信子弥散出紫色的忧伤。是它，在这个不足以放一张双人床的阳台上，让紫罗兰一样迷人的香水味，浸入一本本泛黄的书页。它舒展的茎脉枕着一层层旧书已经无所顾忌地对古今中外最美的爱情进行了幻梦与遐想，那时的天空在它眼里是一团紫色的雾，一旦迷雾消散，任何行进中的现实磕碰，都可能伤到它生命的全部。它比溪水边的血皮菜更粗的茎饱藏汁水如芦荟的黏液，上面支撑着串形的、紫暗中发亮、像古典美人发梢上插着的小铃铛银饰。而它犹如洋葱头和扁竹根般大小的叶片，总有承受不起的芬芳之重。当花期盛典降临，它的角尖便有弯曲坠落之危险。

阳光下，头发花白的母亲见状，只好伸出双手将它从书架上小心地抱下来，放至阳台靠窗的边沿，她的眼神和动作如同抱着一个刚刚出世的婴孩。她轻轻弯下腰，将细长的观音草叶，捆绑住花势难当的风信子，生怕它被伤着了。她说，让它多沾点地气更容易生长。

曾经，我有个美好的心愿，拥有一个楼顶花房，躺在柔软的席梦思床上，手捧一册花蕊夫人的诗，看窗前花海摇曳的风信子。它们在微风中娇羞地抬着头，看着我或是我身后娇羞的她，而斜阳就大大方方地坐在它们旁边。远处，钻出地面的地铁如同野马正奔向绿坡之上的春天，绿坡的另一侧，几头肉感的奶牛低着头，悠闲地啃着青草，不时地抬头，看看高处的白云和高处的我。尽管我有点悲伤、迟疑，但却和现代爱情无关。只是，在经历太多太多之后，一个人习惯了安静地凝视风信子终生不移的紫。

我知道，只有通过穿越才能完成如此唯美的画面。毕竟，我忧伤的表情极不符合当下生存环境的需要。

像草一样的宁静生活

　　朋友中不乏达官贵人，他们多住在闹市繁华区域，且住别墅者居多。有时，遇这地那地友人来，他们会托朋友邀我去某某家小聚。久之，去的次数多了，给我重复印象的便是他们前院后园种的名贵花木，如果罗列在一张明细表上，其中一定有金桂、银桂、玫瑰、栀子花、铃兰花、红茶花、红口水仙等，相同的花木在不同花匠的侍弄下，长势都是一派姣好，花开繁盛……

　　一个清凉凉的夜晚，赴约后赶回高楼里的火柴盒子，坐在阳台的旋转椅上，手握一杯大红袍，趁着洁白中偏黄的月色东想西想，忽然瞧见自己的几盆花草，禁不住发现这些品种居然没有一盆和他们园子里的相同。不知达官贵人们园中花木有何来历，反正我的花草可以数出不凡经历。这样说的意思，分明是想表达我与这些花草有着不可遗忘的情感依托，这种依托绕不开缘分。

　　比如那一盆正在生病的吊兰是我从三环外的宜家买的；那一盆表现不错的君子兰是跟随我从千里之外的拉萨回到成都的；比如那一盆被晚辈预言绝对种不活的百合是我从边地云南捎回的，她的成长与盛开粉碎了四川盆地种不活百合的绝对说法，同时滋生着我一天又一天的昆明记忆；比如那一盆特别争面子的芦荟是去年夏天我在屋顶上晒衣服时抱回来的（她一定是遭谁家主人遗弃的吧）；还有两棵几次闯过生死线的树，一棵叫绿元宝，一棵叫发财，它俩是一个福建的年轻商人赠送的。如今她们全都挤在一方不足二十平方米的阳台上，无论什么时候瞄她们一眼，她们的表情都在告诉我：嘘……嘘！安静一点儿。

有时，在单位繁忙了一天，坐很长距离的双层巴士回到家，面带倦容地躺在沙发上，透过方格子磨砂玻璃看见她们的第一眼，便顿然心生敬意。我想，植物真是比人类更懂生活，人类在不断向生活学习的同时，怎不能先低下头换一个姿态向植物学习呢？像植物一样，学会自我欣赏，在喧嚣的空气中保持淡然如水的心境，在提倡性感与情感的社会里，追求积极向上的幸福。

离开西藏后，我常常选择周末逃离城市，回到山中去生活，去向那些不知名的植物们取经。和大多数人的感受一样，有时我也在重复别人说城里的生活太压抑了。我去的山中离城市需要一个多钟头的自驾车程。山里有狗尾巴草和打碗碗花，还有一束在天边飘荡的芦苇，更多的是叫不出名的花花果果，她们像藏家少女衣襟上缀着的玛瑙珠链，她们中的任何一种，都足以代表自然天真，纯粹中还带着几分野性。放眼山下，那里也有很多别墅，它们是新农村的典范，城乡统筹的产物，农民用失去自己土地的代价换来让城里人羡慕的新居所，他们中年轻的大多数进城打工去了，年老的除了偶尔收拾门前的花花草草，便无所事事地走在孤独的大道上，与失去了原生态叫声的猫狗结伴同行。而老人身后那一棵随风摇曳的柿子树，一群麻雀正在为非作歹地偷吃红透了天的柿子，但老人浑然不知。

转完一座山头，从另一座山下来，在乡村别墅的大道边停下来，一家村民正在修建花台。男人和女人穿着像日本仆人那种宽松的长衣服，我想这是当地劳动人民的工作服吧。男人提着小灰桶，埋着头将水泥、沙石、河水搅拌在一起，不停地在筑起的栅栏上修修补补，栅栏上的划痕在他手上一次又一次被铲刀抚平；女人则用竹兜兜从路边的土里提来新鲜的泥土，将花台填得满满当当。然后，她将事先准备好的菊花、黄桷树幼苗，还有万年青移栽进花台。整个过程，男人和女人脸上都积满了幸福。尽管他们几乎没有一句多余的对话，但我还是为一蓬遗弃在花台之外的兰草样的植物，打破了如此安静的幸福。

她很像一把正在发育的秧苗。我拾起她，怎么不把这株兰草种进花台呢？女人说，这不是兰草，是兰草就贵了哟！我们这儿到处都找得到，她们也会开花，兰花花的花。我什么也没说，找来一只塑料袋，捧了一把当地的泥土，将她带回城里。在一堆旧的花盆里，找到一只印有青花的小瓷盆，容纳她生命的全部。

多年以来，对待植物，我有个习惯，就是不分贵贱，将生命平等相待，对待朋友也一样，不分贵贱，只需诚心相对，无愧也无憾。生活中，其实种什么并不重要，重在种下一盆宁静，收获一株心境。当下唯有能获取心灵的宁静，才能拥有真正的生命，不要放弃一株草，相信她时刻都在传递人类缺少的宁静之美！

陪一朵花绽放

　　我常为默默开放而无人欣赏的花朵感到孤独，就像某个遥远的小山村，名不见经传的文学爱好者，有一天突然在遥远的名刊上发表了处女作而无人问津一样。

　　每周三下午，我会信步讲台，台下坐着的都是我的大龄学生。他们比我年长，因受了文学的启蒙，每次都来听课。有时，我想，难道文学的力量还能让一群六七十岁的人重返青春吗？我劝一个把加西亚·马尔克斯的祖国说成是加西亚的同学，是否把名额让给其他人，因为她已听过三期课了，居然还闹出这样的笑话。我说，加西亚可不是国家，哥伦比亚才是《百年孤独》原产地。她红着脸说，再也不会犯类似的错了。

　　这位同学之前还闹过更大的笑话。一天她坐在第一排位置，脸色很不对头，然后悄悄对我说：老师，今天是我最郁闷的一天。我问怎么了？她支支吾吾地说，她心目中最伟大的偶像离世了。我问谁呀？她说诺贝尔文学奖获得者门罗。我说你玩笑开大了，那不是门罗，是英国女作家莱辛。你的郁闷太对不起这两位伟大的女性了，我想。

后来，我才知她不愿把名额让给别人的原因：我来听课只为看着你，因为你从事的是文学工作。

就当是文学赋予了她这样美好的情怀吧，至少她领略了文学触及心灵之后的改变！她就像是在陪一朵花绽放，我又何尝不是在陪伴花朵绽放呢？有一天我也会老，只是长期伴随文学生活的我愈加坚信，人真正的美丽，不是青春的容颜，而是心灵的绽放。

花开的声音

我不知花开的声音是怎样的一种妙音？

那个手里随时摆弄相机、包里装着速写本、额前飘忽着一缕神秘青丝的女人叫大唐卓玛。她常常独自穿梭在岷江岸边，与漫山遍地的野百合谈心，与山谷里生长的各种生命进行视觉上的会晤，然后将自己的感受带回去，转化为绘画上的理念，与阿坝师专的学子们分享。她太热恋家乡的山水草木了，以至于有一天，在她走过的鸟语花香里，她会忽然听见石头咆哮如雷的声音。当时她并没有躲闪，而是停下来，眼睁睁地看着来势汹涌的石头，陷入一场人类与自然两难的矛盾思索。

谁都不曾料到，一年后的2008年5月12日，岷江两岸的人们遇见的是一场毁灭性打击的大地震。而在这之前，大唐卓玛通过画笔与文字一直在向大自然不断道歉，其实她与那场挥之不去的灾难已经提前相逢。在她听见石头声音的文字里，她说人类欠自然太多太多，可是一直没有还，难道真的来不及还吗？自然找人类算账是迟早的事情。当人们还在为此事议论纷纷的时候，她又多了一个比仙女更为隐喻与意味深长的名字——女巫。那是深居大山里的羌人在灾难中被她救出后，双手合十，对天边喊出的名字。

我见到传说中的"女巫"大唐卓玛是在汶川地震两周年当地政府组织的名家看汶川笔会上。那天的汶川，细雨绵绵，云在山谷里奔驰，雾在树梢上燃烧，地上水影，照见灵魂。当大家随着山里传出的羌鼓声慢慢起床时，大唐卓玛已经围着姜维城（汶川）转了一圈回到宾馆了。那时不过清晨六点，太阳还没有升起。她在雨中滔滔不绝给人们诉说一座古城的前世今生，诉说着她曾经的疼痛与今日的欣喜。街上穿过博物馆的三轮车像飘移的风筝，青砖汉瓦的羌楼高高屹立在博物馆旁边，少年艺术宫附近的诗歌墙，尚未出现当代诗人的手迹，听说那些诗正在朝汶川走来的路上。走在牌匾下的洱玛姑娘，身着色彩艳丽的民族盛装，手提竹篮子，在细如游丝的雨声中，叫卖又大又甜的樱桃，她的声音里回响着苍凉器乐的遥远绝唱。初升的太阳，仿佛鸟落民间，而那个头戴斗笠，身披蓑衣，光着脚板，伫立在威州路口的人则是精神抖擞的大禹。过去他为老百姓治水，落荒逃走的水，与他一起消逝了多少年，而今他又回来了，与崛起的汶川人站在一起。

在大禹的背后，大风一直在吹，滚石、流沙、尘土，在大唐卓玛的回忆里漫天飞舞。当车下的旅客与大禹同时进入镁光灯包围，她坐在车窗前，拉拢窗帘，独自背对回忆不完的回忆。她到底在想什么？

当走进如同威廉斯古堡的水磨镇，大唐卓玛忽然像一只失控的羊羔，到处疯跑起来，她逢人便讲，她美丽的家乡复活了。而水磨镇的河岸边则有正在拔地而起的新校园。她站在高处，拨通电话，笑了，在白色的阳光下，恰似一朵百合花。一排排宫殿似的建筑，外墙涂着油画般厚重的泥土色，上面用细亮的小碎石嵌有扎堆的白色羊群。那是她过去与未来的理想家园，她渴望在洒满阳光的画室里进行她的思考与创作。当我们停下来休闲的瞬间，一位建筑工人老远就朝着我们打招呼了，他在叫大唐卓玛的名字。原来，岷江两岸的男女老少都知道大唐卓玛，她不仅是学生们美术课上的开心果，更以热爱自然、热爱生活与生命的行动，感染着那块土地上的人们。

在映秀镇，我看见那些倒下的高楼正在重新站起来，生命的旗帜永远在风中向着生命摇曳，车来人往，在一块庞大的巨石面前，所有的人望着石头上面血书一样的印记，无不为之感叹。断桥的废墟上，一位戴眼镜的政府官员拉着大唐卓玛的手说，放心，放心，唐老师放心，我们决不会再让你听见石头的声音了，我们要让你驻在岷江边，日夜听见花开的声音，未来的汶川，山上山下都将栽满红豆杉，而杉下的土壤最适合生长的就是百合花，那样既经济又美观！

那一刻，山风袭来，看不清那些建筑工人忙碌的身影，更看不清大唐卓玛的脸，我只听见花开的声音！

那是生命出世的声音。

向三角梅道歉

妻子是一个典型的完美主义者，这充分体现于她对花草的倾慕。每每经过社区路边，遇见花农，她总会停下来围着那些赏心悦目的花草怜惜半天。只要我在她身边，她注定是买不成的。若我不在，她恨不得把花农拖车里的花全部搬到家里。如今阳台和书房的花草，已经快成神秘园了，趁我不备，她还在悄悄地买。

实际上，妻子除了望着她买回的植物的美丽，闻着花儿的芳香在我面前产生一点小小的得意之外，她对其生命特征与属性却很不知情，在我看来，这种冒险的买卖，是对花草极不负责的表现。

至于动物或植物，我的观点是不轻易地买，只要买了你就得对它的生老病死负责，动物与植物最容易与人触摸感情本质的东西，因此动什么也别动感情，这是我个人长期信守的生活原则。若你对它们的脾气有足够的把握，加之的确是发自内心的爱不释手，方可与之试验生活。

花草在岁月的更替中越来越多，当然也不排除一些在自然生命规律中老去的花草。前不久，那一盆摆在书架上的七里香在春病中一意孤行地枯萎，任凭我用心良苦，它始终无力回春。但我没有一点憾意了，毕竟已陪着它走过漫长的似水年华，且多次在死亡边缘，将它在水深火热中拯救。令我不解的是眼下这一株枝节繁蔓，叶片郁葱的三角梅倒成了我们的担忧。

这株三角梅，是一个雨天妻子撑着雨伞从花农手上抱回来的。当时它举着一团粉红色的花簇，兴高采烈地点亮了阳台上的半边天。奇怪的是，这一年之后的三年里，它的花朵不再出现了。只见长枝长叶，不见花朵盛开。而且它凌乱的枝条一长就是三米多长，枝条上的茎叶越发的枝繁叶茂，完全像转基因变质了一样。去年冬天，将它的枝条进行了修剪，今年它的那些细枝末节又开始迅猛发展了，有时，我会望着它抱怨几句：你吃喝我那么多，总得开点花给我们看看吧！你还是原来的三角梅吗？

几年都这样过去了，三角梅始终不开花。

每次走在街边，看着那些开得正欢的三角梅，我都会想起家中那一株不开花的三角梅。这到底是为什么呢？这个问题有一次在同样爱花的姑姑那里得到了释疑。我们把三角梅的来龙去脉说给姑姑听，姑姑用手把弄着三解梅，许久才叹息一声：哎，你们不能把尿片呀、袜子呀、毛巾呀什么都往上面搭吧，三角梅虽然不会说话，你想想这样对人的后果会是什么呢！

妻子扑哧一声笑了，似乎她对生活中过往的细节有了记忆。我看着妻子的眼睛补充了一句：它虽不会说话，但它以不开花的脾气来表示对我们的不满。

妻子说，姑姑说得有道理。我们一起给三角梅道个歉吧。

我说，还是你单独给三角梅道个歉好，毕竟你是将它请到家里来的人，你的责任比我更大一些。虽然我也有责任，但对于你买回的花草，我只负责帮你喂水，外加审美。

妻子不依，拉着我和儿子的手，来到三角梅面前鞠了一躬，妻子念念有词，儿子双手作揖，算是给三角梅道歉了。

花　事

　　初秋，从西藏墨脱定点生活归来，妻子告诉我第一件事便是三角梅又开花了。花事就是我们家大事，也是我离家两三月的喜事。懒洋洋地躺在沙发上，顺手又拍图片若干，给朋友分享，有位师友说：深圳太多了，多得尽管美丽却不必珍惜。我立即回应：有故事的三角梅应该不多。大概一周后的事，闭在工作室为舞台剧打磨台词，妻子忽然来电，快回来看，三角梅开满阳台了。

　　这消息来得太过突然，但我极力控制构思被打断的危险与怒火情绪，只轻轻地"嗯"了一声，趁着夜色降临回到家。太神奇了吧，几天不见，就开成这样，啧啧啧！让人无需默念朵数，真是数也数不过来，紫粉的花朵从盆沿一直攀升到天花板的枝尖顶，像是人为挂上去的一串串纸片风铃，这岂止是秋风的恩赐，简直是三角梅迎来它一生好光景，这是几年中难得的三角梅时光呀。妻子在我的感叹里，闭上眼，双手合十，不停地给三角梅作揖示谢。她说，虽然橡皮树、芦荟、吊兰、肉肉，还有藿香等植物还没开花，但它们肯定受了三角梅的盛世感召，你看它们都长得绿蓬蓬的，这是往年阳台没有的气象。

于是你又热情地给它们浇水了？我问妻子。

不仅浇了水，还打扫了阳台。妻子自信满满。

前几天我才浇过水的，怎么受得了？你看盆底都溢出水来，你信不信，它们的根会因水积太重而腐烂。

妻子耸耸肩，哎，忘记了，是是是，原来很多植物都是被人爱死的。

爱，没有错，但需恰到好处。

好好好，你厉害，谁让你是植物医生呀！

在妻子看来，似乎我对植物过于了解，因为她眼睁睁见我救活过几盆濒临死亡的花草。其实不然，比起茅盾文学奖得主阿来先生对植物的情感投入，我太微不足道。几次与阿来先生同行，无论是青海金银滩大草原，还是天府黑水山沟草地，他的眼睛与相机镜头，随时对准的不是人，而是那些常人叫不出名字的花草树木，在《成都物候记》里，他说：我不能忍受自己对置身的环境一无所知。因此之于花木的亲近，他为一个写作者与一座城池树立了情感之上的牌坊。为了那些远方的花草约见，他抛开尘世人群，另辟蹊径，独自长途跋涉，不虚此行，写就《草木理想国》《藏地梵花》等令人耳目一新的散文。

俄国普里什文的《大自然的日历》与法国科莱特的《花事》，也是我常推荐给读友们的作品，他们同自然万物亲密无间的文字给了我警惕，让我时刻提醒自己，没事可以多回乡下走走，尽管身居城市的我们已经难以原路返回，但寂寞的花田与树一定在等着为你孵化孤独的蛋。帕慕克说：我们一生当中至少要有一次反思，引领我们检视自己置身其中的环境。

三角梅是叶子花属植物的统称，它有一个很不好记的学名，由29个英文字母组成，又名九重葛、三角花、叶子花、叶子梅、毛宝巾、纸花、南美紫茉莉、贺春红……我问妻子喜欢哪一个名字？她想了想，说，还是三角梅好吧。而我尤喜"纸花"，它的形象看上去一点不假，但却有一种透明的脆，这种"脆"代表着纸的质感，当然这需要偏着头，在阳光下20度角观赏，最好是逆光。

这时，有一种声音响起。

那定是阳光为花瓣鼓掌的声音。

一束康乃馨

那小子很帅，表情中透着机灵与智慧。

大学毕业，父亲将他托付给一位当集团老总的战友。可是他执意不去，他不想让父亲为了他的工作影响战友情。他最终选择了向更多单位投送简历。

这时，他已经进入苹果公司，而且当上小头目了。巧的是，他在跳槽中，总会遇到更好的职位等着他，而且还常常出现一些奇遇。

有一回，一个五十岁开外的女人开着宝马，来到他面前，要求他给她拿最昂贵的苹果电脑。他出于好心，按内部政策提了一些折扣给她。可她并不在乎钱，她为的是让他在单位多拿一点提成，她太懂年轻人挣钱不容易。

她隔不了半月又来找他，并关心起他的生活来。言谈中，他略知了她挺不平凡的经历，比如她是转业女军人，比如她有在国外的事业，比如她国内的一些商业项目，交由代理人打理等。

有一次，她终于说出了自己的想法，想让他去国外当她的女婿，女儿的嫁妆没别的，就一套别墅。

他毫不迟疑地告诉她，他有女朋友，而且已经办理了结婚手续。她质问他，你们会一辈子好吗？他不假思索地点头！她说，好样的，我没看走眼。说完，她又问：你们怎么认识的？他将经过原原本本地告诉她，并把女朋友的父亲早逝，母亲改嫁的事实告诉她……

她重重地点头，说，虽然你不去国外，但你依然是我的女婿。改天，你把她带出来，我做她的妈妈好吗？我有重要的礼物送她。他回去把此事告诉了她。他俩在为这样一次神奇的见面犹豫。这样的故事，有一天自然而然地传到我们的饭桌上。

他们约好，那天晚上就要见面。究竟送什么礼物合适呢？大家众口不一。什么也别送，就准备一束康乃馨吧！我脱口而出。大家惊讶地望着我，有的说，送这个是不是显得我们太穷了。

我说，大错特错也，不是我们没钱，而是能收到孩子康乃馨的妈妈，是世界上最高贵的呀！

没有出乎我的意料，他的手机上很快出现微信：她的世界从此多了一位美丽的妈妈！

静静的午荷

　　朋友介绍的人是一位女画家。我们邀请她担纲我新书的装帧设计。巧遇有人到西藏旅行，她便托人从北京给我捎来一幅画。

　　我拿到画问她："这画叫什么名字？"忙碌中非常高兴的她说："你希望你所拥有的画叫什么名好呢？再说取名这样的事儿应该是你们搞写作的最在行的吧！"

　　画是用特殊材料装裱过的。横竖边框嵌满了染成粉红色的树枝条。上面密密麻麻地点缀着像算盘珠一样的圆木，还有坚实的枯草。画里呈现出的是：清水、碧叶、枝节、花瓣、蕊、面孔、长发。这个顺序是由下到上的排列。整体上看，就是一位圣女在水中吻荷。她的面孔十分纯洁，陶醉的眼眸，卷成旋的大波浪长发如同被风吹动的波纹，柔顺飘逸，层次分明，优雅地垂落水中央。

　　特别值得一提的是，这幅画的色彩运笔极其轻和淡。仿佛一声小小的叹息滴落到笔尖，也落到纸上。酝酿情绪的画笔通过侧锋的转折学会了归隐。绿枝节，蕊为黄。粉红成了画面垫底的主色调。表面看，纸上着色十分简单，实际红、绿、黄它们已到了美妙得分不开的境地。那些抒情的线条，与淡墨交配的灰与亮，形成了骨感与肉体的完美结合。看得出，画的装裱和内容与其色彩的融合，她都是经过用心考究的。一切从简约出发，一切从唯美出发，一切从感观出发，在视觉的感受里直抵心灵的人面荷花。这样的静雅，特别合乎荷花这种水居植物的品格。

每每午后躺在沙发上，望着这幅画就出神。画下放有一盆只长叶子不开花的盆景。曾经将盆景从罗布林卡附近送到我宿舍的中校管她叫一串红。进我客厅的朋友，从不在意这盆一串红，而是首先把目光投到这幅画上。尤其是那一拨从事舞蹈艺术的女演员，她们赏画时的眼神总是在缠缠绵绵中游离，恨不得自己就是画中那个如痴的圣女。末了，她们最关心最重要并且最重大的一个问题：是你画的吗？我来不及犹豫，很干脆地摇头，表示非常遗憾。如果此画出自我手，想必早就成为她们的顺手牵羊之物了。当然，以她们的脾气，而且一定是当着我的面。这一点，我相信她们是绝对干得出来的。

谁让世间的女子比任何男子更喜欢一切精美之物呢。

有一天，客厅里来了位作曲家，且是我的搭档。那阵子，她的状态好像不在作曲，而是迷恋上了作画。听说她常跟着一位舞美师在舞台背后学油画，凭借超高的悟性，进步十分神速。她拒绝喝我的咖啡，提出了一个很不好意思的请求：借我墙上的这幅画去重新临摹一幅。还好，她没有说让我把画直接送给她。我不假思索，欣然慷慨点头。原因是她有着画中圣女一般卷旋又黑亮的长发，还因为她的血统里流淌着藏民族的质朴与野性，这在我眼里将被视为一种艺术的珍贵性。当然，更因为她前几次伫立画前，吞吞吐吐，欲言又止，然后神秘一笑，最终什么也不说的转身离去。我暗自明白了她对画和画家，以及拥有这幅画的人所持有的一份真诚和尊重。

现在最主要的是，我要为这幅漂亮的画，命一个有味的名。

到底什么样的名字才配这幅画呢？我在筛子一样的岁月里不断筛选岁月。一天天过去了，一年年过去了，一个能代替这幅画的字也没留下。许多最初好听的名字，已被筛得杳无踪迹，至今仍没选中一个精华。越是绚烂的美丽，最终越无味。

单纯，是我对这幅画所能做出的对画家心灵的最高褒扬。清洁之容颜、精准的线条、柔和的画面，即美的最高境界。荷花是原始的单纯，而吻荷的女子，则超越了一切单纯。画家的心灵宛如一粒花粉，有时就像一个神圣的天使，不断掏出衣袖里的清香，去换取大千世界更多单纯的心灵。她希望拥有此画的人，应该生活在一个出淤泥而不染的境地，这是一个绝对唯美的愿望。可在纷纷扰扰琐碎不堪的日常生活中，我只能通过文字会晤那些单纯的眼睛。就像此刻，我默默地对着一幅画微笑。过滤的紫外线，穿过漏风的玻璃窗，为我提供了精神上的孤独与清寂，顷刻之间把我带到朱自清笔下的荷塘里，那洒遍窗前的月色曾是我驻足仰望多年的幻梦呀。萤火虫萦绕的烛光下，那个用碳素墨水楷书将朱先生《荷塘月色》全文，录入铅笔自制的方格参加全国书法展的少年，当时只有十三岁。可到了我发表文章的年纪，已发现自己并不喜欢朱先生的散文。他可以一袭青灰长衫，戴着黑边框的圆形眼镜，背着手，欣赏如此月色如此花香，而我却不能。

我家屋檐下没有荷塘，只有一方形同弯月的水田。父亲退休后，只顾在里面养鱼。他挑着箩筐，手持捞鱼网，隔三岔五跑到山那边的堰塘里打捞"浮漂"（一种漂在水面之上的丰美水草），放进自家的水田里喂鱼。每当太阳照晒，水田里被三角形竹竿撑开的水面，鱼儿吃过浮漂的水，浑浊得好比他渐进昏花的眼神。他对着那根立在水中央的草靶子笑。而立在草靶子上的打鱼雀也在对着他喳喳喳地笑。打鱼雀仿佛在笑他——你立的这个稻草人骗不了我，你一定是在骗鬼吧。当微风拂过水面，打鱼雀迅即从水面上叼起一只小鱼儿，便高高地飞走了。父亲只好站在原地，摔掉一支烟尾巴，一句话也说不出来，但却表示了他的强烈不满。

几次回家与亲人团聚，碰杯畅饮时，我便劝父亲在他的田里种几株荷花陪伴他的鱼儿。父亲喜上眉梢，饮尽满满一杯丰谷酒，他像是懂了我常年出门在外的思乡情怀，乐意照我意愿去办。无奈翻了几十里山路，却没有找到一粒荷的种子。

荷塘没有，月色怎美？那些远在远方的旧事，不过是我对旧时月色的一种怀想罢了。

从此，我不再奢望月下荷塘的故乡情景。随着生活阅历的增长，我的思念不再与故乡合而为一，心湖常在雪山投下的云朵中微波荡漾，荷的影子倒映墙上。一觉醒来，看着这幅画，仿若看到了一个人背井离乡简化的社会关系，路上没有一个行人，办公楼前阳光正好，大地上看不见阴影，茶几上两只手机像熟睡的婴儿不吵不闹，玻璃窗的光斑影射着几片黄得掉渣的树叶，它们斑斑驳驳的心事，想着终于有了同树划清界限的时刻，一朵午荷带着灵感从浮嚣尘世抽身而出。

如此午荷，只有一朵。

我的世界剩下一面没有皱纹的湖水。白夜头枕拉萨河，梦归千里万里。一路惊涛拍浪，背后卷起千堆雪。

　　很久了，我不曾这样平静地反省过认识——任何一种欣赏，都不能单靠眼睛，尤其是你最喜爱的东西。有时，往往心灵的触摸比眼睛的观察深刻清醒得多，其可靠经验更值得分享，交流和信任。

迷迭香·彼岸花

　　眼看，白与蓝组合的板房已陆续消失眼帘。废墟上拔地而起的是别墅般的安居新房。四周的杂草在季节的更替中慢慢枯萎，死亡。站起来的是新生的树枝，还有芬芳的花朵。住在新房里的男男女女，老老少少每天春风满面，进进出出的表情十分安静，那喜悦的心事如同孩子盼过年。的确，这里看上去很像一座遥远的桃源，常有城里的游人驱车前来光顾。他们在这里参观、驻足、留影、遐思，甚至有些单位把休闲会议也安排在这里召开。

　　有一个男孩看上去不像住在新房里的人。他和所有人都不一样，因为他脸上没有笑容，一丝儿也没有。每天放学回家，他就独自带着小狗狗来到距离新房不远的那间尚未拆除的小板房前。他低着头在那里徘徊。我看见他慢慢蹲下身，抚摩小狗狗的脑袋，温柔的阳光洒在他们睡眼惺忪的脸上。很快，他站起来，在板房前停停又走走，小狗狗趴在原地看着他的心事，是失望？还是张望？

　　每次下班路过，我都会不自觉地减慢车速朝小板房多看一眼，他和小狗狗忧伤的目光也正在看我。不知男孩是否有意要让我知道他的秘密？有时，我真想停下来，将他拉上车，带他进城去吃一回汉堡包。我还想问问他今天到底怎么啦？他看上去瘦骨如柴，稻草似的头发，遮住了他浓墨一样的眉毛，但似乎谁也帮不了他。我看见他如此情形已经有两年多了吧？

那时，板房周围除了板房还是板房。一排又一排的板房，被茂盛的丝瓜藤弥漫着，到处都是黄得抒情的丝瓜花。他躲在中间突显不出他的孤单。如今只剩下一间板房，他的孤单就像板房一样暴露在蔚蓝的天空下。他一次次在我下班路过的时刻出现，我一次次决然地离他而去，有时看都懒得看他一眼。甚至我产生过他一定是得了精神失忆症的可能？当然这只是一时想不明白的猜测。莫非他是在那里寻找一件丢失的宝贝？或许这是他在青春河流里必经的单恋情绪？他怎会那么长时间脸上僵硬得挤不出一丝笑容？尽管秋风已送来阵阵秋波，可大地上还蔓延着丝丝感动——这里是城乡交错接合的地方，中间是一条废弃的铁轨，两边开满了迷迭香和彼岸花，它们或在回忆，或在思念，或在悲伤，在这样的地方和这样的季节，它们的盛开如同纪念。

那一幢别墅，已被绛红色的夕阳，涂染，漆红。花儿的影子落在红色的墙影上分外惹眼。我停下来，没有摁喇叭，心想不必靠近他，就躺在车里用眼光透过玻璃陪陪他吧。

不远处，几个戴安全帽的人从花影里的铁轨上走来。他们手持图表与卷尺，从新房子那头走到板房这头，反反复复。男孩看在眼里，兜兜转转，面色像一个白血病患者。

"这下你们方便了，新村服务社就建在这里。"

"这是我家，这是我家，我不要离开这里。"

"所有板房都拆除了，小伙子为什么要固执？"

"不是我固执，这是我的家呀。"

"你的房子村里第一批安置房就给你解决了，你想来惹祸？"

"不，不，我需要守住我原来的房子。"

"你，你，你拖全村人的后腿，没有人会原谅你的！"

"政府的通知不是说，搬新房要群众自愿吗？我不自愿，凭什么让我搬，你们把我抓起来吧。"

夕阳被吵得蒙上了脸。工人师傅开着推土机来了，县政协的领导背着双手，迈着视察的步子赶来了，新房里的村人陆续也跑出来了，希望男孩尽快搬离板房，不要因小失大，影响新村服务社工程的进展。

男孩一脸无辜，他像做错了事的孩子，无语问苍天。

有执法人员冲进板房，动作麻利地收拾起他的家当。

男孩以泪洗面。他扭头朝新房子看了一眼。铁轨两旁的迷迭香与彼岸花在风中摇曳，婀娜多姿，风情万种，有几个穿得花花绿绿的小朋友从铁轨上走出来，他们在说着什么，将头探出花影，在不远处窥视男孩。此刻，暗淡的天光稀释着男孩水汪汪的泪光。我看见他的神态仿佛迷失在那一片花海里。他看见那些小朋友了吗？此时，不知是谁大喊了一声：只要服务社建好了，新村就热闹了。

男孩扑通一声，跪倒在地。那些花儿在向他敬礼。

我在沉没的夕阳里着实被他的举动惊了一回。他下跪是何意？有人在扶他。几个人伸出手去扶他。可他在地上长跪不起。我开始替男孩着急了，用力打开车门，几步冲了过去。我说，请你们都让开一会儿，我认识这男孩很久了，让我和他谈谈吧。我将他带上车，递给他一听可乐……望着他黯然的表情，我不止一次抬腕看表，半小时过去了，一小时过去了，两小时过去了，他仍没说一句话，疑似沉迷在暗香里的花朵。我闭上眼将下巴靠在方向盘上，许久，才抬起头，问他——

"你为何生死不愿离开那间小板房？"

"我在等她，我还在等她，我和我的小狗狗都在等她。"

"她是谁？你说的她，是不是你女朋友？"

"不，我还没有女朋友，她是我妹妹。妈妈和爸爸离婚那天，她才三岁。当妈妈带着妹妹走出家门时，她突然跑回来紧紧地抱着我的腿说，哥哥，不要怕，我和妈妈会回来看你的。谁知，她们刚转身，地震就发生了。我从尘土中挣扎着被人救起时，爸爸也不见了……眼看妹妹六岁的生日就要到了，我还想在她熟悉的地方等她一会儿，我生怕这唯一的小板房拆除了，她就无法沿着原来的路找到自己的家了！"

夜黑了，只有那些花儿安静地亮着。它们像水晶珠链一样，将新房子拥得紧紧的。我认真地看了它们一眼，真的，比我内心安静多了，比我念想中的世界完美多了，也许什么也不用再问男孩了，擦干眼泪，用力踩下油门，我带着他向灯火阑珊的城市中央狂奔而去。在迷离的灯光下，看着他双手抱起汉堡包啃得狼吞虎咽的样子，我食欲全无，尽管饥饿，凌晨时分的夜晚，世界上任何美味对我都无法构成诱惑，只有他的回忆犹如迷迭香，而我的悲伤恰似彼岸花！

我不知百合是否悲伤

正是秋风管闲事的时候，那株百合就开始一天不如一天，似乎她的变化因气温的降低而渐入生命危险期。最终，她全身变得如一株成熟的麦秸，包括她身上所负载的六朵花儿，通体的黄，黄得透明；像薄如蝉翼的宣纸上印制的花草镜像，黄得让人焦头烂额；像一位得了癌症晚期的少女，黄得让人眼睛绝望，像山坡上枯萎燃烧的草垛；后来，她在伤不起的季节里一蹶不振。

秋风生拉活扯地带走百合，我扶也扶不起。

在它之后，整个冬天，一切颜色都变得苍黄、灰暗，唯有百合倒下的影子那么的鲜亮刺眼。原本我所在的四川盆地太过阴郁与潮湿，加之寒气过重，属于不宜种植百合的地方。但我偏偏不信邪。去年十月，独自去光合作用极佳的昆明玩了几天。刚下飞机，小强便在一场突然袭来的暴雨中迎接我，然后充当我的临时助手。小强是多年前我在拉萨服役时结识的四川老乡。那时他因热爱文艺，常骑着脚踏车，怀揣自己创作的歌词满腔热情地往我们单位跑。他说他要找最好的作曲，最好的歌手来演绎他的歌词。可几个音乐人看了他的词都不吭声，直望着他的举动在心里发笑。我不吭声，但我从不会在心里嘲笑别人。有梦想的人总比没有梦想的人好很多吧。尽管在我放下他递来的歌词望着他表示沉默时，他又不厌其烦地递给我一张A4纸。几眼之后，除了沉默，我还是沉默！我知道，只要我沉默，他就会递给我更多的A4纸。我不断地拿下去，他又不断地递上来。而且他开始自告奋勇推荐自认为写得很好的歌词给我看，他根本不理会什么是拒绝。我真不知说什么好。不是小强写得不好，也不是小强写得太好，只因他写得很不像自己。那些A4纸上写下的全是悲伤。谁没有曾经如毛毛虫一般缓慢爬行的悲伤？谁也阻止不了人生就是马不停蹄的悲伤！因此大家认为他不适合搞这一行。这样说并不是小强没有才华，我个人认为是小强太缺乏另辟蹊径的思想表达。说得严肃一点就是没有独特的艺术个性张力。小强来了几次感觉这是一个不好玩的单位之后就再也不来了。虽然他不来我们单位，但他还经常给搞音乐的同事们打电话，谈他又写了什么歌词，谁给他谱了曲，还将找北京的那个谁来演唱。

　　同事们说起小强，除了笑，再无多余的表情。

　　在我们大家渐渐忘记小强的时候，小强已跟随父亲到昆明扎根。父亲是个包工头，在昆明修机场，小强目前是工程部的监理。很意外，多年后发现小强的文艺细胞依然在他的生活里动荡不安，歌词就像他吃错的药，一直在他的身体里冲突、扩散、蔓延，始终治不好他梦想的病。他仍然渴望遇到好歌手把他的歌唱红。自从微博上得知我的行踪，他就特意请假来找我玩儿。这次小强依然带来得意的歌词要让我给看看。当然我看后，并没有像往常那样选择沉默，而是发表了自己的意见。我说，小强比以前写得好多了，已见明显的生活印迹，如果能加以时间好好打磨或沉淀，我可以试着为你谱曲。小强带我去了昆明世博园。他介绍起眼下的种种见闻如数家珍，我被那些四川见不到的农作物久久吸引。后来，我们自然来到了昆明最大的花卉市场斗南。

斗南不愧为世界最庞大的花园，无论走到哪里，琳琅满目的花儿总让人目不暇接。

首先看到街边一朵，然后是几百朵，几千朵，几万朵。从未真正见过繁花似锦的我在人群中大喊了一声：哇，百合！

很多目光像激光灯一样朝我射了过来。一个讲四川话的妇人把一捆百合抱到我跟前，说，五十块，抱回去吧。我望着那些竞相开放的百合一阵狂喜，小强用胳膊悄悄拐我，提醒我不要轻易下手。他悄声说，慢慢看，后面还有很多很好很便宜的。我围着那些百合不忍离去。这里不仅有粉红的百合，还有绿百合，且一个枝头挂两三朵，她们花枝饱满，每一朵都香气熏人，纤细窈窕，傲然盛开，她们曾给天下无数新娘美好的祝福呀。我闭上眼深深地吸了一口百合香，文绉绉地想起法国象征主义诗人马拉美的诗句：

孑然挺立，在一束古典的光线下，

百合！你们中的一朵就足以代表天真。

妇人望着我心花怒放的样子，又从蓝色的大水桶里提了两扎红头穗拴起来的别样花束和那百合搭在一起，说，听口音还是老乡，再让你五块钱，够便宜了吧，小伙子快抱走嘛。我兴奋地抱了抱，这么多花才几十块钱，若在四川至少得花几百元吧。我一次根本抱不完，沉甸甸的，忽然变得很不自在起来。心想大街上的人们看见一个男人抱不完一束花的样子，眼光会发生怎样的变化？还好，我已过了花样男子的年纪。我既不是做鲜花生意的，这么多百合抱回去没有红粉知己相送，是不是太浪费了？更麻烦的是想着去机场，带这么多鲜花一定碍事不少，于是断然决定不买花，只欣赏花。

小强忍不住问我，来了一趟斗南，总该带点昆明的花回去才好吧。我转过头来，脸上没有一丝的遗憾。百合的确很美，其他花也漂亮，但被花匠割草一样割掉的她们注定归于腐朽，我承认我容易被花香迷醉，但我终是受不了百合命运之悲伤。小强在一边站了很久，没有再说什么。他一直望着一个裹着花头巾的白族女人发呆。女人面前摆了两个白色的泡沫篮筐，里面装满了正在发酵的锯末子。我观察着她的劳作流程。她不停地从锯末子里取出一个又一个如同洋葱老壳的东西，然后，放进一个个透明的玻璃小花盆。她一脸的安静，以及平和的动作让我在异乡的午后虔诚地想念阳光下微笑的玛丽亚，耳畔似乎隐约听到了孩子们清脆的圣歌。仔细看那小花盆里的东西已长出鲜活的芽苞。莫非这是水仙？女人望着我羞愧地笑了。她指着旁边一株正在生长的植物，又用手指着那些正在发芽的植物老壳。那是一株即将挂苞的百合，她的意思告诉我们这是百合的种子。小强懂了女人的意思，表情比我惊喜，立马说这个容易携带，更适合我的生活习惯。于是他没征求我意见便弯下腰自作主张拾了三个放进塑料袋子。他再三叮嘱女人多捧一些锯末子保护百合种子。

为了上飞机，我把包里很多东西打包分开，只为给进入奇怪睡眠的百合种子让一条生路。我生怕其他物品压伤百合的大腿、腰、脖子、胳膊、耳朵、手指和脚。我不是护花使者。不是。我只是在按自己的生命意识做事。然而，安检人员并不这么认为，他们硬是强制性地从我包中的塑料袋子里把她们仨请出来，审问了半天。

我不知百合是否悲伤，但我知道我很悲伤。我愿意认为这种悲伤是世界上所有人无可替代的悲伤，就像中国历朝历代的诗人对秋风有着不可复制的感知与见解。而我的悲伤，只因太多友人来到我的居室看到长势喜人的百合不但不赞赏，反而怀疑四川盆地根本种不活这高贵的玩意儿，劝我别枉费心机，可百合偏偏就在怀疑者的眼皮子底下一丝不苟地成活，且一天天向着盛开的节日舒展、迈进、抵达。虽然只有一株如我所愿，她的光泽与芬芳成了我悲伤的主宰。

这一切我并没有告诉小强。对于小强，他只需知道我从昆明带回四川的三颗百合种活了一颗就万事大吉。我不愿不懂悲伤的人与我分享这种任世界可以忽略的悲伤。因为在我看来，懂得百合悲伤的人，他的心一定可以聆听到牧神的圣歌。

风起的日子，我常常站在阳台改装的书房里看着那株被风带走的百合悲伤，我悲伤我没有独栋的别墅，和一片属于阳光、自然与土壤的菜园子。否则我的百合不会轻易被秋风染黄，我的百合边上应该挨着龙蒿、酸模和泥秋蒜。还有一片胡萝卜、鱼腥草、两三株天天向上的向日葵，外加几行漂亮的生菜，这是我未来生活的最爱。

洒水车弄乱了银杏叶

雾霾散尽的中午。

太阳剥离了天空的污渍与锈迹，路上的人，已经拿下严实的口罩。行道上漫步的都是闲人。包括单位午饭后从办公室钻出来的"万步计划"者。杜甫草堂，浣花溪边喝三花茶的多是老人。此时，他们有些坐立不安。有的仰起头，更多的举起手机，不停地变换望天的角度，银杏树下随处可见摆造型的人。七八十岁的老婆婆，此刻依偎银杏树，手捧醉人金黄，硬是带着满面皱纹笑成了一个个美女。

银杏飘黄，恰似一座城池的节日。

在成都就是这样，银杏树较早被命名为市树。之前，银杏多生长于远离人群的山林。与市花"芙蓉"的寿命不同，银杏在所有植物的寿命里，堪称不死的老翁，一活便是三千年，它的出现多少为城市之心添了些底气与古意。宋朝的贡品，皇帝看见这玩意儿种子似杏，核色如乳银，故此直呼银杏。不同身份的人，对待植物的态度也是各异。明朝一代名医李时珍用其去了肉质外皮的种子给人治病，疗效让他满意得直摇晃脑袋，好一粒"白果"，也许是因了形状与颜色，毕竟是一丸良药呀，这在《本草纲目》中可以找到处方。由此，不难理解四川人因此发明的一道大补菜，名曰：白果炖鸡。

在成都的大街小巷，还有一道别致的风景，如果不留心很难发现，那就是出租车顶灯上那一枚青翠的银杏叶。

这真称得上银杏内在的灵魂。

可路上看银杏叶的人，多不具备带着灵魂上路的思想，看热闹的人居多。我不认为这是浪漫。有一点可以肯定，他们都认为银杏叶黄了时，的确很美。至于美到几分程度，他们除了与美合影，别无表达。这近乎绝望的唯一行动，成全了银杏之美的悲哀。

更为悲哀的是，当我们走过茅庐、小溪、竹林，徒步滨河路时，一排排银杏组成的黄风景，像是画布上堆积的质感，让人顿觉生命进入燃烧之境。黄把天空的距离挺举得并不遥远，因为成都的天空灰色多于碎蓝，阴郁多于明亮。幸好是太阳出来了，否则银杏再美，也无人问津。楼阁、小桥、卵石旁零星的几株已引得路人为之停步、观望、浮想，眼前一路通不到视野尽头的银杏，无论从哪个角度看，都有人在画廊中徜徉的况味。

同事欣喜地告诉我，他们昨天拍照的位置就在这条路。地上铺满了一层软软的黄毯子。他们不顾来往的车辆，独自跳进路中央，把自己框进手机，得瑟地做了自己的屏保。眼前，一个穿灰呢子大衣的少妇，手提黑皮小坤包，踮起川剧里的蝶碎步，与银杏周旋、互动。这种自拍的行为，除了孤独，我很难找到其他词代替。银杏叶黄称得上骨灰级的孤独，如同人生终极之舞，把自己拍进黄色孤独里的人真够孤独，而那个伫立在自己倒影里，看着眼前拍照的人，已不自觉地成了孤独的风景，就如卞之琳《断章》的镜像。

　　季节留给人类的艺术之美如岁月拂尘。满地银杏叶，在我即将转身的一刹，不远处的洒水车已经碾过半条行道了，那么多颓灿如一把把木扇的小生命都被水冲到路两旁的草坪之外。太突然、太意外，它让我认清了艺术的命运有时是无情地腐烂，像马尔克斯笔下《有人弄乱了玫瑰花》的节奏与韵味，除了人情的微妙，还有看不见摸不着的风。而在洒水车没有到来之前，有谁在意银杏叶隐埋了多少浪迹之路？

　　成都银杏虽好，可天空多病。这是多年未曾更改的容颜，也是我无法把成都爱到骨头里的根源。若是在川西，或更远的西藏，蓝天白云下，每一片叶子的心，必将对佛一见钟情。

不喜欢草的母亲

这件小小的事情，就发生在这个悄悄来临的春天里。

这些年，我经常到外游荡，遇到惹眼的花草树木就会花钱将它们买下，抱回高楼里养起来，就像好些人热爱豢养宠物，有的草儿甚至是我从城外的山中采摘回来的。还好，花们、草们、树们不负我望，一直在我愿望里长势喜人，且也喜了更多宾客。一年四季，家中都可见绿，尤其阳台更是绿得让人赏心悦目，有远道而来的朋友居然夸咱是植物们的好医生，原因是他们觉得心仪的花草从来没有被他们的爱种活。

有一天，我在给植物们松土喂水时，发现一个废弃的死花盆里生出了星星点点草芽，它们低矮的样子犹如油菜籽刚冒出地面的嫩芽。看着它们醒目刺眼的表情，我做了顺水人情，给它们也喂一些水。哪知，相隔几天时间后，它们便一头蹿出盆沿，变得绿油油、活脱脱，让人格外兴奋，真不知它们还会长成什么样子。常言道：吃了人家的饭，就得长给人家看。想必这盆野草是在还我的滴水之恩吧。于是到了给植物们喝水的时候，我会特意先关照它们。

可自从母亲住进我的城，这盆长势迅猛的野草命运就发生了逆转。

　　母亲常年住在乡下，与庄稼打交道是她生活的全部。可以说，母亲的命运从来没有离开草。母亲年轻时，每天早出晚归，风雨无阻，当满身的露水被太阳吸干后，她便扛着草向生产队保管室走去，她要找保管员称一称草的重量，上了五百斤才算完成当天任务，可以换取劳动工分，得以艰难地生存——这是母亲卷起裤腿，冒着生命危险从那些悬壁峭岩上割回来的肥肥的牛草。后来，拥有自家的土地后，母亲与草的关系更加密切。为了获取一个好收成，母亲绝不允许草儿们影响庄稼的生长。母亲没有朋友，庄稼就是她最信赖的朋友。在一个农妇眼里，草就是她和朋友亲密的敌人，草就是庄稼藏匿的毒，这是乡村哲学，也是母亲的哲学。只要发现田间地头的草太猖獗，母亲便发动父亲扛起锄头与她一道去除草，就像理发师手持剃须刀，一棵一棵地剃，直到庄稼地变得平平整整、干干净净，直到过路的人，向他们和庄稼投来美丽的微笑。母亲继续穿行在分行的庄稼地里找草算账，她时而佝偻着身子，像一个寻找草药的赤脚医生，时而举起锋利的锄头吆喝一声，一锄将新发现的一株野草干掉，她的行为好比打黑除恶的英雄，在那些蓄势待发的庄稼面前，她必须施展一回英雄本色，然后将零乱的草堆放在一起，等待风和阳光把草晾干，燃成灰烬，化着肥料，还以庄稼生命，让土壤更肥沃地生长。

　　在我的乡下老家，庄稼地里若能看到草儿的影子，必将引来过路者的七嘴八舌，人们多数会责备女主人的生活太过潦草、懒惰，太不会搞干（不会过日子）。母亲不允许听到谁的闲言碎语。她只希望看到她庄稼的人个个都微笑，正如她的庄稼时刻望着她微笑一样。此时，庄稼地里的母亲早已装满比诗人更丰富的哲学思想。母亲是大地上最伟大的诗人，庄稼就是她最美的诗。这是对庄稼人劳动最佳的认可，也是对母亲最浪漫的赞美。因此，母亲的庄稼地容不下半棵草。不管有事无事，母亲都顶着草帽在庄稼地守着，就像猎人守候奔逃的动物。

　　我真正赞美草、依恋草也是进入城市之后的事。在我的城里，建筑每天都在疯长，其速度远远胜过草的生长；马路年年都在扩建，只是越来越难见到草的陪衬，缺少了草的路边，总感觉眼睛里少了点儿什么，似乎永远修不完的就是街道了，莫非街道就是用来反复改造的城市摆设工具？因此，我的城在轰鸣的街道边日夜经受喧嚣的折磨，那些被铲除地面的草儿成了无家可归的孤儿，它们是穷人、它们是不幸者，它们在城里没有可靠的朋友，它们总是被搬来运去，最后连根也生不稳，就因为它们的名字叫草，所以最容易被拔掉；在高空的梦中，窗外的风暴常常将我惊醒，我听见草们的呻吟、无助、哭泣、呼喊，它们仿佛在向我招手。与草相依，是我脱不掉草根的唯一气息，草是这个城里我最重要的朋友。

　　因此那一盆野草突然有一天被连根拔起，晒在阳台上，奄奄一息的模样，足足让我惆怅了片刻。在我眼里，没有了青草的花盆，泥土顿时变得苍白、空虚，像被捣碎的心脏，光秃秃的，光景衰败又无力，掏空了绿色的花盆又成了死花盆。似乎原本在草的沉浸中获得的宁静又被自然推向了旷野的城市。我想这样的事，也只有闷在家无事可做的母亲干得出来。因为母亲看不顺眼草，她不愿草占据她的生活，在母亲眼里，草就是荒芜，草就是

274

灾难，草就是一无是处，她不知道她儿子正需要草一样宁静的生活，她更难理解草对于一个出生于农家却被困于现代城市生活的理想者有着多么重要的意义。

我丝毫没有责怪母亲的意思，只是在几天后的一次谈话中，若无其事地提及了此事。我说，嘿，妈你把那草扯了哈！母亲说是我扯的呀，这些天天乱长的草，一天比一天长得多，害怕以后不好收拾哟。我说，扯得好，扯得干干净净的，妈，你还是改不了勤快的老家习性。坐在一旁看电视的父亲听我难得夸赞母亲，转过头，乐呵呵地笑。

我笑不出来，我在想草。想活在这个城市的每一个角色都可以是一棵草，或许大家都有开花的机会，只是总有些人根本等不到花季来临，他们总是倒霉、纠结、运气不佳，被人算计，最终夭折——多年以来，正是那些不开花的草让我看清了大自然最本质的生活习性。同时，我看清的还有我自己！当古典的一切被机器碾碎，宁静便显得极其珍贵，当人被卷进城市的速度之后，那些仍然渴望返身向慢的人，就有了草的气场。我常常提醒自己，面对纷繁的生活，要像草一样冷静，不要忘记地平线，草就是"慢"，草就是乐趣，草就是底蕴，草就是宁静。而这种贴着地平线思考的慢和这种宁静中的乐趣，正是草的精神气节，当然不是说人要刻意回避所有的应酬，有意义的聚会其实是人内心的一种需要。城市越大，人心越被挤压，是大城里的小时间和快速度剥夺了人的兴趣和宁静，人不知不觉成为快的追随者，也成为信息时代的抵押者。何为慢生活？就是懂得品味一棵草的心情。或许，这种心情只会赋予那种认真和孤独的人，赋予那种让自己慢下来的人。

当人的灵魂被野草塑造，得到的或许就是整个春天。

母亲不懂这些，她只懂比草更难的永远是生活。她害怕重蹈覆辙，她不让草耽误孩子的生活，因为孩子是她一生不离不弃的庄稼。

我们去看桂花树

桂花树是山下到山上的必经标志。

她第一次见到那棵桂花树只有9岁。那一年，她被作为童养媳，从山下嫁到山顶的张氏人家。桂花树不是她爱情的唯一见证，见证她爱情的除了桂花树，还有离桂花树十步之遥的一座老房子，以及老房子里的一个男人。

那是怎样的一座老房子呢？看上去斑驳陆离，泥墙和木门，早已风化。老房子里白天黑夜都燃有一盏红豆样的灯光。灯下有一个人用中指沾了口水，点开一纸窗户，从小纸洞里打望那棵比老房子还要老两百年的桂花树。他似乎担心这样的行为被人告密。

而此时，她双手握着羊角辫经过桂花树的倩影，成了他梦中抹不去的幻影，他挥舞着双手想要捉住那个美丽的影子。

起初，她的生活并不幸福，甚至有些绝望。她被张氏人家安排干很多粗活笨活，稍微做得不好就要挨打。每每被打得鸡飞狗跳时，她只好鸡蛋似的往娘家滚，风挡不住她单薄又沉重的尚未长出的翅膀。她给娘家人诉苦，但娘家人并不同情她。她只好折回山上。路很陡很急，她一屁股坐在桂花树下，满心哀怨，满脸泪痕，满脑子怅惘。

她仰起头向桂花树倾诉。

桂花树听见了，老房子里的那个男人也听见了。而且他越听越替她难过，越听越想靠近她。他在风中跃跃欲试，来回踱步，最终在房门之间转了几个身，来到她身边。

"妹妹，别哭了，这样会哭坏身子的！"

她随这个声音寻去，看见满树的花瓣，随风摇曳。她的脸靠近说话人时，阳光一刹那剥落了满树芳香。

他在树影中的剪影英俊极了！阳光透过树叶打在他的中山服上，那只挂在衣袋上的金星钢笔特别耀眼。原来他是村里的会计，是懂得怜香惜玉的文化人。

"我说给桂花树的那些苦闷话儿，你都听见了？"

"听见了，都听见了，每次你说完心里好受了，我却开始难过了。"

"我认定你是个好人。"她伸手摸着他那胸前的那支钢笔说。

"这桂花树是你的依靠，以后，以后我和树都是你的依靠。"他握着她的羊角辫，一脸幸福。

他们的眼睛久久对视，满脸羞涩。

她和他就这样好上了。风和阳光都无法解散他们。风只能将老房子越吹越老，阳光也只能打败满树的桂花。他们三天两头在树下说情话。

女的叫雷德明，男的叫陈在良。

因为陈在良对她的好，她终于鼓起勇气，砸碎她和张氏嵌在圆镜背后的结婚小相片。她用破碎的残像向张氏人家提出离婚。

"你想跟老子造反？"张氏变本加厉地打她。

她依然坚持三天两头往桂花树下跑。这年，她15岁了。她告诉他，无论如何，她都要争取机会和他在一起。

　　1953年，25岁的雷德明离了婚，并与比自己大8岁的陈在良结婚。

　　从此，两人与桂花树为伴开始了家庭生活。白天里，陈在良在树下把一个个小簸箕放地上接桂枝飘落的花瓣。雷明德将这些桂花从卧室端到窗外，经阳光风干，然后收容到一个个塑料袋子里。然后，他们俩在趁月色撩人的夜晚，酿桂花酒。

　　香，特别的香，那种唯美超感的味道最恰当的比喻就是幸福。与张氏不同的生活让她体味到陈在良给予她如同桂花酒般醇香的爱。他们的爱在桂花酒一杯接一杯地对饮中升华、持久。

　　没多久，他们收养了11岁的陈相华进入他们家庭。从此，他们没有再要孩子。

　　1997年，78岁的陈在良离开人世，剩下了雷德明一个人。那一年的秋季，被风霜摧残的雷德明站在桂树下的表情像一枚风光不再的茄子。她每天坐在桂花树下，望着同一个方向——陈在良就安葬在桂花树的根脉下。其实，那个方向还有另一个人同时在守望桂花树下的他和她——那就是陈在良当兵在外的孙子陈会友。当时，家中一直隐瞒爷爷去世的消息，陈会友一如既往地写信给爷爷。雷德明每每收到孙子的信，都会在桂花树下，轻轻地为他朗诵几遍。

　　时光荏苒，她还在守望。桂花树越来越苍老，她的守望越来越年轻。

　　2008年12月，陈会友退伍后的第一件事就是接山上的雷婆婆下山，他希望婆婆下山同他们居住以便照应。

"不，我不能下山，我离不开桂花树，在我心里，这棵树就是你爷爷的前世今生，我陪着它，就像他一直陪着我一样，我们不离不弃。"

　　如今，所有山上的邻居都搬走了，84岁的她依然守在山上的桂花树下。当风起云涌的媒体一拨又一拨赶去时，故事的讲述人陈会友在电话里也向我发出了邀请，他希望我能亲临重庆江津中山镇的常乐村看那棵桂花树。我一直未去，迟迟未去。只因他的讲述让我远距离地看到她守着的不是桂花树，而是爱情。

　　他们的爱情在桂花树下坚贞不屈地疯长。

对桃花微笑

太阳把寒冷抛弃，星星把黑夜抛弃，冬天被春天抛弃。

我是一个抛弃了乡村却又得不到城市宠爱的人，与城市保持了内心的距离。这种距离是肉眼看不见的，但在独自一个人的日常生活中，我并没有离开城市，也没有离开乡村；我所身处的地标叫世界田园城市。

以成都龙泉驿为例，桃花是独树一帜的田园风景。而绿色的坡地则代表了人文关怀。人类与自然的和谐在这里有充分地体现。大树进城的常态没有在这里续写悲剧，树与人活得是同等自由，树的大小在这里和人的大小十分匹配。在龙泉驿，呈现的树木更多的是像农作物一样的生命，与生活息息相关，人面桃花情意相投。时间久了，我发现过去的生活正在被一种新型的生活取代，被一种时尚又温暖的氛围感染，被簇拥的花朵包围。尤其是三月，以桃花为代表的花朵在这片温润的土地上，总是开得不声不响、不卑不亢、不焦不躁。仿佛昨夜风中传递的一声耳语，不经意给毫无心理准备的人们一种盛大的新鲜感。这种涌动的新鲜从生活形式上讲，当然可以称之为诗意地栖居。

有一天，当我在书房村行走，在油菜花与桃花交织写意的大地上，一下子想起了荷尔德林与海德格尔，就像一下子窥见了生活与诗意的秘密。那一瞬间，生命深处的震动足以让我安静地停下来，在树下的蒿草地躺了整个下午。

　　我身边浮动的是花朵与麦田摇曳的暗香。凝望着蜜蜂们捧在手心的桃花，我在心灵的颤动中轻轻微笑。我相信影像中的桃花也在对我微笑。这样的微笑，在我时常涉足的龙泉不失为幸福的一种。

　　在我看来，这样的微笑是可以永远不老的。因为她属于情不自禁的自然！在模式化的都市节奏里，我们常常感叹青山不老，岁月无情。但那是有局限的生命在大自然的永恒中的一种生死幻觉。

　　时光的剪刀在不知不觉中，一刻也没有停止过对我们的剪裁。在反反复复磨损的时光中，许多人根本不知道自己是怎么老去的，当他开始追问自己时，他已经成了白发与皱纹装饰的老人，他的身体在静止，而时间一直处于运动，身在花丛中的人怎能不对一朵桃花微笑？

　　对一朵桃花微笑，是我对一个地方未来的表达，尽管它在成都边上。

　　但对于一个地方的书写，现在的我仿若依靠在民间的一只鸟儿，我听见了什么？在遥远的旧年，它是一个美丽的驿站。对于过去，它承载的是乡愁与传说，而此刻，不经意想起便已成回眸，挡不住地回眸，其实我仅仅只是想起它而已。想起它，就微笑，我看见了生命孕育生命的过程，我听见了那永恒而细小的生命给予我人生巨响的力量，从而我看到了栖居在这片地域上的人

282

们正用灿烂和辉煌的愿望，去实现一种形而上的对时光的超越。

　　苏轼在"哀吾生之须臾，羡长江之无穷"的大境界里体悟人生，张扬生命，桃花故里人却在对一朵桃花的微笑中，了悟新的生命价值。

　　后来，我每次去龙泉驿，无论什么季节，都想着生活与诗意的秘密，其实那是无处不在的桃花在对我微笑，那种清澈与透明，让我体味的是一种赤裸的精神，那是朴素的桃花精神，不受外在表达的限制，与桃花有着相同精神的朴素者，他们已成为我生命中最珍贵的朋友！

懂 树

　　自认为是一个特别爱树的人，但还不敢说太懂树。虽然我不太懂树，但并不排除，有些树懂我，甚至懂更多的人。就一辈子而言，人不该奢求太多树都懂你，但生命中若有一棵懂你的树，那该有多幸福。

　　如果这世上有一棵树懂你，你愿意去懂一棵树吗？如果不懂，退一万步，你完全可以尝试去理解一棵树。有时，理解的过程可能十分漫长、曲折，但我们最终需要抵达一个字——懂。

　　过去，在我高低不平宽窄不一的纸笔下，描摹过不少树。它们有的生长于藏北无人区，每天孤零零地接受野风与雪粒的洗礼，有的伫立在中印边境的哨位上，随时雄赳赳地面对云烟与枪支的冷眼，还有一棵站在故乡的屋檐下，树的肚皮上刻着我的名字……

　　许多树是在我走出喜马拉雅，渐行渐远的游历中遇见，多数叫不上科名或属性，甚至就连树的中文学名也弄不清，当时只恨自己才识浅薄，不由羡慕那些植物专家，可以把花草树木当家庭成员一样如数家珍。但一面之缘后，我从未忘记树的形象与特征，比起前面那些通过文字与读者见面的树之故事，这些一路相遇的树已汇聚成绿色屏障，同一个人如影随形。

我坚信，每一棵承袭年轮阅尽风雨的树都长有千里眼，只要稍带一点人生况味看过树一眼的人，都将倍增树赐予人的神阅历，因为那些树多被时光定义为神树，这好比自然的加持，但看树的人太多太多，树未必能把每个人都看进眼里，也就是说不是每个人都接得住万物的灵度，若一个人真被一棵树看进了眼里，无论那个人走得多远，他都走不出树的目光，树的世界会照见人的一生。

而那注定是一个忘不了树的人。

有时，人与树就是这么妙不可言。多年以后，我在尘世中一个名叫朵藏的心灵栖息地停下来忆树，那些来不及拥抱就别离的树早就为我撑起一片独树成林的天，柔和的阳光射出千万支金箭穿过葳蕤的密林——那是一个人暮年的理想国，树与树紧紧抱成一面坚不可摧的墙，地上堆积多年的叶子比毯子更富有质地，两个人的手连在一起抱不住一棵树，像是一座结实的木马山，布满天空的每一张叶子上都长满了佛眼，它们是我一个人静默时双手合十的独家记忆。顿觉，我离树的心很近很近，可树的身离我现实的地理位置很远很远——树在瓦屋山，树在滇之南，树在赣州北，树在终南山，树在风陵渡，树在鼓浪屿……尽管我无力让树们一棵棵忽然从躺着的大地上立起来，但我常常横亘在背对树的立场上设想——假如树能走开，树一定愿意跟着一个人走天涯。

不是很多人都渴望成为一棵树吗？

树是不是也寄望有一个人的归宿？

一棵走到天涯尽头都没遗失身份的树，度去青春，耗尽精力，好比一个出家人从懵懂少年一步步远涉王的孤独。树的一生走了三百多年，直到走得浑身无力，形销骨立，一片叶子也不留；树走得连自己的心跳也听不见了，可树还想着要在人间多走一走。世界上活着的人都舍不得死，可一棵树说死就死了。人死了，总会有人奔走相告，可树死了，枝上的鸟、地上的草、树旁的村庄、远处的山野，以及山丘之上的炊烟，公路上呼啸而过的车辆，似乎都不知道。当我看见这棵树时，树已满身树斑、千疮百孔，裸露的心脏呈现出漆黑的焦炭，难免弥漫死亡气息。

　　这真是一棵苦行僧的树，一千零一夜之前，树从哪里出发，菩萨知道吗？而我见到这棵树，已是三百年后的事了。那天阳光出奇地穿过龙泉山脉，穿过成都的地铁与人海，一汪汪幽蓝荡悠在树顶上空，云朵呈细碎的布匹纹理，掠过不远处波纹起伏的树涛，这棵静止的无冠树，中文学名叫黄葛。在那些不辨彼此的树影轮廓之间，这株黄葛像被所有亲人遗弃的空居老人孤立无援，树基部分叉为两个主枝，在春天的雨水不停地淋湿树身后，潮湿不断贮藏在高8米、胸径却达28米以上的如海绵一样的树干里，看起来像两只世界巨型的鹿影。想想曾经黄葛年轻时候落户柏合镇的时光，已找不见当事人了，许许多多的人都随黄葛树去了，唯有想象当天也恰似今日透明的光线，暖风吹送，田野上空一定有白鹤亮翅，不是一只，而是一群又一群，队队排成行，如玩老鹰捉小鸡游戏的一列列孩子，他们在这个名叫菩提寺的小学里，用欢呼雀跃的方式迎接一棵树，如同迎接一个新来报到的插班生！

　　孩子们不知这棵庞然大物的树来自何处？只是喜欢将橡皮筋

拴在这棵树与另一棵树之间，他们上午在中间跳房子，下午围着树做好玩的游戏，夜晚仰望树叶筛动月光，而此刻，我一个孩子也找不见？长满了苔藓的石板台阶与褪色的红砖残灰，已被厚厚的落叶与青草覆盖，孩子哪里去了？只见废弃的院子里，野花一片，荒草成堆。

如此倦怠残像，看树的人，性情怎能高涨？别人的树都是绿意葱茏，枝繁叶茂，造型奇特，苍天齐额，树冠如绿云凝聚，甚至鸟落枝间，叶子簌簌摇动，鸟屎上长蘑菇，令认养者心潮激荡，我的树无冠幅，更无树枝，甚至一片掉落的叶子也寻不见，我不喜欢这样的树，这显然是一棵死树。谁愿意走街串户，找十多里路，去见一棵死树？面对这样的树，你还愿意成为一棵树吗？在林业部门邀请被认养的四十一棵古树名木中，唯有我抽到的这一棵黄葛是死树，这是我的不幸，还是树的不幸？天气那么好，我的运气却不好，情绪顿时一落千丈，我想找林业人员为我重新换一棵古树，不必要求树多漂亮，至少要有叶子，一棵光秃秃的死树怎么还要让人来认养？而且那个认养者偏偏是我，这是我与树的缘，还是树与我的劫？

根系本是树冠之母，可当初为何非得移动这棵树的位置呢？

不难想象，树冠作为根系朝上天礼拜的投影，被罪魁祸首的人类砍掉之后，纠结曲扭深远的老根更难保全原状地离开大地，密集旁系树股斫断斩离，新旧交替的伤口逼近死亡……叹息之余，昂起头，我看见树的胸膛与屁股插着淹了气的输液管子，被雨水与阳光吸干水分的管子，长满了霉变的菌，它使我联想到前年冬天在医院里闯过难关的老父亲，那些管子曾让我背对一个年轻时候在喜马拉雅剿匪的男人泪流不止，可我的泪无法输进父亲从茂盛到衰退的血管，更输不进这棵苍老多病且已死亡的树的表皮组织。树不如我的父亲，我的父亲算是活过来了，而且比眼前的树活得体面，我不能背弃这棵树，去认养另一棵树，我遇见这棵树，与这棵树遇见我，都存在命定的"懂"。

人应该珍惜寡言持重之物暗自赐予的"懂"，这棵老树一定是在暗示我什么？既然树的今生选择了我，就是树在前世已懂我。否则我就遇不上这棵树，我想，这棵树一定希望我能够多懂它一些。

后来，我轮流致电询问林业人员当初移动这棵树的原因？可无人接听我电话。三百年的黄葛树之死是林业人员照顾不周？还是树本如此，生命已到尽头！面对这棵树，我蹲下身来思忖了半个下午，树的表皮灰暗而粗犷，发着苦涩又腐臭的气息，上面一只蠕动的蚂蚁也没有，除了树皮成块成块剥落，树干被虫蛀得像烂肉粉条之外，我欣喜发现树根部有一株耀眼的春芽缠绕，如扎入地平线的一抹晚霞刚刚停下舞步，忽又隐没无踪，于是略微产生了一丝安慰——大千世界，万物有灵，有生必有死，这棵名誉上归属我的树，提前抛给我一个关于死亡的重大命题，一棵死亡的树来考验我的写作能力，让我通过笔将它向死而生？无论怎样，我都必须懂得死亡这件事，尽管这看似树给人的命题，但人终该提前学会收场。

树用一生在地底下徘徊、冒险、漂泊，被人类陷入自由的画地为牢，但树从不迷茫，树很坚定，树很安分，大地之上的动静，树都懂，只是树习惯了缄默，无言人的太多事情；一百年前，人说树是不幸的，一斧头就归西；一百年后，树说人是不幸的，埋进土里发不出芽。其实，树懂人，人离不开树，人应尽可能地多懂树，原本树与人都面临同样的生老病死或灾难重重等诸多难题，不同的是人在地面上自由行走，至于泥土之下的事情，常常无知，常常害怕，却又常常妄自尊大地滔滔不绝，言不由衷，自由过后欲说还休。

在普威集市

　　斗转星移，二十多年如烟拂尘，他写给她的信，她一直留着，一封也不少的留着，而她给他的信，他一封也没有留下，在一个冬季全部被折成纸船，从拉萨河流进印度洋了。

一个人走向内蒙古

多年以后，离别重逢，仿佛成了一个信号。发信号的人很少以群的名义路过我所在的城市，但这并不妨碍我独自走在华灯初上的街道想象他们有朝一日浩浩荡荡打我身边集结的场面。一般情况，他们只可能独自游过银杏疯长的蓉城，很像我此时一个人漫步在万年场双庆路，目光有些游离，有时拿着手机，却不知打给谁，望着霓虹闪烁和车来车往，恰似一只找不到方向的鹰。

这样的情景多少有些单薄和落寞，如一片即将泛黄的银杏叶子。

有时，一个突然袭来的电话，会打破我惯常的思维，无论自己当时正在做什么，都会马上动身飞奔。向着那个发出信号的地点扬长而去。然后，握手，拥抱，坐下来，要茶，要菜，要酒，要歌，但我们要得最多的只是回忆，三言两语回忆不完的回忆。他们的身体里还残留着那个地方的特殊味道，他们的言语里有着那片地域的营养基因，我应该怎样描述那样的味道和基因？那是一个族群里特有的产物，他们一旦打那个缺氧的地方来到成都，就将遭遇醉氧。

而我已在醉氧的过程中展开了不再缺氧的生活。

那是七月的一天，一个陌生电话让我停滞不前，犹豫不定。因为听着他描述的往事，脑海里无法洗出人影。他究竟与我有何干系？说来说去，他居然说出了一长串我熟知人的名字，说他们在另一个地方常常想起我。重大理由是他说在电视上看到关于我的节目苦于联系不上我。我又想，这样的人和事多容易伪造呀，谁都可以看到我在电视上的节目，这再正常不过了，当下信息如此泛难成灾，几乎每天都可以接到不太靠谱的电话，有说是我读者的，有说是想采访我的，有说要免费送我一份保险的，还有问我房子卖不卖的……于是没把他的电话当回事。可没隔几天，同样一个声音飘移到了武侯祠，讲他出来一趟很不容易，还是想见见我。当时我正好在五桂桥车站排队买票准备回老家自贡。

是回老家重要？还是见这个久别的陌生人重要？

老家离成都不过三百来公里，而这个人离我何其遥远？遥远得可以让我半天想不出头绪来。于是从人群中抽身而出，郑重地告诉他会面地点，接着便赶到附近的商场里无所事事地闲逛起来。约两小时后，电话响起，我下意识地看一眼手机上的显示，抬头却见人群中有个人朝我挥手。那个胖男人的出现立即洗尽往事铅华，让尘垢从滚滚风烟中一片片黄金般闪亮——此人原来是当兵进藏前一起在成都大邑县唐场镇集训的云南兵李彰。当时我们在一个临时的集体里生活了约二十天，后来，进入西藏，各自分到不同的连队，就再无任何联系了。

没变，十六年之后，李彰的样子一点没变，矮胖，敦厚，白净，圆脸，小眼睛，还是我曾经说过的像个大学生。他的普通话里带着云南边腔，遇到不公待遇，时而会有一点愤青的举止。李彰讲他何年何月从哪支部队退伍，在部队经历了哪些重大事儿，一直讲到他回到故乡担任银行副行长。他一边讲，一边节外生枝地谈到与我有关和无关的人和事。总之，李彰说他一直记得我，还有从他故乡云南石屏一起当兵走西藏的那些家伙都还记得我，只要他们一起喝酒都要提起我。

从未想过一群被远方隐藏起来的人为何要想念另一个远方的人？链接这种情感的因素到底是什么？李彰这次出门的愿望是想尽可能地找到他连队的战友，而我与他非同连队，他为何这般用心良苦地找我？为了营造氛围，我特意叫来当过兵的云南人陪来自云南的李彰共进晚餐。饭毕，大家建议唱歌去。久别重逢，音乐是可以让人忘却和升华过去与未来的最佳选择。哪知李彰固执得一首歌也不唱，只顾喝酒，一瓶接一瓶地喝，闷闷地喝个没完没了。他一边喝，一边不时地看我们唱歌，似醉非醉。当两件啤酒干掉之后，他终于发言了：我求求你们，能不能不唱这些歌了，今晚我只想听仕江唱一首歌，只唱一首。大家惊异地看着李彰。云南人问他，你说你想听啥歌子？李彰说，我想请仕江唱那首在唐场镇教我们新兵排唱的第一首歌《一人走向内蒙古》。

我禁不住从沙发上弹了起来，你咋还记得我教你们的第一首歌？实在意外，李彰说，就是因为这首歌，他发誓无论别后多少年也要找到我。

一人走向内蒙古

心中好像古石墓

远离家乡的父母亲呵

睡梦呵睡梦

睡梦中我呼唤爹娘

外面下大雨

我在土房里

兄弟抱头一起哭

这就是下乡的生活

妈妈呀妈妈呀

什么时候我才能见到你

　　沉默良久，酝酿了太久感情，我始终唱不出来。李彰看着我难受的样子，表情比我更难受，不知不觉，他忽然抱紧我的头，我以为他要说什么，结果什么也没说，脸上早已布满了泪水。

　　夜深沉，又离别，我握着李彰的手说，等去云南时，请你把在西藏当过兵的兄弟们集合起来，我要我们一起唱响那首歌。李彰在车上伸出指头指着我，说话算话，到时我和兄弟们来机场接你。

　　兵者的重逢，可以让死去的记忆复活，一代人放不下的往事最容易从心里聚集到眼角，而那些跋山涉水的往事，它们永远比兵者年轻，时间过去越久，它们越是历久弥新。

读书是灵魂的事

　　很多人知道我没事就好读书，所以经常在遇到问题时问我，针对他们目前的情况或状态该读什么样的书？这种问题，一时很难回答。尤其是一些家长，在孩子快要考试时，更喜欢问我，能否推荐一本帮助他们孩子提高作文得分的书？我直接说，世上没有这样的书。首先，读书在我看来，不是找工具解决问题的事情，更不是多读几本书就能让作文得满分的好事。

　　读书是灵魂的事。

　　不管生活工作多烦琐，我每天都要读书，这成了一种改不掉的习惯，就和吃饭一样。至于要问我究竟读了些什么书，却说不上几个著名的书名来，因为我读书没有目的。但我身边随时都有书的陪伴，办公桌、客厅、沙发、茶几、卫生间、枕头边、携行包，书香随处弥漫。有的是朋友寄来赠我雅正的书，更多的是报刊出版社定期寄我的样书样报，书房每周都在增加书的种类。

　　或细雨绵绵的午后，或落日残阳移动的傍晚，我或躺在软软的被窝里，随便拿起一本书就读，从不挑三拣四，更不迷信名家名著，读书只为一种日常的修行，生活离不开书的情调。它不必是一本完整的书，也不必是一篇完整的文，哪怕是一张泛黄的旧报纸，抓在手上就读，有时一个新鲜发亮的句子，或一个陌生的词语撞入眼帘，抑或一个前所未闻的消息，必将让你停顿下来，思量、揣摩、高兴、叹息，当然还有可遇不可求的那些有可能改变你一生方向的文字，它们好比钥匙……我要说的意思是，书页里总有一种营养进入你的体内，补充你不太完美的某个部位，最终填满你精神的缺口。

参加聚会，常有一些朋友聊起当下哪本书好看，或者哪位著名作家又推出了什么新作品，看过吗？如果回答，没有看过，或许在场者会笑你浅薄、无知，他们会说，那可是名著呀！所以，有很多没有看过此书的人，要勉强自己点头说，看过哦。其实看没看过，并不重要，干吗如此自欺欺人，这根本不是什么可耻的事，毕竟每个人的读书兴趣不同。

对我而言，读书不读流行书，尤其是在当下文艺批评不太正常的环境，读书更应该坚守自己的判断。很多时候，读书是为了自省，仅仅能说出书名，或附庸风雅地讲出书中故事的人，未必是个真正的读书人，许多美好的句子或语汇未能进入他的心灵，对他产生不了潜移默化的作用。

我认识一个女孩子，读书很用功，大学时拿奖学金，本科毕业便被保送读研究生。在她踏上工作岗位后，有人给她介绍正在鲁迅文学院学习的男朋友。女孩子问男友的第一句话是：你真的是鲁迅的学生吗？此话一出，便让男孩子顿感哭笑不得。鲁迅何许年代人也？女孩难道都不清楚吗？她除了能说一点书中专业又枯燥的知识，几乎对生活和社会一无所知，更别说读几本文学类的书了。没隔几天，男孩子将这个无趣的"书呆子"开除了。

在我们的生活中，书往往比人寂寞，书在那里安静地等人，等比书更寂寞的人。读书的人往往除了寂寞，要比书更孤单。然而，只要把书读进内心，人和书就有了更多会意。读书的最大用途是使人变得有趣，若能再上升一个境界，则是通灵。让书进入灵魂，把读书当成生活中一种必不可少的内容，你就会腹有诗书气自华。

朵藏与雪莲

离开拉萨时，他对我说，你到了一个新的地方，得找个海拔高一点的位置回头望望，不要失去方向。

望什么？我问。

因为雪是你心中不可或缺的营养，它会一直朝圣你的脚印。

可是我到达西南平原时，无论怎么回头遥望，都感觉不到雪的存在。现在我记起来，雪死了，我离开拉萨多久，雪就死了多久。雪，死在一个人无法原路返回的选择上。那只孤鹰还在天边轻轻划过山峰云朵，太阳早已被宽窄巷子里一群打麻将的人暗杀，我的天空从此灰暗多于晴朗。但我并不绝望，因为他说，见不到太阳就想想雪吧，若一个人太绝望，雪也见不到你了。

因此，我决定做不锈的太阳。先照亮自己，再燃烧别人。

现在我明白，男人一旦流泪，就无法与雪重逢。

于是，一个人躲藏在十五楼的角落里，陪着朱哲琴的央金玛想喜马拉雅。阳台上摆着的米兰是女诗人从龙泉山搬来的。十五楼的角落，望不见天边的龙泉山。雾霾锁住了天空的圣光，多年以前，原本可见神圣的光乍现，云彩的游丝如祖母脸上安静的皱纹，那时的龙泉山可以让城里的人们倚窗张望，可是此刻只能看雾。雾下不见人面，只有迷茫的桃花。

女诗人说，你怎么会在这个地方？你应该回喜马拉雅。那儿有雪。那儿还有雪莲。那是你的另一个世界，太多人无法触及的地方，好像在地狱边上，又好像在天堂隔壁。那时，每次读到你的文字，就感觉离天堂近了些，我不知道自己何时在朝圣的路上，被你石头般的文字砸中，你的每个文字，都带着声音，有一阵，害怕遇到你的文字，要人的命。可时间久了，你的文字都归隐到山峰的云朵，它们居住在高高的山巅上，一点也不危险。

朵藏的米兰没有开花，它把叶子长得比花更清新。只有稻草盆里的雪爪兰开得人找不到粉红色的回忆。除了音乐，我只有别无选择地看着你开花。有一天，那个人就从花开的瞬间来到我面前。但花开的过程是没有什么声音的，这不是谎言。他是我年少初到寺院里遇见的喇嘛。他一生都在满世界找我。前世，我们在雪山上相遇。他为独宠我而牺牲了自己的孩子。我在雪山上拼命逃出他的视野，在与世隔绝的哨所里躲避他的出现，在迷路的河流边遇见了她。她说，她在寻找灵魂相似的人。我扭头便走了，当时根本听不懂她话里的意思。

后来，我成了中印边境线上的哨兵。我为他失去的孩子伤心欲绝。

他就是眼前的你，你终于找到了我！可我无法与你相对。你提出带我回到日光城，每天享受天浴，我除了拒绝，只能一生背对。我的眼里，只有雪莲。她在哨所没有找到灵魂相似的人，于是采光了哨所全部的雪莲，运送到我身边。有人在远远的地方，想朵藏里的世界。她问我，雪莲。她问我，能不能将雪莲在你的朵藏里养起来？我没回答她。在这之前，我曾将春城昆明带回的百合种子埋进朵藏，它们活了下来。在百合绽放后的秋光岁月，除了野草疯长，只见落叶暗香。而雪莲一旦离开喜马拉雅山，它们的命运就由不得任何人了——它们是喜马拉雅的灵魂，只要我想和他说话的时候，我就会来到一个海拔高一点的位置，仰起头，把那些比炊烟更高的楼群看矮，把一重一重的雪山看穿，把天上所有的星星看作石头。

我在坚硬如水的城市之心躲藏，只为心上的雪莲静静开放。

可雾霾笼罩，看见了散开的白发，看不见折叠的皱纹。

罗家坝上空的蜻蜓

丙申年夏天，地处秦、楚、巴、蜀文化交界地的川东北古代巴人遗址洪水暴涨，河流倾泻，山体崩溃，小城宣汉连日烟雨迷幻。

只好待在酒店里等雨晴。更为窝火的是，我只穿了一双平底布鞋，连楼也不敢下，在房间里来回跺脚，心情多少有些沮丧，猜想自己的表情，活像一具罗家坝多年前出土的战国青铜剑，一脸疲惫，两眼焦灼。正在这时，想起了前天傍晚在罗家坝短暂停留的时光。

于是掏出手机，把那些匆忙抓拍的照片，一张张，慢慢地，反反复复欣赏——田中的秧苗反射着夕光。狗吠声里，村落中的黎明静悄悄。朴素的野花陪伴金黄的葫芦果，竹影婆娑起舞。田地里摇曳闪光的玉米，连绵至山坳，一直铺向天边。挥汗劳作的罗家坝人，在自己的土地上，安静地种植希望。

他们的眼神里似乎不需要理清地下的巴人与地上的自己关系？

浅层的泥土已被翻新，方格般工整的土窝已被男人的锄头打好。此时，背上趴着孩子的妇人，正躬着腰身用心地把瘦弱的糯玉米种子放进土窝里。接着，男人便顺手推平那些土窝，泥土就这样恢复了它们的本来面目。当所有的汗水滴入泥沙后，他们开始用表情等待秋天收获满满的糯味道。对于罗家坝人而言，具体的生活远比出土或没出土的巴人文物更具现实的光芒。

这时，一位胡须花白的老者，停下手中的锄头，望着我们自言自语道：昨天来了一拨省上的人，今天又来一拨全国的人。哎，人来得再多，与我们都没干系，反正外面来的人，只对地下的文物感兴趣。解说员悄悄地告诉我们，老者站立的土地就是当年巴人文物出土件数最多的一号坑。不难想象，在他周围延伸的泥土下，该有多少奇迹值得期待呀。

老者的话，引起了我的注意。在心里，我把他的自言自语，全当作是对我讲的。言下之意，似乎我们来与不来，都不会改变他的生活。更何况，本身我们也不是为他而来。突然，我有些惭愧地转过身，望着他眼神里不确定的东西，感知他话里藏有等待岁月揭开的无限神秘，那将会是一个怎样的地下世界？就好像那些密密麻麻数不清的蜻蜓，每一张照片上都有它们的影子，跟着阵阵潮湿的晚风，如同一架架袖珍的航拍飞机，盘旋在罗家坝上空，密集地布下一张张大网，织出千万条细微又朦胧的雨线，串联着现实与古代的秘密，这是我从未见过的景象。

我用手指把屏幕上的图像不断放大，直到蜻蜓的面孔一片模糊，更看不清那个老者的眼神。窗外的滂沱大雨，莫非欲掩盖整个世界的谎言，而老者站在人来人往的故土上，出于真实生活的独白，已覆盖了我曾对地下奇幻世界的追寻探知。

转念忽然就想，千年巴人已远去，那么多声势浩大的蜻蜓是不是去者派来窃听地面人类秘密的精灵？

海上歌声

那时，海那边的空气如一团凝重的铅云。

海这边与海那边的情感正处在厚厚衣襟的包裹之中，忽闻一汪清泉般的歌声从海的那边飘来，轻柔柔、甜蜜蜜、脆生生、细绵绵，其中的滋味比咖啡更醇香，比葡萄酒更美味，比玫瑰花更娇艳。这个声音一下子吸引了人们的耳朵，填满了人们内心的空白。

渐渐地，因这歌声的感染，海这边便开始有年轻人随着那优美的旋律，脱掉厚厚的外套，换上花衬衫、喇叭裤，甩尖子皮鞋，在校园或大街上表情潇洒地走过，人们的视野里从此多了一些奇异的风景。那歌声恰似一江春水向东流去，水面上荡起一缕柔软的春风，轻轻吹开人们保守的胸怀，让人激动和浮想。

男孩琨便是此美妙之音的陶醉者。

琨的家靠海而居，常常可以听到海那边高音喇叭里传来的各种声响。有的人，从海这边跟随那声音跑到了海的那边，住在岛上，再也没有回来，但琨不为人所动。那个缠绵婉转、细腻润滑的声色，成了他每天的伴随与沉醉。歌声伴着琨从小学到了中学。琨在歌声中行走、幸福、忧伤、孤独、思想、倾诉、青涩、成长。

可是有一天，这歌声突然没有了。1995年5月8日，消息从海那边传过来时，琨即刻倒在床上，一病不起。那时高考在即，琨在家里关了三天三夜，不吃不喝，任凭家人如何敲门他都不吱声。两耳不知外面事的家人只知道海上捕鱼的事，根本不知琨这孩子究竟发生了什么事情，只是心急如焚地守在门外等待他开门。

三天之后，琨终于从门里出来，病如一张轻风中飘摇的黄纸，眼里一片迷茫。琨望了望海边，语无伦次道：你们知不知道，你们知不知道，邓丽君走了。

世界一片哑然。琨纵身跳海寻她去了。

听到这里，我腾地从沙发上弹了起来。讲述此故事的人来自厦门，他是琨的表哥彬，也是邓丽君迷。爱到几度疯狂，爱到几许迷惘，为如此歌声陨落的何止琨这样的少年？当时那歌声波及的甚至是海峡两岸的空气，多少人刚建立的偶像成了幻影。没有了崇拜，许多人仿佛一下子成了垮掉的一代。

然而，这个声音并没有消逝，因为无人替代，她才得以经典地进入我们的生活。她影响的不是一个人，也不是一代人，而是跨世纪的人和满世界的人。

她的音乐没有国界。

彬不折不扣地成了故事的讲述者，不管你喜欢不喜欢，只要遇到机会，彬都有可能为你讲述他所知道的邓丽君。常常在电视上看到不少节目都在谈起邓丽君，怀念邓丽君，甚至有人以模仿她的歌声作为终生的事业，可彬并不认同电视上的邓丽君模仿秀。他说人可以模仿，但歌声的灵魂却难以附体，绝代芳华更是不容模仿的。每当看到那些模仿秀，彬便万分愤青，拂袖换频道，说，邓丽君小姐是当之无愧的歌星，而现在歌手遍地的娱乐圈，有几个能坐上"歌星"的宝座？又有几人能称得上真正的经典？即使不论人品艺德，单是驾驭歌声的能力，能同时让几代人念念不忘的还有谁？

我哑然失笑，为彬的激动与愤懑。

几天前，一位在兰州求学的大学生读者打道回府途经成都来看我，临别时，他从包里掏出两件东西，一是要求我在一本书上签名让他带回兰州，二是将一份礼物赠我，怎么也想不到，居然是一盒邓丽君发烧碟！我望着他，心中讶然，原来邓丽君的歌声在当代大学生那里，也能找到共鸣者！

海上歌声，比海更迷人的歌声，犹如热风中的冷雨，别有一番滋味在心头！

运城光谱

　　我是在一个没有星光的长夜抵达运城的。路边，时而可见农家院子满树的柿子，在稀微的灯火中，红得像孩子旧年举在风中的纸灯笼。凌晨两点，绿皮老火车跨过黄河，人在车厢里，毫无知觉，多数人则成了喊不醒的沉睡者。若是白天，想必我定为初见北方的河流，而在心里大呼小叫——毕竟这条被誉为母亲的河，已在唐诗里淌了近千年。在南方之南的丘陵，我敢说那些在讲台上臆想黄河千遍万遍的教书育人者，他们也只是一个沉睡者，如同我一样，没有见过黄河。

　　眼前的运城，此时早已进入昏睡模式。几辆出租车，摆放在小火车站门口，无人招呼。高过秋天的风，穿过街道两边栾树、小叶女贞、以及槐树等植物的花朵，建筑在它们的透视中尽显宽松格局，满城弥漫着北方九月的小暖意。而我出发的南方都城，此刻，注定叫嚣着不夜的霓虹与闪烁的盆地冷意。

　　第二天，我开始了满城找寻，从府东街到国粮街；从凤凰路到禹西路，可我终究没有找到那条想象中泥汤色的老运河。街边竹椅上打瞌睡的白帽老人说：你还是早点回南方去吧，我们北方并没有你想象的运河。这可浪费了多少我在南方关于大运河的念想呀。不过，友人很快带我途经一片盐湖——它的颜色像加了糖与奶酪的咖啡，甚至感觉含有化学添加剂成分，尽管只是透过车窗多看了几眼盐湖，可它还是让我迅速找到了运城的历史底片。不难想象，往日最火热的运城出口贸易，就在这热火朝天的盐湖上了。

说句不怕得罪人的话，运城的盐湖，不仅是一座古城的母亲湖，早在四千年多前，它已是国人食盐的最早供应地。它完全可以替代一个写作者想象中的运河。我们每个炎黄子孙身体里流淌的血，都带有运城盐湖咸咸的气息。

比起我的出生地千年盐都四川自贡，运城的盐湖早了整整两千多年。不同的是，诞生于新生代第三纪喜马拉雅构造运动时期的运城盐湖，属于典型的内陆咸水湖，因其大量的硫酸含量，人在上面可以漂浮不沉，所以又被誉之"中国死海"。自贡盛产的井盐，是从地底深处开采上来的，有的盐井深达千余米，开采时间两百多年。在那座川南丘陵地带的小城里，至今可见高高的盐井天车，每一口盐井都有一架天车，有的天车高达一百多米。许多年来，它一直是盐都的非遗标志。可令我想不到的是，当年那个在自贡领导人民凿井汲卤制盐的人，就是运城人李冰。

不知李冰在盐都自贡的制盐技术，是否从他的故乡山西运城引进？李冰年轻时候是否有过在盐湖上漂流的经历？这样的画面值得任人猜测。比起运城盐湖，自贡盐业的诞生只能属于年轻派了。之于人类体质离不开的盐，或许换个角度，运城与自贡，都是值得人铭记的地方。至少对于一个出走者来说，这南北之间两座小城的内在联系，我找到后就更不该遗忘。

在运城，见到李冰，实属意外。不知这样的人生际遇潜藏着怎样的秘密？在北方的运城，见到一个熟悉的人物，是件分外亲切的事情，好比在陌生的环境里，忽然握住了故乡的体温。在南风广场两侧巨幅壁雕上，李冰手持笏板，大义凛然。他背后的陪衬者不是制盐者，而是手抡木锹躬身忙碌的治水人，这很难让我联想到他与盐的关系，而是伟大的千秋功业都江堰水利工程。难怪在华夏大地的文化苦旅中一路行吟江山的余秋雨先生，会在笔下将都江堰视为比长城伟大的工程，我想余秋雨对李冰这个人物一定有着历史之外的深刻解读。在李冰的左上方是马上腾飞的关羽，而在李冰的右下方则是雍容华贵的卫夫人，这几个人物聚在一起就十分有意思了。关羽蜀国名将自不必说了，在这三人里，他的浮雕面积相对大一些，可见他在运城历史版图上的重要地位，而卫夫人可是大书法家王羲之的老师。这不同时期的人，在当时都干着不同的事情，他们要在一起谈论点什么会是一件容易的事吗？

因为时间关系，他们只可能选择穿越的方式，才能够雅聚在一起。好的是，他们都在一座城池里，不需要坐飞机或打的，随便传个信就可以推杯换盏。这还只是壁雕中的一小份子。

若是悉数过来，一天两天时间都不够。比如柳宗元、关汉卿、杨贵妃、薛仁贵、司马迁、女娲等或人或仙之辈，他们也在壁雕上聚会。不得不说运城自古是个人杰地灵的好地方，那么多能文能武的才子佳人，以及造福华夏文明的神人共同撑起一片历史的天空，使其一座小城的过往，在纸页被风翻动的灿烂与不朽中，衍生了时间的宽度与长度。

这里面可能最逍遥的人物当属八仙过海中的吕洞宾吧。他逗逗仙鹤，手弄胡须，宝剑从不离手，路见不平剑出鞘，一个人想飞就飞。我小时候在电视上很羡慕这个人。眼前的浮雕里，他白衣飘飘，坐在云端，像个谁都不敢去惹的庞然大物。当时，我真想坐下来，哪里也不去，就陪他喝两瓶汾酒。

如此风流人物，在运城恐怕两桌也排不过来，他们留下的文脉与遗产，一千个王羲之也书写不完，但运城因这些人物经年散发的古意与笔锋，则可载入一座城池的光谱，照耀千秋万代。

两个孩子去看黄河

到了黄河面前，我敢说，任何巨人，都只是个孩子，永远断不了奶的孩子。

我不知这算不算个体写作面对公共母题发出的中国式感悟？在陕西潼关与河南灵宝、山西风陵渡交界的黄河大桥上，我拉过子羊的手说：黄河在下面看见我们了吗？

子羊摇摇头，眼睛里装满了惊恐。他浑身颤抖，手足无措，像个营养不良的孩子，怎么也站不直，更说不出一句完整的话。此刻，来来往往的车辆打我们身边碾过，让我们随时处于摇晃不安的紧张中。黄河在喘息，大桥在呻吟，水面上腾起的浊浪与天边日光，镶接在一起，让镜头里的人看上去很灰。

这黄河水实在太他妈黄了，比腾格尔歌声里苍凉的黄河声更黄。河面不仅宽，而且汹涌、浪急。左岸之上的潼关，在苍阳西下的余晖里，只剩下一行模糊的琉檐残瓦，像枯笔草书中飞落的一滴墨迹。手护红色栏杆，背对红色落日，草率拍了几张照片，顾不得造型与表情了，我们得赶紧离开黄河大桥，如同两个逃难的孩子，在高空的桥上相互搀扶，一点一点向着出口艰难迈步。

"这大桥是不是快要断了，怎么摇得这么夸张？"子羊小声地问我。

　　我只是笑，放声地笑，不敢回答子羊。因为断与不断，这个问题在空中的提出，都很令人沮丧、忐忑。我不断地放大声音分贝，笑了又笑。我想尽量在笑声中找到属于孩子之间的安全感。笑，是一种速度，也是一种力量，在危险的黄河大桥上。我面对风笑，恍若一个摸着路行步的瞎子，一刻也不敢低头对视黄河。我的笑声被浩瀚的黄河无情吞噬，连一点回音的尾巴也找不到。幸好，我的笑声没有引来黄河的嘲笑，如果黄河发出笑声，两个孩子的表情一定比黄河狰狞。我用笑声排除一切世间的妄想，同时也让笑声遏止我们在桥上的笨手笨脚。

　　笑，终于让我们大步流星顺利通过由外到内摇摇欲坠的距离。

　　黄河从未因为我的笑声而停止一瞬间，黄河顾不了那么多，因为她承载几千年的历史与现实比黄河本身更为沉重，到了这里她必须学会拐弯，所有的世事都将顺着她的拐弯尽现悲壮、放肆，然后一往无前，山挡不住，树挡不住，神仙挡不住……黄河在这里流经的速度让我隐约体味了一个国家运行的速度，有急有缓有快有慢，这是普通的肉眼看不见的，好比一支宏大叙事的交响乐，有抒情，有散板，有独奏，还有协奏……假设黄河真要忽然停止下来，安静地看我们一眼，那世人准会奔走相告——黄河在风陵渡出问题了。对此，水利专家会惊慌，环境治理专家又将忙着写报告，中央电视台更要铺天盖地报道黄河怎么了……

　　子羊的表现让我无法相信他是黄河陪着长大的孩子，可事实的写照改不了一个孩子迫切又自豪的描述：真的，我家就在岸上住。虽然一个不太了解黄河习性的孩子每天都可以面对黄河，但他更愿意让一个远离黄河的孩子，多一些接触并掌握黄河脾气的可能。

2014年夏日，在青海贵德，我与黄河有过短暂的初次会面。可以说，那里的黄河水比青春更青。有人说，那水可以直接饮用，实在是太清纯了，看上去就像一摊柔软的丝绸，黄与青有明确的分割线。在青青黄河边漫步的姑娘，有的骑着马，有的用丝绸蒙住了脸，我曾想象那样的姑娘，是不是没有勇气与贵德的黄河媲美？光着脚丫，我走在河床的浅水边，感觉世界是如此嫩幽。那一回，我真没有把黄河放在心上，因为它颠覆了课本上黄河的沧桑、雄伟与俊美，但我记住了一位国家领导人在此题写的：天下黄河贵德青。

然而，当从黄河大桥下来，子羊央求我尽可能地近些再近些靠近黄河。他一个人在前面奔跑着，他说他要寻找一个可以抚摩黄河水的地方，让远道而来的我触摸黄河的体温与脉动。当大片大片逐水而居的芦苇被风浪压得直不起腰，我恍然明白了一个孩子对黄河历经的一切，内心产生了莫名复杂的感应。尽管事件没有明确的细枝末节，但似乎一个民族蹒跚的足迹与情感，全涌现在了漂浮着泥沙与枯枝败叶的河面上。河边的角落里有清欢的芦苇、高粱，还有摇曳的野花，也有隐藏在芦苇中的沼泽。那些芦苇有的花开，有些刚刚扬起青涩的穗，有的渐趋成熟的花如柔情的棉朵，铺散在风中，在静止的水面上荡漾，偶尔有三两只鸟光顾，落在芦苇头顶，那可是消失了千年的鹳雀？这接近于工笔和写意呈现的唯美画面，看着它们的动和静，我忽然有一种手持狼毫在宣纸上流浪的孤寂与浪漫，坚硬的石块与粗网的铁丝在河边固定了一层又一层，打鱼郎一次又一次撒网淘回的不是鱼，只有残断的树根与碎石、泥沙。

我沿着子羊的影子走。有时，伸出手抚摩河边的芦苇，它们纤细的腰，有的已经断裂，一半在空中，一半折叠水里，这是风水的绝作，也是黄河少有的风景。真想有一只小小的木船，能载着我和子羊，去芦苇丛中摸鱼儿，让我们能够真正地回到童年。可是，耳边传来的快艇声，很快冲毁了我的梦幻。河边，有些地方出现了大片大片的泥滩，裸露在水面之外，如北方汉子健壮的肌肤。日光长久的晒照，泥滩被踩在脚下，一点也不软，反而有种特质的韧性。我蹲下身，拾了一根草棍，情不自禁欲在泥滩上画点什么，可地上残留的烧烤杂物零星狼藉，让我顿时放弃了这样的举动。我想，黄河已被不知好歹的现代人烧烤了，这时代还有什么能幸免被人烧烤呢？

我不知生活在公元八世纪那位没有把千里风光看够，而昂头拂袖攀上更高一层楼的盛唐诗人，当时看到如此不堪的情景，其笔下又将涌现怎样的诗句？他是否会在黄河边，抓几只鹳雀将它烤来吃了？

子羊捡了一块石子，风风火火跑来交到我手上，他劝我也要学着别人的方式，将石子用力地抛进黄河，这样就可能忘不了黄河的响声。我当场拒绝了子羊，原因我没有告诉他。眼下的黄河已经够受伤了，我不能干这种伤害黄河的事情，一个孩子从南方之南千里赶到北方看黄河，怎么能为她增添如此负担？周围那些往黄河里扔石头的人，女生总多于男生，或许她们嫌黄河承受的还不够多吧，总想面对黄河搞出点动静来。在我眼里，至少她们表明了这是一个女人任性的时代，在她们心里，或许这是一种旅游的放纵与浪漫。

离开黄河时，我还是止不住表达了一个孩子对黄河的敬意。我先让子羊坐在打鱼郎留置的那把藤椅上，背对黄河，留影一张，我引导他尽量庄重些，再庄重些。遗憾的是，子羊的表情充满了无限的焦虑与惆怅。然后，我让子羊反复揣摩着相机里的照片角度，替我也拍下一张。镜头前，略带思考与沉着，黄河在我心中澎湃，可我更习惯冷静背对黄河，那是我最需要的对黄河的态度。因为，此刻，我眼中的黄河，正沸腾着一代又一代年轻人浑浊的思想。

最后，我蹲下身，掬起一捧黄河水，掂量黄河的咸与沉。

夜宿风陵渡

禁不住想起此地诞生的两位重要人物。一个是风后，另一个是女娲。或许有人不当他们是人，而是神。《帝王世纪》中有这样的文字：风为号令，执政者也。明代人王三才在《创建风陵享殿记》中，另有描述：风后辅佐黄帝。风后死后，轩辕黄帝把他葬于山西省芮城县城以西35公里处黄河渡口。地随人名，于是称之为"风陵渡"。清乾隆四十一年《新郑县志》载："风后，伏羲之裔，黄帝臣三公之一也。善伏羲之道，因八卦设九宫，以安营垒，定万民之窦。"如此看来，风后是人的可能性不容置疑，但女娲就难说了。她既能造人，又能补天？当今谁人能与之相比呢？她一会在天上，一会在地下，况且天下到处都传说有女娲的踪迹，人们最相信也是传说最多的地方一个是陕西的西安、一个是四川的雅安。有一阵子，似乎抢女娲也成了一些地方的文化遗产保护行动。当然，女娲究竟出处何方，似乎这已经不重要。我想历史上既然那么多人研究女娲，就不能不相信她的确有存在的必要，尤其是到了今天这个信息漫天皆混淆的时代，我们相信传说，相信神话，更有助于我们保存内心美好的秩序。有人研究说女娲是外星人，当她独自在地球之上寂寞难耐时，便造了人类。这些话题与信息，都为今夜的风陵渡增添了一些神秘与幻觉。可眼前的风陵渡镇闻不到琴声，只有潇潇冷雨，伴着黄河远去的涛声，驴鸣马嘶都成了旧年纸片与电视画面上的绝唱。

风后去了哪里？是不是跟着女娲回到外星球去了？

伫立宽阔的水泥路面上，我想他们被黄河带入大海的可能性更大。这样便想起一个比女娲时代近一点的人物，于是便在心里呼喊着：郭姑娘，郭姑娘，你能否转过身来？但我不是杨少侠。想来郭姑娘的寂寞比女娲在风陵会稍显深色一些。于此，便想到诗人徐志摩的表弟金庸笔下《神雕侠侣》中的风陵夜话。从历史地域的维度看，金庸先生一定对风后有所研究，可眼前现代的饭馆与酒店，怎能容纳当时的夜话呀？不过是一场身临其境的遥想罢了。但子羊说，小时候他常在风陵古镇玩耍，而且常常在风陵墓迷路。

我问，古镇在哪里？风陵墓今何在？子羊满脸委屈地说，他多年没回风陵，他找不到那个地方了。

晚餐之余，我们在饭桌上翻开相机里的照片，欣喜地遇到两个在酒中谈论黄河的男人。他们在桌上猜酒，没猜准数字的那个就得喝酒。其中一个年长的，总是输于那个相对年轻一些的人。攀谈中，得知原来这是运城中条山抗日战争研究会的赵氏兄弟。他一边皱着眉头喝酒，一边大声地叹息：现在我们的生活待遇，不能让我们对国家说什么不是了，但我们不能冷落了英雄呀！哎，我们有些被抓的贪官也真是，少睡几个姑娘，就可以保障一个英雄残缺不全的家呀。

"年轻人，你们来看黄河，可你们知道黄河英雄吗？八百英雄跳黄河的事迹，你们都听说过吗？"

我摇头，表示不清楚。黄河我都不熟悉，更别提黄河英雄了。不过，我能想象黄河结冰时，车声人声从黄河南下的盛况。那是回不去的历史影像了，那也是金庸先生笔下的风陵渡呀。

"岂止八百英雄，一千也不止。"另一个人说。

"你们知道黄河最美的时候吗？"他顺手将手机递到我面前。

宽阔的河面，看上去十分安详。一轮落日轻轻躲在风陵渡与黄河大桥接轨的上方，如同龙眼。天空凤凰飞舞的云彩，醉在河面上。不远处，有一根电线杆的倒影，像是从黄河里生长起来的。那河水金色中泛蓝，这与我和子羊看到的黄河差别何其之远？照片下有四行诗：

前两句是照片的拍摄者所写，后两句则是哥哥替他补充的，全诗如下——

夕阳映照凤凰咀，
黄河东流在风陵。
日落河滩余晖在，
黄河风采依旧存。

遇见关羽

长夜里过了一次黄河，人生恍如历经一段长旅。再回首，忽然发现，我们路上刻意留步只为遇见风景中的旧人，而且与行者血脉或肉体毫无关系，连半个朋友也算不上的旧人，遇见了则必须刹一脚！即使现代高科技可以让我们穿越时空，但我们怎么也穿越不了情感，更握不住旧人的体温。如此一来，我们仍是马不停蹄、孜孜不倦、乐此不疲，只为途中与你遇见。

一年一年，风景旧了人未旧。眼前，络绎不绝的海外华人证实了这一点。但凭感觉，这些人的到来，不是为了遇见一个著名的旧人，而是非常正式地拜访旧人。在北方的天空下，色调沉着的柿树着了火一般旺烘起来，那些巴掌大的叶儿洇染而红透，好比荒芜的情感时刻都在升温，可我却没为那个旧人摘下一枚热烈的红。

我想，比起港澳台同胞或组团而来的海外华人，他们的感情更为特殊，毕竟拜访与遇见是两个完全不同意义的修辞，就像是关公与现实的距离，他们不仅隔着千山万水，甚至更是大洋彼岸。

至于我，遇上他，简单得如同一滴墨，落在被宣纸撕开时间的裂缝上……

如今，普天下文化都在繁荣，如同广场舞过剩的表现。文化表象越是如此热闹，就越能够突显孤独者对中华文明某种文化根源缺失后的找寻，这种行为既是个体的，也是集体的。同样，这就不难理解那个披着风衣的日本人在寒宵里洒下严霜的秋意浓，背对关帝庙的惊愕与惆怅。

那个日本人到底想了些什么？风不知道，雨不知道，花不知道，鸟不知道，唯有旷野天低树，泼血一样红。

信步关帝庙，处处闻啼鸟。那些妻妾成群的麻雀与野鸽子，或站在庙宇檐角轻歌，或停在浩荡的广场，观看一对推着小车的北方夫妻贩卖泥塑的娃娃和鱼，它们对关羽的兴趣远没有对一个天府之国的陌路人浓。关羽倒是修得了分身术，出现在陌路人驻足的不同视角里。结义园、雉门、午门、崇宁殿、文经门、武纬门、寝宫、春秋楼、刀楼等处处都有旧人的影子或气息。躲在暗处的关羽不说话，他早习惯了红着脸惯看秋月春风。尽管他有炯炯的一双大眼睛，但他却无法辨认眼前带着各种面具和各路信息的旅者。他不知道所有人都是为他而来。有的人因为他曾经遗留下的忠义精神到了锲而不舍的地步？最终痴心的脚步仍追不上历史飘飞的一粒灰烬。当多元嫁接或科技派生出种种文化看上去很美的时候，我们的文化便失去了切肤的心灵温度。

一个人缔造的文化持久的温度，意味着北方生命的长度与向度。他波及的影响不再仅仅是北方，而是东南西北，乃至全球……

在遥远的雪域高原，遍地都是信徒，寺院里到处坐着的都是王，但游走在那里的人们心中装着的全是神，那是他们向天地万物倾诉的信仰。人莫大于善，善莫大于敬神。

神为何物？

有人提到格萨尔王。我想那可以成为两张英雄文化名片的对立比较。从某种意义上讲，这两个人物都具有共通的神性。至今，藏地还有人把关羽视为格萨尔王。多年后，离开格萨尔王的故乡，途经北方大地，在解州遇见关羽，这是一种可以用墨汁写在宣纸上的缘。现实生活中，芸芸众生早已将关羽视为财神，众所周知，财神系列里最有名的五大财神：赵公明，比干，关公，范蠡，五路神、利市仙官。比干和关公两位财神诞生于运城的卫辉，我没有考究过卫辉的人文地理，想必卫辉当地的老百姓，一定葆有忠诚信义方得财的生活信义。

通过一座庙，认识关羽挺难。书里书外，更是众说纷纭。尽管眼前与他有关的庙宇，规模堪称宏伟，殿阁壮丽，可当初那些居此的道士，不知为何纷纷选择了还俗？一个在历史中自恋又自卑的人，一个因语言狂妄伤情败义的人，为何又被奉为忠义的代表？在门里门外错综复杂的关帝庙走走停停，思绪常被鸟儿的声音折断，被植物花香所添乱。我眼中的关羽有时是一位蒙面的侠客，古柏与栾树在清凉的空气中，把特质的灵魂暴露在外，深纹路的树皮上面沾满了长尾巴蜂，缠树藤开出不知名的神秘花朵，它的姿色把蓝色的天幕点染得更如北方高远的天空。

过去，很多人是从《三国演义》中认识关羽，而我认识关羽，则是从连环画或乡间土门上。连环画中的关羽，多为简约的黑白线条，人物造型看上去很单薄。而土门上的关羽多为彩色印刷体，大红脸、长胡子、炯眼神、骑宝马、持大刀、杀气腾腾，威风凛冽。如此形象，大概平时在戏曲舞台上见过不少。红脸的关公，白脸的曹操，人物性格的可比性就强烈了。

原来他手上那把大刀叫青龙偃月刀，而马则叫赤兔马。这是我遇见关羽最大的收获。只是走出北方的天空很长时日了，我未能因念想一个旧人，而撕开三国的伤口。

在普威集市

　　第一次去米易是一个夜晚，内心里塞满无限的期待感。尽管知道要坐长达十多个小时的绿皮火车，但仍没有漫长犹豫。首先，这是一个女诗人发出的邀约，她爽朗的笑声常常赛过天边的月光与风，让我不容拒绝；其次，因为米易这个如同爆米花酥软的地名，很是令人着迷。

　　可我却对它一无所知。

　　想象中的米易，除了接触中国钢之城攀枝花的影响施予牵引或怒放，印象总是荡然无存。至于攀枝花，过去依然没有涉足的经历，只是它强势的盛名比米易出现在个人记忆里，早些罢了。但它们之间存在隶属关系，米易是攀枝花绽放的一朵耀眼之花，也可以称之为花中花。

　　真正知道米易，是近年的事。因为妻子的闺蜜，两次从米易带回的葡萄与杜果。在阴郁与明媚交替的成都，我常常定向攀枝花，偷偷想念米易的味道，葡萄、杜果、野花，以及大面积阳光成全了我的想象空间。

　　枕着安宁河醒来的米易之晨，空气里透着一股清凉的花香。

那不是纯粹的桂花香，花香中弥漫着泥土的芬芳。趴在窗前，瞅了几眼安宁河。河面不宽，它的样子围绕小城米易，仿若环抱一座安静的村庄。像河的名字一样，水之流动，如老人在低语。那可是三皇五帝中的第二大帝颛顼在低吟？这轻微的声音既是一座城池的开始，也是天地之间最后的倾诉，不缓也不急，尽显祥和。只是水之颜色，恰似一位历经生命长旅的暮年中人，带着五味杂陈的泥浆色，在等高不平的绿坡上，曲折、蜿蜒、芬芳，甚至辉煌。

薄雾与潮气，在河流之上延伸、缥缈，它们浸染的不仅是一粒米诞生的土壤，还有一个闯入者陌生的身体。它们涤荡着天空的尘埃与一面湖水的清寂，而此时，我保持着成都盆地热烈的短衫，显得有些不合时宜。毕竟米易的季节，夹杂着青藏高原派生的冷风与暖流，比平原成都的脾气更难掌握。加之车窗外时而飘荡的细雨，为我们前往普威的旅程，增添了一丝小小的寒意。

好的是，每每经过路口，都能发现卖水果的普威人。他们用塑料口袋顶在头上，亲切地招呼，偶尔也会让我们停下车来，冒雨尝鲜与购买。那些比秤砣还大的青皮子梨，一路上都在诱惑我们的视野与胃口。当真正将它放进嘴里时，那鲜甜的水分着实让人感觉回到了水果之乡。

抵达普威正逢当地集市交易。这里没有高楼，路边的小卖部有的还保留着木板门，看上去有些久远与安分，一条长长的斜坡就是整个集市的全部。而里面有卖衣服的，杀鸡宰羊的，卖果苗的，还有喇叭里叫卖仿制军用皮带的，当然我还听见了一些流行音乐，混着羊肉汤的香味，被一个穿羽绒服的女人，骑着摩托，摇头晃脑地带走……

刚开始，我们的目光都投放在路边的两匹马身上。它们背上架着简单的马鞍。一股冷风涉过，草丛中几朵野花，摇动身姿，内心禁不住涌起一个人身处北方某个驿站的幻觉——那曾是我雪葬青春的梦想。马的身后有两棵碗口粗的桉树。我们不停地对马发表着各自的意见，却迟迟不见马的主人。尤其是那位女诗人，想骑马的痴心，自从见到马的那一刻就不曾更改。

　　两匹马表面在低头啃草，其实也在侧耳倾听我们的话语。

　　这两匹马来自普威的哪个村庄？它们是白族人的马？还是回族人的马？它们的主人究竟在街市的哪个角落忙碌？

　　我们一行人，零散地穿梭在其中。街上的人，几乎没有穿短袖的，人们打量我的眼神，像是在打量一个流浪他乡的孤独客。当然，我看他们的眼神，也充满了奇异。因为这里面有一些身着民族服装的族群——他们裹着花的或黑的头巾。披着麻质擦尔瓦，在人群中特别扎眼的人，是我认识的彝人。与普威接壤的凉山州，住着星星一样密集的彝人。他们当中有不少品质高尚，才华非凡的诗人、音乐人。看着他们，顿时心生暖意，让我忽然动了念头，想要买一件彝人那样的擦尔瓦。无奈我们找遍普威，也没发现民族服装店，可见普威居住的彝人，比起大凉山，毕竟是异数，虽然此地离西昌不到两小时的火车距离。

　　在普威，市场上见到最多的不是人，而是水果。只要稍有空地，就被水果占据，石榴、香蕉、桃子、苹果、李子、火龙果、梨子……只要你经过卖主面前，他们都会热情地招呼你停下来尝一尝，好比家人。那口气让你完全不用担心吃到水果贩子动了"手脚"的水果。在地上，它们有的沦为被果农按堆头卖。

　　阳春三月，不难拒绝的想象，花之海洋，蜂舞蝶飞。

闲步中，不时收到陪同者传来的水果，它们当中有些是卖主邀请品尝味道的。有的水果，在我手上刚刚被焐热，很快又将被我传递他人。其中，我接到一枚小如绣花顶针的果实，叫野核桃。原本，普威卖主可不这样叫，它还有一个更具有普威特征的名字，一时想不起。那种软硬兼具的外壳，好比松子，形状如同一粒小贝壳，味道十分涩口，但又免不了溢满唇舌的香。这种暗香简直拥有鸦片效应，越嚼越有瘾。

　　只是小小一枚野核桃，想要吃上它的肉，得费一番指上功夫！

　　看得出，北方人虎平对此物最有耐心。他提着一个大袋子，在一个个卖主面前流连忘返。当他终于出现在我们面前时，两手早已沉甸。第二天，他带回成都最多的就是成都人很难见到的野核桃。我不知他是否真心喜欢吃这玩意儿？按他的修为，多半是因卖主找不开他的零钱，他就宽慰他人买了那么多吧。也有可能，在他的文学意识里，他提回的不是一袋野核桃，而是一袋子分量不轻的文字。

　　我独自站在普威集市远眺，像失散的马群，隐约发现对面的山坳里有一座孤单的寺庙——想必那就是传说中有神显灵的灵佛寺吧。行程中，并没有计划去达这座寺院，但此刻它近在眼前。至于佛教圣地西藏，一路上随处可见朝圣的佛弟子，而眼前只见灵佛寺影子，不见信徒。这其中的淡然与空静，只能任人仰望十里果实遥想答案了。

　　在普威集市，雨已停歇，雾霭散去，蜂从花洞来，想着米易之城的陌生，其实自己对普威仍处于陌生之中。只是这种陌生很快在午餐过程中，被一支蘸盐的野山椒消解。

　　米粒之微，来之不易。而普威构建的米易开端，够我在虚实之间的尘世，落笔回向远方。我知道，那一刻，我已经学会像一个原住民，接受普威甜蜜之外的味道。

向着集市相反方向往上走，野花与草药的尽头则是吉家土司建筑遗址。三棵百年古树的出现，多少让人有些唏嘘不已。树下踩着脚踏车的孩子，更愿知道我们这群不速之客打何处来，他们无心关注身边土司留下的建筑，以及死灰复燃的土司树何年何月有了生命的迹象。

从树纹上看，这岂止是百年古树呀，那些树痂与主干上凸凹的坑，呈现的是岁月老去的光华与隐秘，显然真正的树龄，值得植物学家们探究。假设树是当年的土司亲手所栽，那么历史的细枝末节就更值得当今普威的书写者们费尽思量，让昔日重现。倘若如此衙门遗址，不在短时间内成为遗迹，那么普威古镇的重建与文化振兴，就值得世人期待！

与国庆有关

重返西藏边地深入定点生活，顺便去了一趟老连队。面对雪山，哨卡，往事大都成为追忆。一位因发表处女作而改变命运的战友，终于在二十二年后浮出水面。这收获的确让我有种意外的惊喜。别后曾多次试图找寻无果的战友，未料那人最终却在灯火阑珊的故乡，他说他终于厌倦了漂泊。

那年，这个战友刚从四川广元入伍不久，却在冰天雪地的世界里，干了一件不同凡响的事。这让平常很不起眼的他，一时之间聚焦了太多羡慕与渴盼的眼神。这件事在那样一个"白天兵看兵，晚上数星星"的枯燥无聊生活写照里，不仅为他带来了人生的小小际遇，同时也改变了我的生活态度。从故乡到部队，这个战友一直被人称为才子，舞文弄墨是他生活离不开的习惯，就在国庆节前夕，他写了一篇文章，投给我们军区的《军营影视》报。恰好国庆节当天，营部的收发员举着报纸跑遍了连队的每个班，这小子高呼着，快看呀，我们防空部队有人发表文章了，真不愧才子呀。我们齐刷刷地将眼睛落在收发员的报纸上，标题《当兵的蔡国庆》，下署"56021部队102分队郑榆"。消息很快从营连传到旅部机关，又从旅部机关传回营连，如同一枚远程导弹的威力，效果在挡不住地持续爆炸。过了几天，一辆吉普车开到连队，将列兵郑榆带走，他由此告别了在高山上数着牦牛跃过连队土墙的绝望生活。

这件事对我的触动不亚于最初读到加夫列尔·加西亚·马尔克斯《百年孤独》开头的那句："多年以后，面对行刑队，奥雷良诺·布恩迪亚上校将会回想起父亲带他去见识冰块的那个遥远的下午。"之后，我也开始白天练格斗、夜里爬格子、阅读当午休，我的写作之路就这样隐形地开始。

电话中得知，郑榆早已为生活琐事辍笔多年，可是他当年发表那篇与国庆有关的文章记忆，仍让人挥之不去。就在此刻，它让我联想到还有一个战友，名字叫张国庆，东北人，长着一张带酒窝的娃娃脸。他的名字使他的一生，都与这个特殊的日子为荣耀，这既是一种纪念，也是一种庆贺。那时我已告别边地连队，进入拉萨一支以女兵为主的通讯部队。张国庆是那里不可或缺的男兵。国庆节演出，张国庆必上，他个儿高，经常成为女兵舞蹈的主角。他参与的那个舞蹈跳出了西藏，跳到北京，摘了全军战士文艺奖，他还因那个角色立了功，当上了班长。因工作需要，我只为他拍过一次舞台照，他却由此记住我。即使离开西藏多年，我还能想起他在舞台上的样子——身着迷彩的女兵，将他推来推去，最后揭开红盖头，一个活脱脱的男扮女装的红孩儿……

在星光下，伫立经幡吹拂的山口，望着消失的连队，电话那头的郑榆起初很不信任我的声音，他让我拍几张当年的八一镇给他，我连同自己的照片也发过去，他继而感激事过境迁，自己居然一直被另一个战友记得，这是流年中何等的幸事？我们约定假期相聚，不谈写作，只谈军中往事。十分遗憾的是张国庆已经在几年前退伍回到东北老家。离开部队的人，一旦时间长了，便将渐渐淡出那个绿色集体的人和事，唯有不变的是心里葆有的几分对绿色的记忆与热情，还有对某些特殊节日持有的敏感。思前想后，我决定通过大海捞针的网络，将张国庆请出，我们不谈舞蹈，只谈国庆节，该由国庆表演一个节目吧！

于我个人而言，国庆节代表的不只是新中国的诞辰，超长的公众假期，彼此的节日问候，走亲访友的旅行时间，还有一份由青春岁月煅烧而成的宝贵情感，在我们移动的生命颜色里渐行渐远，渐远又渐近。

白拉克的追悼会

这是个从电视上听来的故事。她的歌声感动过一个时代。节目里，讲述她故事的人很多，但有个人讲的与众不同！这个故事，就像一部黑白胶片小电影，令观众动容。

四十年前，她在天津刚参加工作，带着身体多病的弟弟，两个人相依为命。为了照顾弟弟，她从微薄的收入里挤出一点儿钱，买了一只小鸡精心饲养。那时，人们管那样的小鸡叫白拉克。

每当她下班回家，小鸡就晃动着翅膀，等着迎接她。她走到哪里，小鸡就跟到哪里。随着时间推移，鸡开始下蛋了，弟弟的身体也因鸡蛋得到改善。这让她对鸡充满了感激。

有一天，居委会大娘来了："小关，你这鸡不能养了，上面要来检查卫生。不行，你就宰了它，吃了吧。"

她很不忍心，最终想了个办法，将鸡送到单位领导家。领导知道姐弟生活不易，生怕这只鸡有啥闪失，于是将翅膀上的毛剪掉，让鸡想飞也飞不起来。

快过年了，一天有人在楼下放鞭炮，其中一个鞭炮飞进领导家的阳台，鬼使神差地落到鸡窝旁，炸了。惊恐万状的鸡，吓得蹿出阳台，掉下楼，摔死了。

领导赶紧叫人通知小关姐弟。很快，焦急中的姐弟顶着风沙，骑着自行车来了。面对惨死的鸡，姐弟俩百感交集。领导只好站在一旁安慰："别哭了，好在鸡还为你们留下一筐鸡蛋，你俩带回去，把鸡炖炖，吃了吧！"

这好比心上的一块肉，姐弟俩哪舍得吃呀。思前想后，姐姐对弟弟说："鸡为我们下了那么多蛋，咱们不吃它了，把它埋了吧。"

弟弟强忍悲伤，点点头。领导拿着铲子，带着姐弟俩默默地来到花园，刨了一个坑，将这只肥硕的鸡埋了。

可是，姐弟俩仍久久不肯离去。任凭领导如何劝说，他俩都站在风中，一动不动。这如何是好呢？领导无奈地沉思着，终于长叹一声，对着鸡坟沉重地宣布道：白拉克的追悼会结束，参加追悼会的有关牧村、关牧野。

很多人记住了关牧村的歌声，我更记住了白拉克的追悼会。

重逢不必相见

大概是一九九三年的事了。

一个闭塞的乡村男孩成天待业在家到底会干出些什么不可告人的事来呢？除了孤单、寂寞、念想远方，真的是无所事事。当时他唯一能做的就是给电台写信。一次又一次，一封接一封，从不间断，直到电台终于有一天播出他的信——现在看来，那封信应该算得上他人生公开发表的处女作。那时，听广播便是身在乡村的他相对文艺的生活方式了。对于满山遍野的庄稼人而言，他的行为有点时尚，也有点奢侈。当年青春期的少男少女都流行在电台交笔友，好比现在流行在网络中寻找网友渴望倾诉与被认可一样。在铺天盖地的信件中，他收到一个远在成都双流的女孩来信。

那女孩喜欢写诗。

从此，他们的信里常常夹着一些青涩的诗歌。她是他遇上的第一个女诗人，因为他的乡村太贫穷了，就连一个诗人也没有。他甚至预言，她有可能成为全国著名的女诗人。因为环境的原因，当时他接触的诗十分有限，唯有她寄给他的诗，可以成为背诵的范本。她所在的成都平原似乎比他所在的川南丘陵视野要开阔得多，那时她在信中向他常提到的诗人是席慕蓉、汪国真。当时，他羡慕她的诗比自己写得好，更向往她所在的成都平原。从未出过远门的他，常常在收到她的信的同时把她所在的地方想象得过于现代与繁荣。他们成了彼此的诗友，相互寄诗就是他们通信的乐趣。

可是通信不到一年，他便去了西藏军营。

当时，内地与西藏通一次信至少需要一个半月的时间。如果遇到冬天，时间会更加漫长。但他在冰天雪地的军营依然渴望收到她寄给他的诗，可是这样的期待有时一等便是一个季节。因为大雪常常封山，邮路随时被阻，他只能望眼欲穿。每每读着那些用等待换来的诗篇，他焦渴的心就像翻过世界屋脊的蚂蚁一下子飞奔到了成都平原。他渴望他们有一天能在诗中相逢，实际上，自从她在广播里第一次听到他心声的那一刻，两颗热爱文学的心灵已经相逢了。他在西藏第一次给她写信，人生第一次面对出门在外的荒凉世界，情绪十分低落，他告诉她，选择部队也许是一辈子的错，也许是幸运的小小鸟。他随信摘抄了一些笔友们给他信中的美好语言，同时也寄给她一些照片，那是他与战友们共同训练时的合影。可是那些照片效果太差，他自己看着也不太舒服。因为西藏条件所限，有的照片更因傻瓜相机的技术有限，模糊不清，虚光走影，于是他换了崭新的迷彩服，在训练场或雪山下，摆出各种英武的造型，请人拍好照，把胶卷寄给她，让她在成都为他冲洗。

她看着那些照片，流露出比雪山更神秘的微笑。在回信中，她揣测着他在军营的孤单心情，安慰他入乡随俗，随遇而安，鼓励他既然选择军营，就要义无反顾……寂寞时，就好好写诗吧。她发动自己的笔友给他和那些可爱的边防军写信，分担他们远在远方的寂寞。

有一次，她读着他的信，也萌发了给他寄照片的冲动。那时，她已经参加工作了，在双流中和镇输液器厂。她利用周末去世界乐园游玩，在匈牙利广场拍下一抹倩影寄给他。

他收到照片便向战友们介绍这位女诗人，同时也介绍她的诗。可是这样的通信大约持续到一九九五年便中断了。

他以为她去了匈牙利。他给她的信，再也没收到回信。在操枪弄炮的军旅岁月中，他念着她过去寄给他的诗便开始自己的创作了。直到一九九九年的夏天，他回老家探亲，收到她半年前寄来的一封信。这封信的内容大概是因一年前一个笔友找到她，他们聊起同一个故乡的他。那个笔友告诉她，故乡根本没有这个人所在的地名。她听后万分惊讶，千分失落。

屈指算来，自从写第一封信开始，已经整整六年了。他是否在部队？还是早已退伍回了老家？冥冥中，她相信他一定会给她回信，相信他一定还在痴迷诗歌。但自己已多年一字不写，即使找到了他，两人还有共同语言吗？她犹豫了，毕竟这中间中断了几年没有通信，一切都是未知。思来想去，最终她还是朝着最初给他写信的那个地名发出了一封信，她相信因为曾有诗歌的证据，两人的友情一定还存在。此时，她已经进入婚姻，并且从双流嫁到了相隔不远的龙泉。她怀抱着孩子，等了一天又一天，盼了一月又一月，从最初的信心百倍到后来的无限失落，甚至就在她干脆忘了那一封信的时候，电话响了。

是他打给她的。

336

他拿着她的信，一口气冲到丘陵的山口，拔出手机天线，控制不住咚咚咚的心跳声给她打电话。意外……惊喜……他们第一次听到彼此的声音，异常兴奋，便相约第二天在龙泉相见。

他们终于见面了。不，其实这不是见面，这哪里是第一次见面呀，这分明就是老朋友重逢。是的，这世上有一些重逢，不必曾相见。因为他们从来没有陌生感，也无须拘束，他们甚至像失散多年的亲人那样默契。只是她告诉他，自从进入家庭生活，并且有了宝贝女儿，就再也没写过一首诗，日子已被琐碎的生活占据。

他听了，很为她惋惜。但他还在坚持写作，一直保持着文艺的生活方式，而且已经成为部队的专业作家。那次重逢，他送给她的礼物是他的第一部诗集。她似乎并不太在意，因为当时女儿一直在哭闹，她来不及打开诗集翻阅。

但就是因为这次重逢，她重新拾起了生锈多年的笔。

不久，他从西藏调回了成都，从此他们见面的机会便多了。他邀请她到成都参加文学活动；也邀请她一家子去了最初她给他写信的那个地方。她在满天星光下，追着一只萤火虫儿，在乡村的夜风中奔跑着，恍若回到了童年。更多的时候，她邀请他去龙泉做客，吃她的拿手好菜酸菜鱼，同时看看她的新作，并提出修改意见。每年三月，桃花盛开的时节，她会特意邀约他和诗友们到龙泉赏桃花。而到了桃子芳香的五月或六七八月，是她最忙碌的季节，她忙着给成都的诗友们采摘不同品种的桃子。同时，她还不忘给最初写信给他的那个地方的亲人送一筐桃去。她的先生常笑她的行事风格太文艺，担心她耽误太久太久的文学，不太看好她在文学方面还能有所造化？但非常愿意支持她重拾文学旧梦，于是常为她买回纸和笔，盼望她能写出好文章。

她依然像过去那样，将一行行诗工整地抄写在绿色的稿纸上，可此时他的写作早已步入电脑时代。

　　几经磨炼，她在石沉大海的投稿中，几乎心灰意冷，还在他面前发誓，不愿再写一个字。还是他，还是他的耐心鼓励让她的梦死灰复燃。他对她说，他一直记得自己是读着她的诗开始文学创作的。那意思是她的诗影响过他。她先生听了这话，更是来了劲，便在许多人面前扬言，当初某某的写作水平还不如她呢，于是也一个劲地鼓励她继续努力，坚持到底。

　　功夫不负有心人，终于经他推荐，她有的诗歌变成铅字。这总算让她找到了一点自信，从而加快了勤奋的笔头。他不仅经常给她带去一些自己发表的报刊参考，还推荐或联系一些编辑介绍给她，从此她一发不可收。为了她在写作方面不掉队，他还找来IT业的朋友为她组装电脑，让她学会电脑方便写作。

　　后来，她开始像他一样，在全国陆续发表作品了。从诗歌到散文，从故事到小小说，从小说到剧本，她慢慢崛起在当地文坛，并且在多种写作领域都有作品获奖，目前她的主攻方向是编剧，称得上地方小有名气的作家了。

　　斗转星移，二十多年如烟拂尘，他写给她的信，她一直留着，一封也不少的留着，而她给他的信，他一封也没有留下，在一个冬季全部被折成纸船，从拉萨河流进印度洋了。有时，流走的才是恒久的，他记着，并且让它们活在遥远的心界里。

　　现实，因为太多人对梦想的缺失而变得非现实或超现实，那么究竟是什么东西维系了这两个诗友持久单纯的感情呢？别的不好说，但有一点可以肯定的是，他们一直坚持与梦同行，文学这玩意儿占了一半以上的因素——它可以让一个远涉西藏的少年在长达十多年近乎雪葬般的历练之后，忽然客居繁华都市也不曾有过惊恐与慌张，因为在这座都市的郊外田园，住着他庄稼一样朴素与信赖的诗友。

那个他，你就不必猜了，是我，也有可能是另一个我。至于她，你还是有必要再猜猜，最近电视上正在播放她编剧的作品。

地铁上的老男孩

　　看他们的样子，怕不再是十六岁的花季了。尽管他们有的耳朵上打了孔，有的T恤肚皮上站立着一只可爱的小羊羔，还有的身着白色的有棱有角的小管裤，当然也有着一双红色牛筋底休闲鞋的。他们有的把胡子刮得清亮清亮的，有的留着一撮浅浅的胡子，像刚收割后的麦地，既不显山露水，又有着含蓄的旷野之美。至于发型嘛，都是干净型。这样的打扮在我看来不是时髦，而是时尚，但这一切都不再与十六岁有关。因为自从席慕蓉说十六岁的花只开一次之后，他们再也没有回来过。面对少男少女，他们已经不可能再表现出轻浮的笑容。如果那样，我绝对不可能称他们老男孩。在我眼里，匹配他们眼神的人生年轮可以是四十，也可以是五十，或者可以再大一点，但他们身上所散发出来的质感却是没有年龄概念的。

　　因为他们内心已经具备了带着世界上路的安静力量。

　　在地铁上，我偶尔见到他们。与那些手机分秒不离眼手的小青年不同，他们不会轻易把手机放在掌心把玩，那样显得太浮躁，他们即使把玩，玩的也只是孤独的一种。他们在地铁上接电话，声音低低的，这种低语代表着修养与绅士。他们站着或坐着的手，总是收放自如。那样的风景，有一种灰的旧绵质感，像是我多年前与学文的上海友人在北京穿过一条红门灰墙的街道，我们那时在叹息中留影赞美那独树一帜的"灰"街道。

那条街让我们至今在电话中保持着纯棉般的怀旧情绪。

这样说吧，地铁上的老男孩多是事业上有点小成就的人。或者他们正在面临一点儿不太小的追求，比如什么项目开发，什么国际领域合作，什么财富论坛，什么空瓶子酒吧，什么音乐房子，什么尘飞咖啡屋等。总之，可以断定他们不是普通的白领。你看他们站着或坐着的姿态，总是目中无人。要知道，在你观察他们的时候，你觉察到的那种读不透的孤独味道正在他们身上淡淡地蔓延，却又在他们的眉目之间紧紧深锁，这叫深沉。

后来，我发现这就是老男孩们成熟的标志。白色袜子或淡淡的烟草味儿已不能准确表达他们的深沉，周杰伦的歌虽然借方文山的词渲染了那么一点儿中国传统的古典意境，但对于地铁这样的地下运动载体，即使有一首歌属于这样的老男孩，也只可能是陈奕迅的《好久不见》，其中有两句歌词最能表达老男孩的心境：我多么想和你见一面，看看你最近改变，不再去说从前，只是寒暄，对你说一句，只是说一句，好久不见。

尽管他们还在路上，但他们已经学会把心事全部交付给远方。他们的手上或捏着一个精致的手皮包，或肩着一个宽松的品牌包，里面或许装着的是一份报告，或者是一份策划书，更多的是等待签约的合同，但他们有个共同连接世界的工具——电子商务。他们成天围绕的事情是如何把成功进行到底。

他们的面容多是干净的。看着他们，很容易联想到啤酒、CD

音乐、咖啡、高尔夫球，或者1573。

在地铁上，他们看上去很从容，但内心却是不紧不慢的胸有成竹。每每观察他们，我都禁不住想了又想，或许，有一天，也会有人这样专注地观察我。在进进出出之间，想着想着，便老了。

去朱德故里

七里香开得最繁的一天，我和一群人去朱德故里。

这群人除了司机，其余人身份都是写作者。我们来自不同地方，去朱德故里绝不是游山玩水，心里明白此次涉足的目的与任务。一路上，尽管各自都没交流这个核心问题，当考斯特驶出成都，途经阆中，进入仪陇层层翠绿浅丘地貌，我还是禁不住生出困局。

同车上多数人一样，这是我首次去朱德故里。

众所周知，朱德是一个国家和一个时代的元勋，丙申年是朱德诞辰一百三十周年纪念。在蜀地骁勇善战的风流人物里，朱德亦文亦武，称得上翘楚，其笔下的母子情好比源远流长的嘉陵江水，润泽后人。可以说，朱德一生中，有着太多的浓墨重彩，它们成了瞻仰者踏不尽的春花秋月。在解说员背后，我几乎很少认真听解说，因为解说员所讲的那些人事与我毫无感情联系，她时而声情并茂，时而抑扬顿挫，令人驻足流连，仿佛当年她就是跟随朱老总穿越雪山跨过草地的亲历者。说实在的，那些苦难中的流金岁月离一个未能遇上战事并已退役的战士相去甚远，朱德告别这个世界那年，我刚来到这个世界，他的革命生涯怎能对一个和平年代的弃枪者产生豪情壮志的激发作用？这让我此时的书写布满了未知的荆棘，朱德率队在战马上制造江湖神话的年月，可见老百姓的生活布满了补丁，时隔几十年后的今天，我们常常以艺术之名怀念的补丁，只可能从诗人旧年的诗行中找寻了。

绕不过的大词总在笔尖下守株待兔，我试图冷静地将它们拒之文本以外。但徒劳，面对如此江山如此人，大词的能量总是提前穿透纸背，这成了一个写作者溃败的退守。

回到成都，坐在平静的书桌，想了又想，原本我是见过朱德的。时间大约是八十年代初期的一个春天，地点在四川省荣县金台乡虎榜村一个姓谢的光棍家。那是我幼年的故乡。谢家两兄弟，大的叫水田，小的叫龙云，兄弟俩常为找不到婆娘而疯狂地干架。眼看都老大不小了，龙云嫌水田不够勤快，于是兄弟俩三天两头离不开吵，继而扭打在一起，几个回合终于把一个家掰成两半。从此，水田喂一头牛，忙了土里的庄稼，就去帮人，混伙食。龙云养了几只兔子，干起了石匠活，多数时间靠田里摸泥鳅黄鳝卖。

龙云渴望美丽的装点能够使自己早日脱掉光棍的帽子，于是把正屋墙上贴得花花绿绿，看上去简直就像电影院里的广告。

一旁的水田总会嘲笑龙云内心不切实际的虚幻。这些纸质的画片，有当时流行的影视明星、歌星，有杨家将、余赛花，还有山羊胡子斯大林，大络腮胡白求恩。当然最壮观的就是骑着烈马的九大元帅，他们身着蓝色礼服，手戴白手套，有的手持望远镜或烟斗，每个人的姿态都尽显英雄本色。

其中一位就是朱德元帅。

那时孩子们总争先恐后地站上板凳看九大元帅，而且以谁能最先报出元帅的名字为荣。反正每次都轮不到我最先，因为我连板凳也抢不到。我常常独自倚在另一面墙上，仰着头看画，悄悄地认画上的人名。我发现有一张贴得比较矮的画，他没有骑战马，只是一个大大的头像，头发梳得有点偏分，浅蓝浅蓝的咔叽布呢服，眉毛弯得似粗糙的狼毫，他腼腆的微笑像我大姐夫——这是与孩子们挤在一起看画的一个大家伙说的。大家伙姓朱，也是个光棍，身材与年龄比我们大几倍。他以为他发现了最具笑料的秘密，于是一个人对着我和那张画笑个不停，但不准我笑。他禁止我们任何人用手指画中的人，他说其他画中人可以随便指，但这人不能随便用手指，那是党和国家的卓越领导人——朱德。

在马鞍镇朱德故居纪念馆，满山绿林萦绕，四周一片寂静。山林里的清池如地球表面的一颗钻石，闪光、荡漾，据说那是小时候的朱德嬉水之地。漫上高高的台阶，面对朱德元帅铜像，我们在统一口令指挥下，肃立三鞠躬，礼宾代表在两名卫兵整齐步伐与音乐节奏中，给朱德元帅敬献花篮。此时，我脑海里马不停蹄浮现出谢家兄弟墙上那个亲切如姐夫腼腆微笑的朱德形象，然而纪念馆里最先出场的总是骑着高头大马的朱德，让人领略到风声过耳，马在嘶鸣的悲壮气氛，甚至看到他披着战士们用动物皮缝制的披风，在风雪中指挥作战，那高大、威武、严肃、如霸气的王者，令常人不易亲近。

我知道，这只是情感上的疏离，因为年少从墙上看到的那幅画并没有出现在这里。我看到朱德父母形容举止仍散发着旧日大家风范的照片，而身着长衫留有辫子的少年朱德气质里也透露出不俗的气质，尤其他在德国柏林结识周恩来时的影像，不难发现他身上具有家族的拘谨教养。

一幅幅旧照片掠过视野，像是一下子窥见一个人历经的一生，然而，一种奇特的心理驱使我告诉同行者，如此风华少年的朱德，怎么让人相信诗人笔下朱德的补丁？相反，朱德当时的家境比起贫困的邻里乡亲算是非常富裕了，至少他还有条件读私塾。

同行者哈哈大笑道：纪念馆里陈列的都是美好的过去，而补丁怕是诗人某种时候想象的瑕疵产物吧。在未能抵达朱德故里之前，受了诗人笔下朱德的补丁影响，我牢固树立的朱德家世贫穷的印象，被眼前领略到的实体物象彻底瓦解，同时被瓦解的还有我对那位诗人的质疑。太多物证呈现的过往，带给瞻仰者深沉的反差，而我只能一个人浸渍，不容感染他人。

我们鱼贯行进在纪念馆里，完全不按解说员的招呼止步，而是各自停留在自己兴趣或某个历史节点上若上所思，然后完了又大步流星去追赶解说员的队伍。在朱德用过的那张饭桌前，我停留了片刻，因为桌上一角有朱德刻下的一个桃状形印记，这提供给瞻仰者的想象空间是无限的，朱德小时候为什么要刻这个印记呢？当时他是渴望吃桃而得不到桃吃吗？或者抛开物品注明换种说法，这与桃根本没有关系，而与"心"有关，与他名字中的"德"有关，这也不是没有可能吧。

就在这时，人群中突然有人像是发现了什么秘密似的倒了回来，停在那张桌前"啪啪啪"地摁动相机快门。他变换着不同视角拍那个"桃"记，然后自言自语道——这个印记真是朱德所为吗？太值得研究了，不出所料，朱德的故居一定种有桃木。有人嘘唏，但没把话接下去。更多的人则只是看了一眼就走了，无所谓历史真相，沉默地来，又沉默地跟随人群，进入下一个景点。对于历史或历史中人物的书写，我既持谨慎态度，又渴望拥有与历史的情感距离，即便已锁定选择的书写对象，那是我找到了个人生活与历史轨迹的半点关系。然而很多纸上得来的历史书写者，只不过是在空白格上复核历史的长短，与他个人生命的长短没有任何情感联系，就好比这类注定走马观花却又保持着对伟人故里景仰的心境，让人分明感觉到空气中无形绷着一条遥远的红线，可它始终一头无法真正连接到历史深处，另一头更无法连接到写作者的血脉之上。

去的名胜古迹和历史景观次数多了，我常常个人提前移出陈列室或纪念馆，将眼光放置在周围自然的景色里。总以为外部的景观好过内部，至少它们与到此一游的我能产生情感的呼吸，而内部的，空气在玻璃框里与陈列物早已窒息、凝固，陪伴那些旧物的是现代的油画或书法，它们与观者队伍中的我有着无法缝合的裂痕，因为"我"的不在场，所有历史空间都与我产生了不适感。那些沉淀的往事，如灰白的烟火，有时理不清来龙去脉，却还要装着一副认真或沉重的思考状。而外部清新的自然空气，比如遇见某一种从未见过的树木或花草，我会向花匠或保洁打听它们有没有一个好听的名字？如果他们也说不出来，我就在心里默默地给它们取一个好听的名字，有点无中生有的快活感。

从纪念馆辗转朱德故居，好比从一个富裕的亲戚家，来到了另一个平常的普通亲戚家。但眼前这一座冬暖夏凉的农家土房，彰显的尽是亲切。背靠竹林，面前有一方水田，看上去很朴实。这在八十年代的巴蜀大地随处可见的土房，如今稀有得也快成文物了。时间改变世界的速度，但多数时间是被人改变的，老百姓一生的愿意渴望将土房变成高楼。与其他名人故居不同，朱德故居没有任何围墙设施，周围的村民、山坡、树木、小路、庄稼地，宛如一幅从未被时间涂抹添加剂的自然画卷……我年少也住过这样的土房子，只是我的土房，低矮、简单、潮湿，没有跃层，更没有酿酒坊。

中午在丁氏庄园隔壁的农家乐就餐。桌上丰富的农家菜吸引了同行者的目光，他们欣喜的神情不光是来用餐的，而是来欣赏这些最接近泥土的新鲜菜肴，每一道菜上桌，他们先是抢着将其拍下来，不急着动筷，似乎眼睛品着手机里的菜，肚子就饱了。我用餐速度比他们快，便提前来到庭院。草地上长满了散发腥味的折耳根，紫藤萝上结满厚皮的花瓣串串，头顶缠满墙壁与围笼的白色花朵，裸露在带刺的细小藤叶之间，星罗棋布，晶莹夺目，人站在什么地方，它就开在什么地方，有一种不可拒绝的贴面芳香，如同化妆间里跑出来的香水味。

这花叫什么名字？

同行者握了一枝在手，宠辱不惊道：七里香。

噢，原来这就是七里香！我克制住内心的惊喜，却又责备起自己的无知。原本这个花名并不陌生，少年时候遭遇台湾女诗人席慕蓉诗中最爱——它成了我们一代人捧在手心里的温柔记忆。它芬芳的白，是我熟悉的白，在我工作的成都草堂北路浣花文化风景区，暮春时分，满园子的"白花花"，随风绽放、摇曳，惹得流浪猫们望花疯追、尖叫。我想这样的花朵，适合一个战士送给心目中的元帅，因为它的纯和白在阳光洒落的风中，孤独但不泛滥，有着神圣的灵魂。

这真是一个阳光爽朗的日子，或许是空气里与我四百公里之外的故乡荣县双石镇暮春相仿的气息，眼前的景象让我想起邻里吴玉章故居，那一幢白墙青瓦映在水中的影一直留于我脑海。虽然朱德故居与吴玉章故居结构与材质上有所不同，但仅自然地理风水而言，他们暗隐的相同之处太多不谋而合。或许，每个同行者的故乡或多或少都有名人故居，仅在朱德故里仪陇延伸不到一百公里的南充地界上，还有几位同样赫赫有名的人物，他们当中有的虽不是将领，但其影响并不比将领逊色。张思德就是共和国历史版图中重要的一位。我不知同为故乡人，名字中都有"德"的两位革命人，朱德与张思德在出生入死的征程中是否有过交际？

但从一张泛黄的照片中，我意外发现知识分子、桃李满天下的中国人民大学校长吴玉章与朱德居然有过一同领导南充革命的人生境遇，这让我的此篇文字，忽然有了不一样的向度。我禁不住心里暗自窃喜，因为这个故乡人打通了我去朱德故里的文脉与缘分，我是既像去拜访一位久违的友人，情感形式却如同走亲戚。